Jochen Missfeldt

*Sturm und Stille*

Roman

Rowohlt

1. Auflage September 2017
Copyright © 2017 by Rowohlt Verlag GmbH,
Reinbek bei Hamburg
Abbildungen Seite 6 und 7 mit freundlicher Genehmigung
der Theodor-Storm-Gesellschaft Husum
Satz aus der Berthold Janson, InDesign,
bei Pinkuin Satz und Datentechnik, Berlin
Druck und Bindung CPI books GmbH, Leck, Germany
ISBN 978 3 498 04529 6

*Sturm und Stille*

*Theodor Storm, 1864*

*Dorothea Storm, 1870*

## *Der Alte und sein Rübenmus*

Längst bin ich eingetreten in den Herbst des Lebens. In den Ohren lärmen Saus und Braus. Meine Nase ist nicht mehr das, was sie einmal war. Aber von der Jugend herübergerettet habe ich die Augen, nicht ganz, denn die Brille ist mein treuer Begleiter. Um mich herum Reste aus Beruf und Liebhaberei – Bilder, Bücher, Fotoapparate, das Klavier und die Fliegeruhr.

Ich: Gustav Hasse, der jüngste und letzte. Die anderen Gustavs lassen sich zurückverfolgen bis ins 19. Jahrhundert, von Solsbüll über Flensburg nach Joachimsthal am Brandenburger Werbellinsee, wo im Jahr 1828 auch schon ein Gustav Hasse geboren wurde, von dem ich in direkter Linie abstamme. Davor verschwinden sie im Dunkel der Geschichte.

Ich selber zähle mich zur Spezies der Alten und Gesunden, und ich sage mir: Bloß nicht den vielen Kranken, den Mühseligen und Beladenen zu nahe kommen oder gar hinterherlaufen! Ich rauche nicht, ich esse und trinke mäßig, ich bewege mich beim Wandern und Radfahren. Auch Gartenarbeit und andere Pflichten, die mir als Großvater obliegen, sind mir lieb und teuer und erhalten mich. Ich pflege das sogenannte Gehirnjogging. Zum Beispiel ziehe ich mir aus dem Ländernamen Georgien die vier Wörter Geo und Georg und Orgie und Orgien. Aus dem Husumer Straßennamen Hohle Gasse lasse ich Hohl, oh, le, Gas, As, Asse und schließlich H$_2$O heraus, aus der Norderstraße extrahiere ich Nord und Order und der und er und erst. So ernte ich diejenige Fülle, die sich von Kopf bis Fuß als Wohlbefinden ausbreitet, das Leben angenehm macht und selbst im Alter erfreut.

Den Sommer habe ich noch abgewartet. Dieser hier hatte meine alten Tage mit gewaltiger Hitze, schwachem Ostwind und aberwitzig schön von Wind und Wetter erschaffenen Haufenwolken verzaubert. Die Touristen sprechen von Nolde-Wolken und haben vom Wetter doch keine Ahnung. Sie steigen aus ihrem klimatisierten Reisebus, viel mehr ist nicht, und das war's schon.

Abends um halb elf, kurz vorm Zubettgehen, suchte ich noch das Sommerdreieck am Himmel: Wega im Zenit, die beiden anderen Eckpunkte findet, wer sucht, im Südosten: Deneb und Atair. Sonst tat ich nichts Anstrengendes. Im Schatten meines neuen breitrandigen Tilley-Hutes, den auch die kanadische Kavallerie trägt, setzte ich tagsüber meine Schritte langsam und leise.

An der Gartengrenze fließt die Beek, ein kleiner Bach, am Ufer Erlen und Weißdorn. Im Weißdorn siedelte vor drei Jahren eine Misteldrossel; sie ist nicht wiedergekommen. Im Weißdornschatten ist es kühl. Der Bach war jetzt nur knöcheltief, trotzdem flitzten da ansehnliche Barsche mit ihren roten Flossen hin und her.

Ich hatte mir in der Fischbeobachtungszeit ein Papierschiff gefaltet, setzte es ins Wasser und ließ es losschwimmen. Es erreichte nach dreihundertfünfzig Metern die Treene, fuhr dann bei Friedrichstadt in die Eider und war schon bald hinter Tönning in der Nordsee. Mit vollen Segeln überquerte es den

Atlantik, segelte hinein in den Potomac, empfing vom rechten Flussufer die Magie des Urlaubsparadieses von Kingsmill, und in Washington, D.C., machte es am Kai von Georgetown fest mit einem Brief, den ich für eine meiner Töchter geschrieben und im Laderaum verstaut hatte.

Inzwischen sind die Tage kürzer, die Nächte länger. Das Sommerdreieck ist verschwunden. Trotzdem ist der Himmel von einer Sternenschönheit, in die ich mich jedes Jahr aufs Neue verkucke. Manchmal heult der Wind ums Haus, manchmal heult er nicht. Manchmal fallen Regengüsse mit so viel Wucht und Wasser, wie sie nur der Teufel fallen lassen kann; bekanntlich dreht er an der Klimaschraube. Temperaturen um null Grad liegen in der Luft. Ich lade Freunde ein und koche für sie Rübenmus, Rübenmus mit Hintergedanken, denn beim Essen erzählen sie mir Rübengeschichten aus der Kinderzeit, und ich erzähle meine. Manch einer findet vor lauter Rübenmusbegeisterung kein Ende und hört mit dem Erzählen nicht mehr auf.

Damals in der Kinderzeit haben mein Freund Siemsen und ich Steckrüben ausgehöhlt, und mit dem Taschenmesser haben wir Augen, Nase, Mund hineingeschnitten. Wir steckten eine Kerze in den Hohlkopf, und wenn sie brannte, dann leuchteten Augen, Nase, Mund zur Rübe heraus. Damit haben wir gleich nach dem Krieg die Flüchtlinge erschreckt.

Die Herbstabende teile ich mir gut ein. Ich schließe die Haustür und überprüfe, ob sie auch wirklich mit den erforderlichen zwei Schlüsseldrehungen verschlossen ist. Ich will nicht gestört werden, ich will alleine sein und mein Wissen vergrößern. Nach der Tagesschau schalte ich den Fernseher aus, dann drehe ich den Dimmer meiner Leselampe gegen den Uhrzeigersinn, bis das Licht die richtige Leuchtkraft hat. Dann hole ich das in einen Billigrahmen gesteckte Bild und stelle es links neben das Buch, das ich nach bestem Wissen und Gewissen über den Dichter aus Husum geschrieben habe, stelle es auf den niedrigen Tisch mit der Marmorplatte. Es ist ein Bild von Theodor Storms zweiter Ehefrau Dorothea, geborene Jensen. Ein Bild, das sie als erwachsene Frau mit zweiundvierzig Jahren zeigt. So garantiere ich, dass Storm und sie immer beieinander sind.

Ich stelle eine dicke Kerze mit dem Aufdruck «Unser Norden» hinter Buch und Bild. Ich nehme ein Zündholz und reiße es über die Schachtel – das Zündholz brennt, die Kerze brennt, schenk ein, den Wein, den holden! Ich setze mich in meinen grün bezogenen Ohrensessel. Wie in weiter Ferne spiegelt sich im Blumenfenster das rote Stand-by-Licht meiner Computer-Steckerleiste, und im rötlichen Halbdunkel hängt über dem Bildschirm ein Lebkuchenherz mit dem Satz aus Zuckerguss: «Opa ist der Beste.» Dieses Großvaterniveau ist zu halten, ein fester Kurs ist zu steuern, denn meine fünf Enkelkinder sollen nachhaltig bewirtschaftet werden.

Schon wahr, auch ich lege Zierrat aus und mache Mätzchen. Ich brauche aber kein Publikum, mehr noch: Publikum ist für mich schädlich. Ich brauche nur die Atmosphäre und ein wenig Theater. Das Foto, die brennende Kerze, das Buch, der Marmortisch, das ist meine Kleinkunstbühne. Große Kunst erwarte man nicht, aber ich weiß: Kunst ist das Menschenmögliche. Können wir auf diese Weise die Menschheit verbessern? Nein, aber wir lockern ihr die Fesseln, indem wir von ihr erzählen. Und damit erwecke ich Frau Do zum Leben – mal ist sie jung, mal ist sie alt – und erteile ihr das Wort.

Ich bin es, der ihr die Worte in den Mund legt, das nehme ich mir heraus. Wörter können sagen und singen.

Und wozu das Ganze? Um in den Raum einzutreten, in dem sich alles vollzog, um durch das Fenster hinauszublicken in die Landschaft, die alles umgab, um den Ort zu finden, dem alles innewohnte, und schließlich: um das Herz zu finden, in dem alles beschlossen ist. Zart wie das Kind, das der Liebe entspringt.

Frau Do, sage ich nun in Richtung Kleinkunstbühne und fühle mich dabei wie der Souffleur in seinem Kasten, wer wie Sie in Husum geboren und aufgewachsen ist, ist doch am Meer aufgewachsen. Und wer am Meer aufwächst, lernt das Phantasieren und Lieben früh. Ich habe eine Bitte! Erzählen Sie uns von Ihrer Liebe zu Storm. Wir wissen so viel wie gar nichts darüber. Da ist doch noch viel Geheimnis drumherum. Es wäre schön, wenn etwas Licht in dieses Dunkel käme.

*Eins*

# Das weiße Kleid

Ich zögere, zögere mit meinem guten Gewissen. Ich liebe mein gutes Gewissen, wie ich mein schlechtes hasse. O ja, hassen kann ich auch. Ist Licht im Dunkel wirklich so wichtig? Überall unbeantwortete Fragen. Soll man alles sagen, was man weiß? Verlohnt es sich, das aufzuschreiben, was man Erinnerung nennt? Ich jedenfalls habe – nicht jeden Tag – Tagebuch geschrieben, habe es zur Sicherheit dabei. Meine Sache ist nicht unheikel, ich habe vor diesem Kapitel meines Lebens eine gewisse Scheu. Hinzu kommt: Muss man denn immer wieder in der Vergangenheit bohren? Meine Mutter sagte: Kaum ist Gras über etwas gewachsen, schon kommt ein Kamel und frisst es ab. Und ich sage mit Goethe: Das schönste Glück des denkenden Menschen ist, das Erforschliche erforscht zu haben und das Unerforschliche – ich nenne es mal Vergangenheit – ruhig zu verehren.

Das ist für mich passend. Obwohl. Die Dinge wollen auch betrachtet werden, es ist sogar ihr ausdrücklicher Wunsch, denn sie wollen ans Licht, das habe ich selber oft genug erfahren. Diese ihre Eigenschaft ist ja das Glück des Dichters. Auch das weiß ich. So sind die Dinge nun mal. Und trotzdem zögere ich – nicht ohne Grund, denn auch schwere Jahre liegen hinter mir.

Ich könnte einiges vom Wetter erzählen. Manchmal war in meinem Leben sehr schönes Wetter, aber ebenso unverzeihlich schlechtes. Ich meine das auch im übertragenen Sinn. Für das Wetter habe ich mich schon immer interessiert, dafür habe ich eine Ader – ein Erbteil meines Vaters, der das Wetter im Blut hatte und jede Wetteränderung in seinen Nerven spürte. Immer noch klopfe ich jeden Morgen ans Barometer, weil ich sehen will, wohin der Zeiger sich bewegt.

Mit dem Wetter will ich nicht ausweichen und um den heißen Brei herumreden, denn gelernt habe ich von meiner Großmutter Mummy, mir einen Ruck zu geben und gegen eine Haltung ohne Mark und Knochen anzutreten. Ich weiß nicht, wie ich ohne die kleinen und großen Predigten meiner Großmutter Mummy durchgekommen wäre, wenn ich im Elend war. Sich selber bekriegen, ein wenig muss das sein. Ist nicht der Sieg über sich selber der schönste?

Apropos Wetterglas. Ich beklopfte es auch an dem Morgen des Tages, an dem wir den Geburtstag meiner Mutter feierten, draußen im Garten am 1. August 1844. Drei trockene Wochen lagen hinter uns. Das Barometer stand unverändert auf Schönwetter, Staub hing in der Luft über den Feldern. In unserem Garten war es herrlich grün und kühl. Das machten die dichtbelaubten Apfelbäume, die Schatten warfen.

Meine Mutter hatte zur ersten Festlichkeit seit dem Tod ihrer Mutter eingeladen. Ich war fünfzehn, und mir fehlte meine Großmutter Mummy, viele Kindheitserinnerungen verbanden mich mit ihr. Oft ging ich heimlich zum Friedhof und setzte mich an ihr Grab. Mir wurde dann fromm und traurig. Dabei fällt mir ein, wie oft ich in der Grabesstille ihres Wohnzimmers gesessen und außer dem Ticken der alten

Standuhr nur ihr Ein- und Ausatmen gehört habe, während sie in ihrem Sessel am Fenster Mittagsschlaf hielt. Eine große Sehnsucht nach alledem überkommt mich.

Eines Sommerabends holte Storm mich vom Friedhof ab. Ich weiß gar nicht, was er da wollte, aber auch er liebte seine Toten, das war's wohl. Levkojen- und Syringenduft lag über den Gräbern. Diesen Duft mochte er.

Komm mit, sagte er, wir müssen alle mal sterben. Bis dahin wollen wir das Leben aber genießen, ja genießen. Er zog mich mit sich fort und lieferte mich zu Hause in der Norderstraße ab. Lass dich mal beaugenscheinigen, sagte er noch und strich mir mit der Hand übers Haar. Gute Nacht.

An Mutters Geburtstag trug ich ein weißes Kleid, blass und dünn, wie ich war, denn ich hatte drei Wochen mit Fieber und Unpässlichkeit im Bett gelegen. Storms Eltern Lucie und Johann Casimir waren auch eingeladen. Die Familien des Senators Jensen und des Advokaten Storm verkehrten miteinander, man lud sich ein, man sah sich oft, man kannte sich gut. Auch Storms Großmutter Woldsen, die damals noch lebte, war gekommen. Und natürlich Storm, der sich zwei Jahre zuvor in Husum als Rechtsanwalt niedergelassen hatte, mit seiner Schwester Cäcilie. Sie wurde Cile genannt, wir beide waren befreundet, nicht unbedingt ein Herz und eine Seele, sie war oft krank, litt, wie übrigens auch ihre Mutter, an einem Brechübel, das sie immer wieder bettlägerig machte. Tagelang zog sie sich dann zurück, war damit allerdings sicher vor ihrem Vater, der jähzornig sein konnte.

Ein Sonntagnachmittag mit Kaffee und Kuchen, Schlagsahne und Erdbeerbowle. Abends gab es verlorene Vögel, also Gehacktes in Kohlrouladen, mein Lieblingsessen, das meine

Mutter extra hatte kochen lassen. Für mich an meinem Geburtstag und für deine Gesundheit, deswegen, sagte sie. Mein Vater sah übrigens rot und alteriert aus, mit seiner Gesundheit stand es nicht so gut, auch seine Holzgeschäfte liefen nicht mehr wie früher. Er hatte es mit dem Herzen, trank trotzdem zu viel Bier und Schnaps. Meine Mutter sagte nichts, aber ihr Gesicht sprach Bände.

Ich meine, schon erste Herbstluft in der Nase gehabt zu haben, und das mitten im Sommer. Jahreszeitenduft begreift der Mensch bereits ganz früh. Den Herbstgeruch habe ich zuerst gelernt, danach den vom Frühling, dann den vom Sommer, zuletzt den Wintergeruch. Wie seltsam ist es doch, wenn man sich nach so langer Zeit immer wieder selber begegnet mit den alten, nie vergessenen Gerüchen.

Cile und ich standen beieinander, ich lehnte meinen Rücken gegen die Hausmauer, über mir war das Küchenfenster zur Seite geklappt – unsere Perle Lili streckte ihren Kopf heraus, sie kalfaktorte schon in meinen Kindertagen als Köchin in Mutters Haushalt. Cile hielt sich an der Pumpe fest und bewegte den Schwengel langsam hin und her, Brunnenwasser floss in den Eimer; längst lief er über.

Storm hatte sich wieder mal komisch, kam und belehrte uns mit dem erhobenen Zeigefinger seiner rechten Dirigentenhand, wobei ich am Zeigefinger vorbei direkt in seine blauen Augen sehen konnte.

Kinderchens, ihr Wasserverschwender, und das jetzt, wo bei der augenblicklichen Ich-weiß-nicht-was fast alle Brunnen ausgetrocknet sind. Dann tauchte er beide Hände in den Eimer und schleuderte uns einen Schwall Wasser über die Kleider. Mein weißes wurde ganz durchsichtig.

Theodor, das wirst du uns büßen, fuhr Cile ihren Bruder an. Jetzt musst du uns zur Strafe bei dir zu Hause zum Tee einladen, hörte ich sie noch rufen, als ich schon halb im Haus verschwunden war, um mich umzuziehen.

Es ist doch zu ulkig, rief Lili von ihrer höheren Warte aus. Sowie du neues Zeug anhast, Doris, komm in die Küche, sonst schaff ich das hier mein Lebtag nicht. Und bitte, kuck mal nach, wie morgen das Wetter wird. Wir brauchen dringend Regen.

Wegen solcher Fragen hatte mir mein Vater ein Wetterglas geschenkt. Es hing damals in meinem Zimmer neben dem Fenster zur Straße. Wie oft ist mir doch die Frage gestellt worden: Wie wird das Wetter, was sagt dein Quecksilber? Wetterfragen sind uralte Fragen. Dass Laubfrosch, Blutegel oder Spinne das Wetter vorhersagen können, gehört ins Reich des Aberglaubens, es war einmal. Ich ging an mein Wetterglas, klopfte ans Brett und sah, was der Himmel mit dem Wetter vorhatte. Immer wieder prüfte ich, wohin sich das Quecksilber bewegte, wenn die Luft mal stärker, mal schwächer ins Glas drückte und nachdrückte von ganz hoch oben. Je nachdem, ob es stieg oder fiel, wurde das Wetter gut oder schlecht, gab es Sturm oder Stille.

Als ich später in mein Exil geschickt wurde, schenkte mir mein Vater ein französisches Barometer, ein rundes Instrument, eingebaut in einen schön riechenden Eichenholzkasten. Der riecht immer noch so schön, ich halte mein Barometer wie ein Heiligtum in Ehren. Jeden Morgen sehe ich, was los ist, jeden Abend sehe ich, was morgen sein wird – Variable, Tempête, Bon Temps oder Très Sec.

# Der Nixenchor

Schönes Wetter allüberall auf den Kirchturmspitzen, blau der Himmel, hell die Sonne, als wir Mädchen von Storms Gesangverein im Sommer 1845 Christian VIII., dem dänischen König und Herzog von Schleswig, Holstein und Lauenburg, ein Ständchen bringen sollten. Er reiste auch in diesem Jahr in die Inselsommerfrische von Föhr, wo der Dichter Hans Christian Andersen ihn im Sommer davor besucht hatte.

Am Ende der Saison ließ sich seine Majestät mit Gefolge per Dampfschiff an die Küste fahren, bereiste die Herzogtümer, und das Volk bejubelte ihn. Auch Husum stand auf dem königlichen Reiseplan, und der dänische Konsul hatte Storm gefragt, ob er anlässlich des hohen Besuchs nicht ein Lied komponieren und mit seinem Chor aufführen könne. Storm war eigentlich gegen Lobhudeleien, gerade auch gegen solche auf die Obrigkeit. Aber hier sagte er ja, denn er begriff das Ganze als künstlerische Herausforderung, endlich konnte er sein Talent im Komponieren, Dirigieren und Aufführen erproben. Neugierig auf sich selber, fragte er sich: Wird alles gelingen? Das interessierte ihn.

Wir Mädchen, so hatte er sich das ausgedacht, sollten uns als Nixen verkleiden, und auftreten sollten wir als Nixenchor. Ein paar Nixenverse ließ er sich zufliegen, eine Melodie fand sich im Kopf, er brachte alles zu Papier. Die ersten vier Verse sind mir noch heute präsent:

> Heil dir, heil dir, hoher König,
> Nimm den Gruß der Meereswogen!
> Dir entgegen silbertönig
> Sind wir rauschend hergezogen.

Es war zehn Tage vor seinem achtundzwanzigsten Geburtstag. In Husum wurden schon festliche Anstalten zum Empfang des geliebten Landesherrn getroffen, und wir schneiderten und bastelten unsere Nixenkleidung, wobei es zu Eifersüchteleien kam – wer würde wohl die schönste Nixe sein? Lange Schleier, die wir mit Perlen und Korallen schmückten, Haarkränze aus Schilf, Moos und Muscheln, das war unsere Nixenstaffage.

Abends um acht traf der König in der Stadt ein. Die Husumer empfingen ihn mit Hurrarufen und mit dem Glockengeläut der Marienkirche. Plötzlich musste alles schnell gehen. Wir Nixen waren noch nicht vollzählig, und Storm war auch noch nicht da. Im Schlosshof, wo das festliche Willkommen gefeiert werden sollte, hatten sich Bürger und Beamte, Alte und Junge versammelt, mit bunten Girlanden und brennenden Laternen. In letzter Sekunde kam Storm mit zwei Nixen im Wagen an, meine Schwester Friederike und ich kamen ein paar weitere Sekunden später, nur die Großkreutz fehlte noch. Kaum hatten wir oben auf der Schlosstreppe unsere Reihen gebildet, schallten schon Hurra und Blasmusik über den Schlosshof, der König fuhr vor. Nixenmeister Storm mit seiner nervös leuchtenden Nase zog rasch die Noten aus der

Tasche und verteilte sie. Der König kletterte aus seinem Wagen, ging ein paar gemessene Schritte und stand dann unten auf der ersten Stufe. Wir in unserem Nixenstaat sahen auf Seine Majestät hinab. Auguste Krogh, die Tochter unseres Amtmannes, unsere beste Sängerin, überreichte ihm Storms Verse. Dann sangen wir los, allein, ohne unseren Dirigenten, weil er das so besser fand. Storm, der sonst immer mit Feuer und Flamme dirigierte, hatte sich zurückgezogen, lauschte in der Turmtür und hielt sich womöglich die Ohren zu. Keine von uns Nixen konnte ihn ersetzen, auch die Krogh nicht. Falsch, abscheulich, herzzerreißend habe es geklungen, Lied verdorben, Mühe umsonst, meinte er später.

Nach dem schlimmen Auftritt, den die Zeitung übrigens lobend, wenn auch nur beiläufig erwähnte, saßen wir in der Wohnung der Kammerherrin Stemann. Es gab Krach unter uns Nixen. Wer hatte die Schuld an allem, war die Frage, auf die wir keine Antwort fanden. Ich weinte. Ich glaube, alle Nixen weinten. Storm verstand es, streng und liebevoll zugleich zu sein und mit klugen Worten dem Spuk ein Ende zu machen. Dafür bewunderte ich ihn. Wir alle bewunderten ihn.

Um zehn Uhr startete ein Fackelzug zu Ehren Seiner Majestät. Storm hatte mich zu seiner Begleitung auserkoren, und ich fühlte mich herausgehoben, empfand auch ein wenig Schadenfreude nach dem Schlag ins Wasser für uns Nixen. Schleier und Kranz hatte ich abgelegt. Wir standen nebeneinander, als Senator Rehder im Fackelschein laut und vernehmlich Worte der Verehrung und des Dankes sprach und daran Hoffnung auf die gnädig verheißene Hafenerweiterung und den Ausbau der Chaussee nach Flensburg knüpfte. Es lebe Seine Majestät, der König, hoch, rief er am Ende. Der

König dankte mit bewegten Worten und versicherte, das Wohl der Stadt Husum, insbesondere der Hafenausbau, liege ihm am Herzen.

Als alle Fackeln ausgebrannt waren, zerstreuten sich die Husumer und gingen nach Hause – gute Nacht, Majestät. Der König hatte seine Gemächer im Schloss. Morgen würde er den Hafen und die Husum-Flensburger Kunststraße in Augenschein nehmen und, von der Ringreitergarde begleitet, mit seinem Tross weiter nach Friedrichstadt ziehen. Die Zeitung dichtete ihm hinterher:

> Denn wo der Fuß des Königs weilet,
> Muss Segen allerorten sein.
> Die Wunde, blutend, wird geheilet,
> Wo Jammer war, kehrt Freude ein.

Storm begleitete mich nach Hause. Er ging mit mir einen Umweg durch die Neustadt, vorbei an dem Haus, das sein Vater ihm schenken wollte, demnächst würde er da einziehen. Es war schon sommerdunkle Nacht. Wir hatten keine Laterne dabei, das war das Allerbeste. Ich war durch die Nixenwirtschaft so aufgeregt und ängstlich, dass ich mit der Linken seinen Arm festhielt und mich an ihn drückte, aber als er mich die schönste Nixe mit der schlanksten und schönsten Gestalt nannte, musste ich lachen.

Das helle Lachen und dein fröhlich-kindliches Herz hast du von deinem Vater, sagte er.

Tatsächlich lachte mein Vater gern, er hatte ein fröhliches Herz. Storm mochte das, wenn er bei uns zu Hause auf einen Tee war, dann erfreute er sich am hellen Lachen meines Vaters. Wir standen in der Einfahrt zum Hof, von dort kam der Geruch der frisch geschnittenen Bretter. Das war Vaters Geschäft, die Holzhandlung. Die Baumstämme ersteigerte er beim Hegereiter Anker Erichsen, dem berittenen Förster des königlichen Forstes von Immenstedt.

Riechst du das Holz, Theodor?, fragte ich.

Ja, sagte er, und dich kann ich auch riechen. Er fuhr mir zum Abschied mit seiner Hand über meinen gewesenen Nixenschopf. Schleier und Kranz – wo waren sie geblieben? Lass dich noch einmal beaugenscheinigen, Kindchen. Er kam mir ganz nah, damit er mich noch erkennen konnte.

Ich ließ mir's gefallen und war voller Glück.

# Nur nicht
# ohne Mann sitzenbleiben

Mit Cile wandelte ich durch diesen Restsommer wie im Traum und dann hinein in den Herbst. Die Eltern bereiteten uns vor auf unsere Zukunft, wir sollten keine Dienstmägde werden. Erzogen wurden wir für die Ehe und für den Tod – dass wir heiraten würden, war zu vermuten, dass wir sterben würden, war gewiss. Unbedingt musste vermieden werden, dass wir zu den Sitzengebliebenen zählten. Dann säßen wir da als Mamsell, die weder Dame noch Hausfrau sein konnte. Lesen, Schreiben, Rechnen und das rechte Christentum waren zu lernen für das Leben. Das lernte ich zuerst, wie früher auch Storm, bei Mutter Amberg in der Klippschule. Wir Mädchen mussten uns wappnen für die Entsagungen, die uns so sicher wie das Amen in der Kirche später ins Haus stünden. Diese dann mutig zu ertragen, dahingehend wurde erzieherisch gewirkt. Mit unserer Schneiderin Tante Marie sprachen wir schon in der Kinderzeit Französisch, Lehrer Sahr gab uns Privatstunden in der deutschen Sprache und in Naturkunde, und einmal in der Woche erhielt ich bei ihm Klavierunterricht. Ein Jahr vor meiner Konfirmation schickten meine Eltern mich zu Madame Frisé auf die höhere Töchterschule in Flensburg.

Augenblicklich konnten wir noch bei Lisette Israel Englischbrocken aufschnappen und das Neueste aus der Welt und aus Rendsburg erfahren, wenn die gute Frau zum Michaelismarkt nach Husum kam und sich mit ihrer Putz- und Modewarenhandlung in der Krämerstraße einmietete. An ihr hatten wir unsere helle Freude. Sie war eine Mischung aus Geschäftstüchtigkeit, Warmherzigkeit und ehrlicher Haut mit schwankendem Taktgefühl und Judennase. In Amerika gebe es Mädchenvereine, berichtete sie, da verpflichteten sich die Mitglieder, keinen Mann zu heiraten, der rauche oder schnupfe. Gute Vorsätze, meinte sie. Aber, aber. Würde nämlich ein Krösus bei ihnen anklopfen, dann wären alle Vorsätze beim Behemoth. Auf ewig dein, würden sie dann schwören, nur damit sie nicht sitzenblieben. Ja, so sind wir, die Frauen, rief sie und lachte. Bei ihr kauften wir uns mit dem von unseren Eltern abgeschwatzten Geld einen französischen Seidenhut und ein blau-weiß-rotes Harlekinkostüm. In diesem Aufzug wollten wir Storm überraschen beim Teebesuch.

Dazu kam es Ende September 1845. Es war während seiner Verlobungszeit mit Constanze Esmarch, der Michaelismarkt stand wieder vor der Tür, und das Quecksilber in meinem Wetterglas war so hoch geklettert wie selten. Es herrschte eine ungewöhnlich schwüle Sommerhitze, obwohl laut Kalender schon der Herbst begonnen hatte. Selbst im Schatten war kein Aushalten. Auf dem Katzenkopfpflaster schimmerte es feucht und blank, die Harlekinkostüme klebten. Ich lockerte die Schnur, die das Kostüm oben am Hals festhielt.

Storm wohnte noch bei dem Agenten Schmidt in der Großstraße, der Umzug in die Neustadt war schon geplant. Tante Brick, die ihm später auch dort den Haushalt führte, öffnete uns die Haustür.

Hier ist kein Faschingsball, dafür ist es zu heiß, so empfing sie uns und wischte sich mit einem weißen Tuch die Stirn.

Morgen ändert sich das Wetter, sagte ich.

Da lachte sie und rief: Hereinspaziert.

Storm hatte sein Tagewerk getan und kam uns begrüßen.

Da sind wir wie angekündigt zum Tee, sagte Cile.

Wozu ihr euch selber eingeladen habt, sagte Storm.

Den Tee haben wir uns aber verdient, sagte ich.

Ja, das habt ihr. Eure Kostüme sind so recht passend zum Wetterzauber.

Tante Brick brachte drei Tassen und den sausenden Teekessel.

Warum habt ihr euch so ganz außer der Reihe verkleidet?, fragte Storm.

Das ist unser Tee-Anzug, sagte ich.

Ja, du zarte Blondine, sagte er und sah mich lange an.

Ich war sechzehn, er achtundzwanzig. Von Sehnsucht verstand ich noch nicht viel, aber fühlen konnte ich sie schon. Storm hielt mich damals für dreizehn, wie er später seinem Freund Brinkmann schrieb, also noch für ein Kind. So steht es übrigens auch in der «Bekenntnis»-Novelle, in der er die Begegnung mit einer Dreizehnjährigen schildert, in ebenderselben Hitze wie an jenem Septembertag. Der Erzähler verzehrt sich nach diesem Kind und hätte unter dessen Augen sterben mögen, so ist da zu lesen.

Das Kind in der Novelle bin ich. Ich weiß es, Storm hat seine Sachen ja immer aus dem Leben gegriffen. Hier, mit der Begegnung an diesem Glut-Tag in seiner Wohnung in der Großstraße, fing alles mit uns an. Meine Liebe zu Storm, von der ich noch nichts wusste, und Storms Liebe zu mir, von der er viel mehr wusste als ich. Wenn ich ihn heute fragen würde, dann würde er immer noch sagen, dass ich damals dreizehn war. Vielleicht hing das mit einer Liebe aus der Studentenzeit zusammen, mit der damals neunjährigen Bertha von Buchan, die ihm am Ende einen Korb gab, an dem er sein Leben lang zu schleppen hatte.

Seltsam war's, als Cile und ich gingen. Wir wollten eigentlich nicht gehen, Storm schickte uns aber fort. Kann sein, dass er mal wieder Zahnweh hatte. Beim Abschied stand er vor mir, strich über mein Haar.

Lass dich mal wieder beaugenscheinigen, Kleines. Deine schönen Augen werden mir heute Glück beim Kartenspiel bringen.

Er spielte gern. Das Blut jagte ihm dann rascher durch die Adern, ihn durchströmte dann ein prickelndes Gefühl. Beim Kartenspiel hatte er aber wenig Glück, er verlor beim L'hombre und beim Vingt-et-un immer wieder, und dann zergrübelte und zerdachte er sich den Kopf. In den Ehestand sollte er mit einem Haufen Spielschulden treten. Seine Großmutter erlöste ihn von der Last, das war ihr Hochzeitsgeschenk, gut für Constanze. Bis dahin war es aber noch ein Jahr.

Besucht mich bald wieder, sagte er und verabschiedete uns an der Haustür.

Ein paar Tage nachdem er Anfang November 1845 umgezogen war in das Haus, das ihm sein Vater in der Neustadt schuldenfrei überlassen hatte, besuchten wir ihn wieder. Cile hatte wegen ihres Brechübels gerade drei Tage das Bett gehütet und war ausgemergelt und blass. Sie war ja immer blass; ausgemergelt auch eigentlich immer. Ihre Mutter hatte uns schon bei ihrem Bruder angekündigt. Inzwischen ging ich stramm auf die siebzehn zu und widerstand seinen Blicken, als wir Tee tranken und hinter den Tassen saßen. Ich machte mir nichts aus den Blicken, eher fühlte ich mich interessant und gehoben. Es störte mich auch nicht, dass Storm verlobt war mit Constanze. Ich tat ja nichts Verbotenes, obwohl. Eigentlich saß ich nur da und Storm auch. Der Ofen verbreitete angenehme Wärme. Merkte Cile was? Sie stand plötzlich auf und sagte: Ich gehe jetzt, mir ist nicht gut.

Ich hätte noch ewig bleiben können, aber ich musste mit. Tief inwendig spürte ich kleine, wohltuende Erschütterungen, die auch Storm erfasst haben mussten, denn in der «Bekenntnis»-Novelle heißt es: Wenn es für unser Leben etwas Ewiges geben soll, so sind es die Erschütterungen, die wir in der Jugend empfangen haben. Das ist so wunderbar gesagt, dass ich es nicht vergessen habe.

Deine Augen haben mir übrigens beim Kartenspiel kein Glück gebracht, sagte er beim Abschied an der Haustür. Aber vielleicht sind sie für was anderes gut? Vielleicht fürs Theater?

Noch am selben Abend nahm er Cile und mich mit in die Komödie; die Schauspielertruppe Huber gab eine Vorstellung im Rathaussaal, «Röschens Aussteuer». Cile und ich fanden das Stück gelungen, Storm fand es nicht gelungen. Ein abscheulich flaues Ding, meinte er. Er war richtig böse und verabschiedete sich von uns schlecht gelaunt und mit roter Nase.

Für die Neujahrsnacht hatte mein Wetterglas ruhiges Wetter versprochen. Wolkenpolster lagen abends über Husum, es war milde und still, man konnte weit hören und leise sprechen. Nur schemenhaft war der Treppengiebel des Husumer Brauereigebäudes zu sehen und oben auf dem Rathaus der kleine, von sechs Säulen getragene Tempel mit wehender

Fahne. Der letzte Tag des Jahres wurde festlich begangen mit Gesang und Fackelzug. Husums Straßen kamen mir vor wie mit dem Lineal gezogen. Auch schienen sie viel sauberer zu sein als sonst.

Ich hatte Cile abgeholt, wir gingen Hand in Hand bis zur Marienkirche. Dort standen die Sänger der Liedertafel schön aufgebaut unter der Leitung von Lehrer Sahr. Der sang auch in unserem Gesangverein, und Storm übte dann und wann mit den Liedertafelsängern, wenn Sahr verhindert war. Storm verstand die Liedertafel nicht als Konkurrenz. Veranstaltungen aber, die ihm zu sehr nach Politik und Männerchor rochen, lehnte er ab. Von ihm war heute Abend nichts zu sehen.

Nachdem die Glocke zwölf geschlagen hatte, ertönte aus vierzig Männerkehlen «Des Jahres letzte Stunde». Sodann wurde von allen «Ein feste Burg ist unser Gott» gesungen. Cile und ich sangen mit – ich mit meinem Alt, Cile mit ihrem dünnen Sopran, wir kannten das Lied vom Konfirmandenunterricht. Kaum war der Choral verklungen, sprach der Vereinsvorsitzende ein paar kräftige, zeitgemäße Worte in Richtung Dänemark. Den König, unseren Herzog, nahm er aber ausdrücklich in Schutz. Er sagte, dessen Gerechtigkeitsliebe wisse alle hässlichen Eingriffe von unschöner dänischer Seite zu verhindern. Und deswegen schloss er mit dem Ausruf: Es lebe Seine Majestät König Christian VIII.! Darauf sang die Liedertafel als kleine Gegengeste unser Schleswig-Holstein-Lied. Ein Hoch auf die Einwohner der Stadt folgte. Die Fackeln wurden auf einen Haufen geworfen und verbrannten, während wir alle unter den weit ausholenden Armbewegungen des Dirigenten noch einmal sangen: Freiheit, die ich meine.

Dann zerstreute sich die Menge. Lichter erloschen, das Blau-Weiß-Rot der Fahnen war nicht mehr zu erkennen. Gut so, denn die dreifarbigen Fahnen wurden von der dänischen Obrigkeit als Ausdruck politischer Gesinnung betrachtet und waren neuerdings verboten. Die Alten hatten ihre Plätze hinter den Fenstern verlassen – so konnten sie sich auch nicht mehr über die Krümel aufregen, die auf der Straße lagen.

Ich begleitete Cile bis vor die Haustür in der Hohlen Gasse.

Hörst du was?, fragte sie.

Stadt, Land, Luft und Meer waren still. Nein, ich hörte nichts.

In solchen Neujahrsnächten begaben sich Liebespaare auf den Deich vor Husum. Sie flüsterten sich Liebesworte zu und besuchten die Wiedergänger, die sich dort in Mausgestalt verkrochen hatten. Sie trampelten im Gleichtakt auf die Grasnarbe und riefen den alten Zauberspruch:

> Lieb Mausefrau, lieb Mausemann,
> Kommt heraus und lasst euch blicken.
> Frau Enzian, Herr Dulzian,
> Tut uns süß heut Nacht beglücken.

Wenn das Schicksal es wollte, dann ließen sich die kleinen Wühler und Nager aus ihren Löchern scheuchen. Das bedeutete günstige Fügung, und ein mit Kostbarkeiten vollgestopftes Füllhorn erwartete die Liebenden. Damit auch ja nichts verlorenginge, schrieben sie darüber einen kleinen Vermerk mit Datum und Uhrzeit ins Buch des Lebens.

# Die Begegnung
## mit dem Sargfisch

Die Orkanstürme der ersten Januarwochen 1846 verklangen allmählich mit Hagel, Blitz und Donner. Sie hatten furchtbar gewütet aus West-Südwest. Noch versank die Nordsee in einem Meer von Gischt, flutete heran und strömte über Schiffbrücke, Krämerstraße und Wasserreihe. Wie mochte es auf den Halligen aussehen? Wenn Brunnen und Fethinge mit Meerwasser volllaufen, sind Mensch und Vieh arm dran, und die Halligleute wissen nicht, wo sie das Trinkwasser herkriegen sollen. England jagte uns zusätzlich mächtige Sturmschauer über die Deiche und ließ es prasseln. Die Storchennester auf den Dächern flogen wer weiß wohin.

Auch Storm hatte es getroffen. Bei ihm in der Neustadt lief das Regenwasser durchs Dach und weiter durch die Wohnzimmerdecke auf die Möbel und die Bühnendekoration, die er gerade anfertigte. Er stellte Eimer auf, schleppte sein Bett ins letzte trockene Zimmer und schaufelte Wasser bis zum Umfallen. Der Arme arbeitete gerade an einem Theaterstück für die kurz bevorstehende Silberhochzeit seiner künftigen Schwiegereltern in Segeberg, dem «Freischütz».

Der Mühlenteich lief über. Der Wassermühlenmüller leitete Notmaßnahmen ein und hörte zu mahlen auf, alle Räder standen still. Dann aber beruhigte sich das Wetter mehr und mehr, und das Wetterglas sagte beständiges Winterwetter voraus. Man hatte schon gemeint, diesen Winter ohne Schlitten und Schnee, Schlittschuh und Eis vorüberziehen zu sehen. Aber nein. Tatsächlich kam noch der Frost, und zwar plötzlich und mit einer seltenen und merkwürdigen Naturerscheinung: Ein heftiges Gewitter ging einher mit Hagelschauern und Schneegestöber. Von heute auf morgen hatte sich spiegelblankes Eis auf dem Mühlenteich gebildet, dick lag Schnee auf den Dächern und in der Marsch. Die Luft wurde empfindlich kalt und schneidend, ein blauer Februarhimmel überspannte wie für ewig unsere kleine Stadt.

Warum hast du so wenige Tage, Februar?, fragten die Leute. Merk dir, das Leben ist kurz, riefen sie ihm zu und sammelten die Storchennester ein. Sie reparierten den Sturmschaden und legten die Nester parat, denn die mussten unbedingt auf die Dächer, bevor die Störche im April wiederkehrten. Vom Deich herunter rodelte die Jugend. Auf dem Eis des Mühlenteichs vergnügten sich Alt und Jung mit Schlitten und Schlittschuh. Der Wassermüller konnte nicht mahlen, nun standen alle Räder still, weil das Wasser gefroren war. Er hatte Rotwein und Rum, Zucker und heißes Wasser zu Punsch gemischt und seine Punschbude aufgestellt. Man wärmte sich die Hände an den Gläsern und die Kehle mit dem Punsch. Und der Februar hatte die Bitte der Leute erhört, er ließ die Sonne steiler als sonst nach oben steigen und sorgte für Licht bis in die Abendstunden. Entsprechend lange dauerte das Treiben auf dem Eis.

Um das Wintervergnügen in Husum perfekt zu machen, wurde im Rathaussaal zur Maskerade eingeladen. Musik, Dekoration, Separees und prompte Bedienung waren versprochen worden. Gewehre, Säbel, Sporen und Stöcke hatten draußen zu bleiben. Abends Klock sechs sollte Einlass sein, um Mitternacht würde es heißen: Maske ab.

Allein konnte und durfte ich nicht gehen, wie gern aber wollte ich die erste Maskerade erleben. Ich ging jetzt auf die achtzehn zu. Meine Schwester Rieke war inzwischen in Flensburg bei einer befreundeten Holzhändlerfamilie untergekommen und als Kindermädchen beschäftigt. Sie hatte ihre erste Maskerade in der Harmonie schon hinter sich und war begeistert gewesen. Meine Cile war wie so oft unpässlich und lag mit ihrem Brechübel zu Bett. Wäre sie überhaupt mitgekommen? Das frage ich mich heute.

Als Storm in jenen Tagen wieder einmal bei uns zum Tee war und sich über das helle Lachen meines Vaters freute, kam auch die Maskerade aufs Tapet. Meine Eltern hatten ihn schon früher als Kavalier für meinen ersten Tanz engagiert, und ich hatte ihn in der Maske eines weißen Schmetterlings entzückt. Viel später flog ihm wohl das Bild vom Schmetterling in die Seele, als er diese Verse in sein Tagebuch schrieb:

> Weh, wie so bald des Sommers Lust verging –
> O komm! Wo bist du, weißer Schmetterling?

Meine Mutter bemerkte beim Tee, es sei für ein junges Mädchen immer ein großes Unglück, auf seinem ersten Ball den ersten Tanz über sitzen zu müssen, weil sich kein passender Herr finden lasse. Tanzen könne Doris doch, rief sie und meinte Storm. Ja, tanzen konnte ich, das hatte ich mit Rieke schon in der Kinderzeit bei Tanzlehrer Freysingk gelernt. Storm sagte ja. Da wurde ich ganz vergnügt und auch ein wenig stolz. Hatte er nicht einmal gesagt, ich hätte was von einer vornehmeren Persönlichkeit an mir? Bei ihm war ich also bestens aufgehoben, er stellte in Husum etwas dar, und er konnte fast so gut tanzen wie singen.

In den Tagen darauf sang der Winter draußen sein Lied. Schwarz die Luft, weiß das Land, das ist der Liebe Unterpfand, dichtete ich, während ich oben in meinem Zimmer an meiner Kostümierung arbeitete und unten in der Tee-Ecke der Teekessel sauste. Dann war es so weit, am Abend sollte die Maskerade sein. Ich war aufgeregt und brauchte einen ganzen Nachmittag für die Verkleidung. Meine Mutter half mir dabei, ein schönes Blumenmädchen zu werden.

Mein Gott, die Aufregung, was hast du für hektische Flecken?, sagte sie.

Aber am Ende stand ich da in einem weißen langen Kleid voller bunter Papierblumen, mein Haar war besteckt mit Blumen aus bunter Seide, und auf die Maske vom Kaufhaus Topf hatte unsere Schneiderin Tante Marie ein dunkelrotes Rosenmuster gestickt. Storm liebte Rosen über alles. Zu schade, dass Großmutter Mummy das nicht mehr erleben konnte. Ich legte eine Gedenkminute für sie ein, sah aus dem Fenster in Richtung Friedhof, wo sie begraben lag.

Hoffentlich sagte er nicht ab wegen seiner häufigen Zahnschmerzen, hoffentlich hatte er mich nicht beschwindelt oder sich nur einen Spaß erlaubt. Das hätte ihm ähnlich gesehen. Oder würde er lieber Karten spielen wollen, statt mit mir zum Ball zu gehen? Hatte er ein schlechtes Gewissen wegen Constanze? Die war in Segeberg, tanzte dort auch als seine Verlobte gern und ließ sich von Kavalieren die Cour machen. Das wusste ich von Storm selber; er war eifersüchtig, aber er konnte nichts machen. Ich überlegte. War Constanze eifersüchtig auf mich? Das ging mir zum ersten Mal durch den Kopf, als ich längst ballfertig dastand und immer wieder in den Spiegel sah.

Um acht Uhr holte Storm mich ab. Schnell zog ich mir die Maske vors Gesicht, damit meine hektischen Flecken nicht zu sehen waren. Nie zu früh erscheinen, aber auch nie zu spät – das war Storms Richtschnur für solche Bälle. Er war gut gelaunt, sein Theaterstück war in Segeberg gut aufgenommen worden. Dort hatte er den Max aus dem «Freischütz» gegeben, auf Stormsch und in englischer Jägeruniform.

Max Freischütz, stellte er sich vor. Ich komme geradewegs aus dem schönen England, bin beschwerlich gegangen durch Husums Auen. Bitte um Dispensation ob meiner Verspätung.

Ich gewährte ihm die Bitte, denn ich wollte gern das deutsche Blumenmädchen an seiner Seite sein. Ich zog Mutters schweren Seehundfellmantel an, warf die Kapuze über und hakte mich bei ihm ein.

Ja, drück dich nur fest an deinen Max. Er summte ein paar Noten aus dem Jägerchor, zu dessen Takt wir nur schwer Fuß fassten, sodass wir alles andere als im Gleichschritt der Maskerade zusteuerten.

Der Mond stand fast voll und warf sein Licht auf die Marienkirche am Markt und auf die Schiffe im Hafen.

Komm gern an mich heran, sagte Storm. Mondlicht habe einen schädlichen Einfluss auf den Körper. Matrosen, die auf ihrem Schiff dem Mondschein oblägen, werde der Mund krumm gezogen, und ihre Muskeln würden verdreht. Auch gehe ihr Augenlicht auf mehrere Monate verloren, und ihr

Sehvermögen komme nie vollständig wieder zurück. Und wenn sie am Ende in ihrem Seemannsgrab logierten, dann seien für sie die herrlichen Gärten nicht mehr zu gewahren, die es bekanntlich am Meeresgrund gibt.

Ich zog die Maske ein Stück fester und rückte noch enger an meinen Kavalier heran. Ist das da unten so etwas wie die Wolfsschlucht?, fragte ich.

Ja, meine Lieblingsblume, flüsterte er. Komm nur heran, so ist es recht und gut.

Kutschen rasselten an uns vorbei, Knaben liefen nebenher und riefen hurra – alle Richtung Rathaus und Maskerade. Siehe da, eine Sternschnuppe zog ihren Strich in den Februarhimmel.

Denke ja nicht, Wolfsschlucht und Waldlust seien im «Freischütz» das Wesentliche, sagte Storm. Auch deutsches Gemüt, Himmelsstrafgericht, harmlose Heiterkeit und Scheibenschießen seien nicht das Eigentliche dieser Oper. Zuallererst komme die Musik, die wunderbare, alles andere folge daraus. Auch die Liebe, denn ohne Musik gebe es keine Liebe. Auch den Gesangverein nicht. Darum haben wir ihn doch, Frau Musica, liebste Doris.

Ich bewunderte seine Klugheit und Bildung, seine Beredsamkeit, Entschiedenheit und Leidenschaft für das, was ihm wichtig war. Freilich war ein Schuss Liebe meinerseits wohl auch drin, ehrlich gesagt, und ganz inwendig die Angst vor dem leidvollen Wunder Liebe, von dem ich noch keine Ahnung hatte.

Mit unserem Gesangverein wollte er demnächst Chor, Lied und Terzett aus seiner Lieblingsoper aufführen. Im Sommer gedachte er uns für ein Konzert so weit zu haben. Es werde noch harte Arbeit notwendig sein. Aber jetzt ein Rätsel, sagte Storm und sprach es in wohlgesetzten Schauspielerworten:

> Wie sich manches in der Welt
> Wunderbar zusammenstellt. –
> Einen geistlich frommen Mann
> Deutet dir mein Name an.
> Und, dir's deutlicher zu künden,
> Kannst ihn in der Bibel finden.
> Doch ein Zeichen ändre um,
> Und er schreckt das Publikum,
> Wenn in schreckender Gestalt
> Er auf Bühnenbrettern wallt.

Ich überlegte. Ich kannte diese Verse von Großmutter Mummy. Zu Storm sagte ich: Nichts sagen, ich komm schon noch drauf.

Die Tanzmusik bei der Maskerade machten Johannes Franzen und sein Kompagnon aus der Süderstraße mit Fiedel und zweiter Geige. Wir hörten sie über die Saiten kratzen, als wir die Treppe zum Rathaussaal hochgingen. Mantel, Schal, Muff und Mütze gaben wir an der Garderobe ab. Dann standen wir an der Schwelle zur Saaltür und blickten in den Trubel.

Alles junge Leute, sagte Storm und fasste sich an die rote Nase. Nichts sei selbstsüchtiger und erbarmungsloser als die Jugend.

Damit betraten wir den Saal.

Zweihundert Masken wogten in buntem Gemisch. Laufmädchen ohne Maske zwängten sich mit ihren Getränketabletts da durch. Ich sah vornehme Damen in Kostümen aus der Zeit von Herzog Adolf, sie trugen hochgesteckte, gepuderte Haare mit Firlefanz als Kopfputz. Fischfrauen und Bettelweiber aus Hamburg, Blumenmädchen aus Bayern, Schäferinnen aus Griechenland und Bauernmädchen aus Tirol bevölkerten den Saal. Das war ganz meine Couleur. Die Monsieurs marschierten vor allem als Matrosen und Offiziere, zwei kleine Napoleons sah ich in der Menge, den Bettelmann sah ich nirgends. Storm stand als Max einsam und allein da in seiner Aufmachung. Ich suchte seinen Blick und fuhr erschrocken zurück, als er mich dabei ertappte.

Zwei Geschäftsleute hatten ihren Betrieb am Rande der Maskerade eröffnet und warteten auf Kundschaft: ein schweigsamer Apotheker mit stechendem Blick – er verkaufte ein weißes Pulver gegen Kopfschmerzen und zyprisches Puder gegen hektische Flecken – und neben ihm ein plärrender Bandjude mit Bauchladen, in dem er für die maskierte Damenwelt Schleifen, Bänder und Seidentücher feilhielt.

Wir tanzten einen Kotillon, dann drehten wir uns in einem Ländler. Ich fühlte mich leicht und schwebte wie damals, als er mich zum ersten Tanz begleitet hatte. Während wir tanzten, lehnte ich mich zurück, so konnte ich ihn besser sehen. Er war ein beneidenswert guter Tänzer, und mit mir hatte er ein leichtes Spiel, denn Tanzen hatte ich von der Pike auf gelernt.

Du wiegst ja fast nichts, rief er.

Ja, rief ich zurück, gerade so viel, dass du mich spüren kannst.

Unter den Maskierten war noch in vorgerückter Stunde ein Troubadour aufgetaucht, ein anderer wanderte als Tannhäuser auf dem zweifelhaften Weg zum Venusberg, wie er mit lauter Stimme verkündete: Morgen schon, liebe Freunde, werdet ihr mit mir im Paradiese sein. Storm riss sich die Maske ab, wohl weil ihm dieser Tannhäuser als Konkurrent zu seinem Max in die Quere gekommen war, Jähzorn verzerrte ihm das Gesicht. Seine Augen, sonst blau und groß, hatten sich bewölkt und sagten schlechtes Wetter voraus. Nein, du bist es nicht, sagte er zu mir. Es war der junge Mann, der unbekümmert seinen begrünten Wanderstab aufs Parkett schlug und tatsächlich den Eindruck vermittelte, als wäre er morgen schon im siebenten Himmel.

Storms Nase war noch roter geworden. Lisette Israels letzte Bemerkung fiel mir ein: Sie könne es nicht unterlassen zu sagen, wie über alle Maßen hässlich Storm geworden sei. Sonst sei er immer der hübscheste Goi in Husum gewesen, jetzt habe er ja eine so rote Nase! Mir war, als hätte die Israel ihm das hier und heute Abend geradewegs unter die Nase gerieben.

Komm, wir gehen, sagte Storm und zog mich mit sich fort.

Ich schnappte mir den Seehundfellmantel, warf die Kapuze über und steckte die Hände in meinen Muff, er schnappte sich seinen englischen Havelock, setzte den Deerstalker auf, legte die Klappen auf die Ohren und wand sich den von seiner Großmutter extra lang gestrickten Wollschal zweimal um den Hals. Unten an der Treppe winkte er einen Wiener Wagen herbei, wir stiegen ein. Oben rief die Musik zur Polonaise.

Zum Mühlenteich, rief Storm dem Kutscher zu.

Das Wetter würde sich auch morgen halten, sagte mir meine Erfahrung. Das Wetter wird sich halten, sagte ich noch in der Kutsche, weil ich nichts anderes zu sagen wusste.

Du mit deinem Wetter, antwortete Storm.

Das Richtige zur rechten Zeit zu sagen ging mir mal wieder schief. Ich summte vor mich hin, um ein wenig beschäftigt zu sein.

Stille Nacht, glitzernder, blinkender Sternenhimmel, der drei viertel volle Mond spiegelte sich im Eis. Vom Wintervergnügen, das gestern noch auf dem Mühlenteich wie toll getrieben worden war, keine Spur. Am Ufer standen die Schankzelte wie Segelschiffe in der Flaute. Von den Feuerstellen, wo Wirtsleute Grog und Glühwein, heißen Fliederbeersaft und Limonade verkauft hatten, auch Wurstbrote und Kringel, war nur die weiße Asche geblieben.

Ich besorgte uns einen von den in der Wassermühle eingestellten Schiebeschlitten, rief Storm und stieg vor mir aus. Er holte seine holländischen Schlittschuhe, die der Müller für ihn aufbewahrte, und schnallte sie fest unter. Dann drückte er mich auf den Schlitten, gegen die Rückenlehne. Sitzt du gut?, fragte er.

Ich nickte.

Da packte er mich an den Schultern, trat an und schob los. Ich hörte seine scharf geschliffenen Stahlschuhe auf dem Eis, unter mir schliffen die Schlittenkufen ihren Kufenklang heraus. Fahrtwind kam ins Gesicht. Erst jetzt merkte ich, dass meine Maske fehlte.

Wo ist meine Maske?, rief ich nach hinten.

Vielleicht hast du sie im Wagen vergessen, rief Storm zurück.

Macht nichts. Ich hätte aufjauchzen mögen, fort wie auf Flügeln schoss das leichte Gefährt mit mir übers glatte Eis.

Das war eine herrliche Nacht auf dem zugefrorenen Mühlenteich. Der war so groß wie ein kleiner See und gehörte uns allein. Weißgrau bildete das Universum am Ufersaum einen schmalen Streifen aus Schilf und Schatten, darüber, gleich über dem nördlichen Horizont, leuchtete hell ein Stern; wir wussten nicht, welcher.

Sieh nur das außerirdisch schöne Gewölbe, hörte ich meinen Kavalier sagen.

Die Milchstraße, sagte ich.

Er zeigte mir den Großen Wagen, ich zeigte ihm den Polarstern. Währenddessen steuerte er nach Süden über die Mühlenteich-Untiefe, wo sich das Aalkraut unterm Eis schlängelte. Wir flitzten drüberhin, ich sah davon nichts.

Untiefe – was für ein komisches Wort, dachte ich. Die Engländer haben dafür wahrscheinlich ein viel besseres, die denken nicht so um zwei Ecken herum wie wir. Wäre ich ein Mann, dann würde ich Wortheilkunde studieren, sagte ich.

Dann hänge ich meinen Rechtsanwalt an den Nagel, und wir studieren gemeinsam.

Er steuerte jetzt auf das Mühlenteichtief zu, dort war das Wasser unergründlich. Immer wieder waren hier in den vergangenen Jahren Eisläufer eingebrochen und ertrunken, auch Fußgänger, die den Weg von Mildstedt nach Rosendahl abkürzen wollten und einfach querbeet gingen, die Zeitung hat davon berichtet. Lagen etwa Ertrunkene auf dem Grund des Mühlenteiches? Ich fühlte mich sicher und geborgen unter diesem Himmel und über diesem Grund. Mir war zum Grübeln zumute – wer weiß, vielleicht konnte ich mir damit die Stimmung verfeinern.

Da unten haust der Sargfisch, sagte Storm, als wir über der tiefsten Stelle hielten.

Unser Atem dampfte. Ein langgezogenes Knallen und Knistern fiel vom Himmel, erfüllte die Luft für einen unendlich langen Augenblick. Knacks, ein Riss ging durch das Eis.

Das war der See, der ruft den Sargfisch, sagte Storm, während mir ein kalter Schauer über den Rücken lief. Er setzte sich zu mir auf den Schlitten, legte seinen Arm um meine Schultern. Komm, ich wärme und beschütze dich.

Ich nickte.

Schon erzählte er. Der Sargfisch sei so groß wie ein Kalb und trage einen Sarg auf dem Rücken. Immer, wenn ein Opfer gebracht werden müsse, gebe der See einen Laut. Damit rufe er den Sargfisch herbei, und der mache sich dann an die Arbeit. Wen er mit den Augen zu fassen kriege, der sei verloren. Es sei also nicht das zu dünne Eis, es sei dieses Ungeheuer, das sich die Lebenden hole, um sie den schon Ertrunkenen beizulegen.

Ist auch da unten eine Wolfsschlucht?, fragte ich.

Ja, so in der Art.

Jetzt war bei mir Schluss mit Grübeln und feiner Stimmung, als wenn ich auf dem Boden der Tatsachen angekommen wäre. Und übrigens, Theodor, der Mann aus der Bibel heißt Samiel. Das ist des Rätsels Lösung.

Ja, richtig, sagte Storm, auch so ein Bösewicht. Er schob mich Richtung Husumer Hafen, immer nach Westen, hinein in den Sternenhimmel, hinein in den Mühlenstrom, stromabwärts, über uns die Mühlendammbrücke, links und rechts die allmählich ansteigende Böschung, hinter der Böschung die Gärten, am Ende der Gärten die Häuser mit den schlafenden Familien. Es ging auf Mitternacht zu. Eine Sternschnuppe fiel in die Nordsee.

So früh im Jahr, dachte ich. Ich wünschte mir Glück und Gesundheit, schloss Storm mit ein, sagte aber nichts.

An Großmutter Woldsens Lusthaus, das, gestützt von zwei

Eichenpfählen, über die Böschung hinausragte, hielten wir. Wir stiegen die Böschung empor. Storm holte den Schlüssel aus dem Schlüsselversteck und schloss auf. Schlitten und Schlittschuhe sollten die Nacht über hierbleiben. Morgen wollte er beides zum Mühlenteich retour bringen und sich dort – Wetter vorausgesetzt – nachmittags mit alten Kommilitonen aus Kieler Universitätszeiten treffen.

Vor der Marienkirche trennten wir uns. Unser Jensen-Haus in der Norderstraße war in Sichtweite, Storm musste nur einmal um die Ecke, dann war auch er zu Hause. Er drehte sich aber noch einmal um, nachdem er drei Schritte gegangen war.

Doris, sagte er leise, fast flehentlich und in einem für ihn untypischen Ton, auch ohne erhobenen Zeigefinger, so kannte ich ihn gar nicht. Vergiss diesen Abend nie!

Ich sagte nichts, dachte bloß: Nein, nie, wie kann man Unvergessliches vergessen. Mir war fromm und traurig zumute. Wie seltsam, alles auf der Welt kommt und geht auf einmalige Weise – warum kommt und geht alles nicht ganz anders?

Er begleitete mich bis vor die Haustür. Gleich würde der Wächter zwölf rufen. Mon bijou, meinte ich von Storm in seinem Husumer Französisch gehört zu haben. Kein Licht in unseren Fenstern. Kein Laut in der Luft. Doch, vom Friedhof her kam es jetzt wie durchdringendes Wehgeschrei.

Katzen, sagte ich.

Ja, sie paaren sich, sagte Storm, im Februar ist Paarungszeit.

Er kannte sich aus, er hatte einen Angorakater. Ich kannte mich aber genauso aus. Großmutter hatte mir davon erzählt.

# An der Treene

Wer kennt nicht Schwabstedt. Dieses liebliche Nest, das, schön wie Ostern und Pfingsten zusammen, an der Treene liegt, einem unserer hübschesten Flüsse in den Herzogtümern? Bucklig gehen die Straßen dort auf und ab und um die Ecken. Es gab Leute, die das anders sahen. Sie, typisch Kritikaster, kritisierten das Steinpflaster, weil es für Pferd und Wagen eine Strafe sei und für den Wanderer eine Qual. Mich kümmerte das nicht, denn vom Liebreiz dieses verwinkelten Ortes hatten sie keinen blassen Schimmer.

Bei Schwabstedt schlägt die Treene einen Bogen nach Norden, das nördliche Ufer ist steil, und oben steht ein Ausflugslokal, es heißt «Zur Wasserfreude». Man geht eine Treppe hoch, dann sieht man auf den Fluss, der sich wie ein silbernes Band durch die weite Marsch schlängelt, bis nach Friedrichstadt, wo er in die Eider mündet. In Schwabstedt sollen sich Seeräuber ihr Versteck gesucht haben, dabei wäre das doch der ideale Platz für einen mächtigen Handelsort gewesen. Im Rücken hat man Häuser, Tannen- und Buchenwälder, und egal, ob das Wetter schön ist oder nicht, man sieht immer was. Ich nämlich freue mich sogar bei Regen an Landschaft und Himmel.

Und falls ich kurz abschweifen darf: Im April, wenn die

Sonne schon kräftig das Frühlingszepter schwingt, kriecht einem da oben der Geruch von Bärlauch in die Nase – dieses Wildgemüse wächst in Massen, wo früher der Bischof seinen großen Garten hatte. Vielleicht wurde es in mittelalterlichen Zeiten von Mönchen hergeholt und gesetzt. Sie tauften die Pflanze nicht ohne Hintergedanken Hexenzwiebel, bekanntlich fördert sie Sinnlichkeit und Fruchtbarkeit, und deswegen kam Bärlauch auf den Kirchenküchen-Index. Machte aber nichts, die Mönche nahmen das in Kauf, sie sind von jeher Feinschmecker und Gesundheitsanbeter. Sie präparierten ihre Treene-Forelle mit einer dicken Lage frischer Bärlauchblätter, dann wurde der Fisch in Sesamöl gebacken und verzehrt. Das Blut wurde dünner, die Verdauung besser, und das Atmen fiel den Mönchen leichter. Und wer weiß, was sonst noch alles. Wahrscheinlich ist einem dann so, als wäre man draußen in der großen weiten Welt gewesen und hätte Stadtluft geschnuppert. Nur so konnten die Mönche die Einsamkeit ertragen. Dieses Kraut mochte auch ich für mein Lebtag gern und Storm erst recht. Wenn er von Freund Petersen aus Schleswig seinen Hecht bekam, dann war Bärlauch bei der Zubereitung ein absolutes Muss.

Nun gut, es wird Ende Mai, Anfang Juni 1846 gewesen sein. Die Tage waren lang, die Nächte hell und kurz. Drei warme trockene Sommer waren vorhergesagt worden und eine reich an Produkten des Bodens gesegnete Zeit. Storm sollte im Auftrag seines Vaters eine Geschäfts-Landtour nach Schwabstedt übernehmen, nahm sich dafür den Wiener Wagen mit Kutscher Thomas aus der Hohlen Gasse. Cile und ich fuhren mit, wir trugen unsere neuen Sommerkleider und jede einen

Strohhut mit roter Schleife von Lisette Israel. Den hatten unsere Eltern spendiert.

Die arme Cile hatte schwierige, verzweiflungsvolle Wochen hinter sich. Das Brechübel war wieder einmal schuld, sie hatte deswegen das Internat in Brunsbüttel vorzeitig verlassen müssen. Keine zehn Pferde kriegen mich da wieder hin, sagte sie, mehrmals habe ich den Tod runtergeschluckt, statt ihn auszuspucken. Jetzt war sie wieder zuversichtlich gestimmt, und Bruder Theodor meinte, frische Luft und eine Ortsveränderung würden ihr guttun.

Ich fuhr mit, weil Cile mich darum gebeten hatte. Schöne Gesellschaft, sagte Storm, und ich wusste nicht, wie ich das verstehen sollte. War ihm meine Gegenwart nach der Mütze oder etwa nicht? Cile wollte jedenfalls nicht allein sein, wenn er seinen Geschäften nachging, überhaupt mochte sie nie allein sein. Angenommen, ich wäre mit ihm zu zweit, so wie bei unserem Eisvergnügen vor ein paar Monaten? Das ging mir streifenweise durch den Kopf.

Du würdest doch sicher gern mit ihm alleine fahren?, fragte Cile.

Du weißt ja, wie die Leute reden. Ich komme deinetwegen mit und weil mir so ein Ausflug Spaß macht, sagte ich.

Du gehst doch auch in Husum mit ihm spazieren, übst mit ihm Singen und trinkst Tee mit ihm.

Man kann machen, was man will – die Leute reden.

Der Kutscher fuhr die Strecke über Rödemis und an Mildstedt vorbei, ein ziegelrotes Stück Kirchturm von St. Lamberti wurde sichtbar. Dann zogen uns die Pferde den Lagedeich entlang, einen schmalen, kaum über die Marschebene gehobenen Weg. Rechts lag die Südermarsch, auf der Marschochsen sich groß und fett fraßen. Bei schlechtem Wetter drehen die Viecher ihr Hinterteil dem Regen und Wind entgegen, nach Westen hin, also Richtung Nordsee. Den Kopf halten sie stur und wiederkäuend nach Osten – auch die Tiere warten auf besseres Wetter.

Links sahen wir das sanft ansteigende Geestland mit den grünen Roggenfeldern und darüber dicke weiße Sommerwolken, wie aus Eischnee gebacken. Cile und ich saßen auf den beiden hinteren Sitzen, während Storm vorn auf dem Bock beim Kutscher Platz genommen hatte. Er saß über seinen Papieren und bereitete sich auf das Geschäft vor. Ich glaube, es handelte sich um eine Versteigerung: Eine Kate mit etwas Land sollte unter den Hammer. Er liebte solche Außentermine, während der Fahrt sammelte er Eindrücke mit Auge, Nase, Ohr für seine Schreiberei, notierte sich dieses und jenes in sein Notizheft.

An Schwabstedt hatte er einen Narren gefressen – zwei seiner Novellen ließ er da spielen, das ist für ewig. War das Wirtshaus oben auf der Böschung der Grund für seine Schwabstedt-Liebe? Oder der Flügelaltar der St.-Jakobi-Kirche? Nie versäumte er, der Freigeist und Gottesleugner, sich bei seinen Ausflügen nach Schwabstedt den Schlüssel für die Kirchentür geben zu lassen – mindestens eine Viertelstunde wollte er in Stille und Ruhe vor dem Altar verweilen. Den hatten die Schwabstedter für 96 Mark aus den Restbeständen der alten Husumer Marienkirche gekauft. Eine von Husums Tragödien: Das Gotteshaus war baufällig geworden, zu spät hatte man die Notwendigkeit von Maßnahmen erkannt, Reparaturen wären teuer gewesen, und 1807 verfügte der Magistrat der Stadt den Abbruch. Auf einer Auktion verschleuderten die Stadtväter den größten Teil des Kircheninterieurs, so kam Geld in die Kasse, und so kam der Flügelaltar nach Schwabstedt. Hohn und Spott hat Storm deswegen über die Husumer gegossen, diesen Zweizeiler kann jeder bei ihm nachlesen:

> De Tönninger Torn is hoch und spitz,
> de Husumer Herrn hemm de Verstand in de Mütz.

Während er sich nun oben im Gasthaus «Zur Wasserfreude» mit seinen Geschäftspartnern traf und Tee trank, saßen Cile und ich auf einer Bank in der Badeanstalt, die der Wirt am Ufer hatte errichten lassen. Die frische Luft und das Treenewasser sollten den Gästen Gesundheit bringen und Appetit und Durst machen. Flussabwärts sahen wir drei weiße Boote die Treene hinabgleiten – nun ade, du mein lieb Treeneland. Abschied und Nichtwiederkommen lagen in diesem Bild.

Wir aber fühlten uns vom Zauber der Flussbiegung umarmt und willkommen geheißen, deswegen sprachen wir auch über unsere Zukunft. Wir wollten einen Mann und eine Familie mit Kindern haben. Einen wohlhabenden Mann, einen, der etwas darstellte, einen von Stand und mit Ansehen. Wir wollten ein Leben wie unsere Eltern führen, mit Köchin und Kindermädchen, Kutscher und Wiener Wagen.

Cile und ich waren in einem Alter, in dem man den Richtigen erwartet. Bisher hatte bei uns noch keiner angeklopft, wir waren aber präpariert – ich von Madame Frisé in Flensburg. Vokabeln und Zahlen seien nicht so wichtig, lehrte sie, Erziehung statt Wissenschaft, damit erreiche man einen hohen Geist und wahre Bildung mit echter Tiefe. Ziel allen Lernens seien Geradität und Beherrschung, das müsse ein angehendes weibliches Oberhaupt der Familie prägen. Ich schnitt ganz gut ab, erhielt den Ersten Charakter und eine Belobigung zum Abschied. Noch sehe ich sie vor mir, wie sie in der Salle d'Études gerade und aufrecht vor uns steht und uns ins Gewissen redet.

Cile hatte ihren Schliff in Brunsbüttel erhalten, außerdem war sie gerade konfirmiert worden, sie verfügte also auch über geistliches Rüstzeug. Sie spielte mit dem Gedanken, Lehrerin zu werden. Johann Casimir, ihr Vater, sagte: Wenn du Lehrerin werden willst, kriegst du keinen Mann – gelehrt ist verkehrt. Wenn ich es recht bedachte, dann stimmte das. Auch Madame Frisé hatte keinen abgekriegt und war eine alte Jungfer geblieben, aber eine ganz wundervolle und segensreiche.

Zu Ciles Konfirmation noch das: Johann Casimir hasste solche Feste und Familienfeierlichkeiten. Schlau und rücksichtslos, wie er war, war er an dem Wochenende Anfang April 1844 nach Kiel ausgebüxt, wo er Geschäftsfreunde und Verwandte besuchte. Cile, die ihren Vater bewunderte, fühlte sich von ihm im Stich gelassen, nahm ihm das krumm. Gleichzeitig dachte sie, sie sei eine schlechte Tochter, und reagierte mit ihrem Brechübel. Drei Wochen zu Bett waren für sie die Folge. Sie brauchte die Zeit, weil sie so erschöpft und schluck war. Mein Vater hätte so etwas nie fertiggebracht. Er gewann durch seine immergleiche liebenswürdige Bonhomie – das deutsche Wort fehlt mir gerade – und wollte sich so etwas nicht leisten.

Das Leben soll uns nur kommen, sagte ich, um Cile Mut zu machen.

Wenn ich den Richtigen nicht finde, dann lande ich im Irrenhaus, sagte sie. Sie glaubte fest daran, dass sie keinen mehr abkriegen und im Irrenhaus landen würde. Denn wer keinen abkriegt, wird verrückt.

Du wirst Lehrerin.

Du kennst doch meinen Vater. Mir bleibt keine Wahl, ich werde verrückt.

Warum?

Du weißt doch. Und zweitens, Theodor hält mich für dumm. Das hat er neulich gesagt.

Du bist aber nicht dumm.

Ich bin schwatzhaft, sagt Theodor. Ich kann mich nicht beschäftigen. Nur manchmal zeichnen.

Du machst Nadelbücher und Schwammtaschen.

Ich bin viel krank und liege zu Bett, sagte sie.

Ja, dachte ich, mit ihr ging es immer auf und ab, mal so, mal so. Dann fragte ich sie: Warum musst du eigentlich immer erbrechen?

Ich weiß es nicht. Ich habe solche Angst.

Wovor?

Ich weiß es nicht. Ich weiß nur, dass ich Angst habe.

Spürst du das inwendig, und dann weißt du es – so? Das gibt sich bestimmt, wenn der Richtige bei dir angeklopft hat. Wie ist es, wenn du Angst hast? Ich habe auch Angst. Sie kommt, aber sie geht auch wieder.

Ach, ich sehe dann einfach nichts vor mir, nirgends ein Baum, ein Strauch. Dann wünsche ich mir, dass es kein Morgen gibt.

Aber das Morgen kommt doch so sicher wie das Amen in der Kirche!

Es kann nur grauenhaft sein, schlimmer als das Heute. Das kommt von der Angst.

Meinst du?

Ach Doris, schön, dass du zuhörst und fragst.

Ich hatte mir ein Stück Schwabstedter Kirschkuchen und eine Tasse Tee bringen lassen. Cile aß mal wieder nichts; nie aß sie ordentlich mit. Zu Hause aß sie Dreilingskuchen und Pflaumenmus, das gab es hier nicht. Sie wollte sowieso nichts essen.

Köstlicher Kuchen, sagte ich und versuchte, ihren Appetit zu wecken.

Sie machte ihre schmalen Storm-Lippen und sagte nichts. Vielleicht dachte sie an den Pflaumenkuchen hier, den kriegte man im September, wenn die Schwabstedter Pflaumen, die sogar auf dem Markt in Husum verkauft wurden, reif waren. Sie sagte: Ja, im September, wenn die Pflaumen reif sind, dann kommen wir wieder.

Wir mieteten uns eines von den weißen Booten, ruderten damit gegen den Strom, gerieten in eine verzweigte Flusslandschaft mit engen und breiten Gewässern, fuhren an Binsenufern entlang, fanden einen Platz, wo wir anlegten und festen Boden unter den Füßen hatten. Dort packte uns die Müdigkeit. Cile wurde zusätzlich ergriffen von Fernweh und von Heimweh.

Ach, könnten wir nicht hier sein, sondern ganz woanders und weit weg, in Amerika, Italien, Griechenland oder sonst wo, sagte sie.

Wir waren aber nun mal hier, matt und schläfrig in der Nachmittagssonne und voller Wörter und Gedanken. Cile lag neben mir wie das Salzwiesenlamm, das geschlachtet werden soll. Oben am Wirtshaus, wo Storm bei seinen Geschäften saß, blühten Jasmin und Flieder.

Ein Spätfrühlingsnachmittag über Treene und Marsch. Es

war schwül geworden, die Sonne schickte sich in den Abend. Kalkweiß und fast über uns stand der Mond zwischen zwei hoch getürmten Wolken. Wollte noch ein Gewitter blitzen und donnern? Keine Stille, sondern Rufen und Lachen von Ruderern im Ruderboot. Zwei Wandergänse flogen nah beieinander mit singendem Flügelschlag und stramm ausgestrecktem Hals Richtung Friedrichstadt. Sie schnatterten sich einiges zu, vielleicht: Nicht so schnell, oder: Hier geht's längs, oder: Hier ist es schön, hier landen wir. Auch riefen sie unsere Namen. Nein, nicht die Gänse riefen, sondern Storm.

Er schwamm in der Treene. Wir ruderten ihm entgegen, sahen bald einen Kopf, hell im schwarzen Wasser, es war seiner. Er winkte uns, direkt neben einer weiß blühenden Seerose, sein Kopf nicht größer als die Seerose. Der Arme hatte sich verheddert, seine Beine waren gefangen in einem Wasserlilienwurzelnetz. Für den friedlichen Treenefisch das ideale Liebesnest – kein Hecht konnte sich da seine Beute schnappen. Da sprang ein Fisch aus der Flut, als wollte er bei Storm vorbeischauen und grüßen.

Ich hänge hier fest, rief er. Ich wollte mir mal die Blüte aus der Nähe betrachten. Gib mir deine Hand, schöne Wasserlilie, sagte er zu mir.

Was für ein Schwindler, dachte ich. Trotzdem, mir gefiel das. Zuerst reichte ich Cile meine Linke, sie gab mir ihre Rechte und hielt sich mit der anderen Hand an der Bordwand fest, dann reichte ich ihm meine Rechte und zog. Das Boot schaukelte wie in stürmischer See, sechs Hände bei der Arbeit. Storm konnte sich freispaddeln, hielt sich am Heck fest und ließ sich von der rudernden Schwester ziehen, seine Augen fest auf meine Hand geheftet – ich spürte das, ließ sie darum doppelt gern auf der Bordkante ruhen. Meine schmale Hand gefiel mir selber gut. Dann kam er frei und hatte schon Grund unter den Füßen.

Am Ufer wartete unter seinem Rundhut Thomas, der Kutscher, mit zwei Decken fürs Trocknen und Wärmen. Cile und ich warfen keinen Blick zurück und lieferten das Boot ab. Bald fühlten auch wir festen Boden unter den Füßen, stiegen zu Storm in den Wiener Wagen, so ging der Tag vorbei.

Wie sonderbar und fremd ist der Weg, wenn man ihn andersherum fährt. Der Pferdegeruch kommt stärker in die Nase. Die Angst vor einem Wagenbruch ist größer. Das sagt man so. Ich aber hatte keine Angst. Ein Storch flog ab von seinem Nest, glitt ohne Flügelschlag hin zu den Treenewiesen, landete und schritt gemessen dahin. Gewitter ja oder nein, diese Frage lag nach wie vor in der Luft. Noch stand die Sonne überm Erdenrand. Es würde nie ganz dunkel werden, heute nicht und überhaupt. Cile war eingeschlafen. Der Kutscher zog an seiner Meerschaumpfeife und paffte wohlriechenden Tabaksrauch in den Fahrtwind. Storms Lebensgeister waren wieder wach geworden.

Ich stand auf hohen Bergen und rief ins tiefe Tal, dieses Lied wollte er mit mir singen. Man müsse jede sich bietende Gelegenheit nutzen, sagte er und dachte an unseren Chor.

Ich sang mit meiner etwas verdeckten Altstimme, er sekundierte mit seinem Tenor die rätselhafte Melodie. Wer hatte sie erfunden? Sogar er wusste es nicht. Er meinte, solche Melodien flögen über Land wie Mariengarn, hierhin und dorthin, und würden an tausend Stellen zugleich gesungen. Oder sie schliefen tief auf dem Waldesgrund oder weit unter dem Meeresgrund oder im schönsten Wiesengrund, guten Abend, gut Nacht, mit Rosen bedacht, würden Gott weiß wohin in die Welt getragen, und dann seien sie in aller Munde.

Es war noch dunkler geworden, der Abend hing in den Zweigen der Bäume. Man wusste aber nicht, ob es wirklich der Abend war, der da hing, auch wusste man nicht, ob an den Zweigen tatsächlich so etwas wie der Abend hängen konnte. Der Sitz des Abends sei eigentlich unbekannt, das wisse man, sagte Storm. Für mich war hier und jetzt nur das gewiss: Froschgequake kam aus einem Teich. Das hörte ich. Der Mond hatte sich von Löwenzahngelb nach Kalkweiß verfärbt. Das sah ich. Cile war von unserem zweistimmigen Gesang erwacht. Das merkte ich.

Sie sagte: Ich träumte, ich hörte einen Kuckuck rufen. Der Kuckucksruf am Abend ist etwas ganz Besonderes. Wo sind wir eigentlich?

Noch eine Stunde, sagte Storm und erzählte uns die Geschichte von der keuschen Sylterin. Die hatte in Hörnum vor ihrer Fischerhütte Makrelen gereinigt und eingesalzen, als plötzlich schwedische Seeräuber mit erhobenen Schlagstöcken auf der Bildfläche erschienen. Da ihr Verlobter zum Fischfang ausgefahren war, befand sie sich ohne Beistand. Sie floh, nichts Gutes ahnend, nach Nieblum, das damals noch südwestlich vom jetzigen Rantum lag. Die Sylterin war aber nicht gut zu Fuß und sah die lüsternen Seeräuber näher und näher kommen. Am Ende stand sie vor der Wahl: Entweder du stürzt dich ins Meer, oder du gibst unter den Schlägen der Schlagstöcke deine jungfräuliche Ehre hin. Eben glaubten die Räuber, ihre Beute sicher in den Händen zu haben, als die Verfolgte der See zueilte und vor ihren Augen in der Tiefe verschwand. Das ist exakt die Stelle, wo die Nordsee seit dieser Zeit ihre Wellen stillhält. Denn eines Tages wird die Jungfrau, reich von den Untermeerischen mit Gold und Silber beschenkt, wiederkehren, um das Grab ihres Verlobten aufzusuchen.

Gemerkt hatte ich nicht, dass Storm beim Erzählen meine Hand ergriffen hatte, um sie in der seinen unter der Decke zu verwahren. Dass meine Hände ihm viel bedeuteten, wusste ich ja schon. Schmal und weiß, die Finger lang und gerade, fünf Stück an jeder Hand – so ähnlich hatte er das eines Tages mal gesagt. Seine Hände bedeuteten mir auch was, sie waren männlich mager, hingen fest an seinen geheimnisvoll unsichtbaren Unterarmen, ich stellte mir gut geformte Unterarme vor, die sind bei Männern was Schönes. Ich dachte: Mir geht es gut, irgendetwas rieselt in mir, lass ihm nur deine Hand. Die Sylterin würde reich beschenkt wiederkehren, und ich hatte den Abendkern geschluckt, er hatte mich verzaubert.

Ist es schlimm, dass ich damals so dachte? Und was dachte er? Ich meine, wegen Constanze. Man hätte mich kneifen, kratzen, schlagen, einsperren können, immer noch rann mein Blut warm durch den Körper. Spürte ich nicht einen feinen, kleinen Schmerz in der Herzgegend?

Der Abend verging, das Gewitter hatte sich vertan. Die Pferde spürten schon ihren Stall in den Nüstern und trabten anstandslos. Ich schwieg, was sollte ich auch sagen. Ich freute mich über meine Jugend und meine bald achtzehn Jahre. Ich freute mich auf mein Wetterglas rechts neben der Tür in meinem Zimmer, Gott steh mir bei, so war's. Vorfreude aufs Erdbeerenpflücken morgen war überall in mir, ich würde Cile mitnehmen und mich so bei ihr für den Ausflug nach Schwabstedt revanchieren, bei Storm und seinen Eltern gleich mit. Unterm Strich dachte ich: Auch bei mir wird der Mann fürs Leben anklopfen. Trotz meiner Bedenken fühlte ich mich von guten Mächten wunderbar geborgen, ich wurde getragen von einem energisch und entschlossen wirkenden Lebensdrang. Der wischte jeden Todesgedanken fort.

Auch Storm schwieg. Immer noch hielt er meine Hand. Was wohl in seinem Kopf umherschwirrte? Vielleicht ein Gedicht oder seine Lieblingsarie: Durch die Wälder, durch die Auen. Das würde zu Schwabstedt passen. Bald würde er seinen Mund aufmachen. Schlecht kannte ihn, wer nämlich glaubte, mein guter Storm hätte das Schweigen erfunden.

## Die Liebe ist dunkel,
## die Liebe ist hell

Geh mir los mit Liebe auf den ersten Blick. Wenn zwei sich zum ersten Mal sehen, und dann funkt es? Die ganze Blödheit der Jugend steckt in so was. Die wissen nicht, was sie tun, und wissen noch nicht, was sie erwartet. Dann aber fängt das Unglück an, und ganz oft nicht zu knapp. Ich sage immer, für das Liebesunglück sind jeweils zwei zuständig. Es sei denn, einer ist tatsächlich allein schuld, so wie etwa in einer Mordgeschichte. Aber dann lautet die Frage: Warum wird einer Mörder, sodass wir doch wieder bei dem Zweiten sind. Solche Fragen von Schuld und Sühne, Tat und Untat hat – jenseits aller Juristerei – keiner so gut beantwortet wie Storm in seinen Novellen.

Die Zwei ist eine schlimme Zahl. Würde die Menschheit aus nur einem einzigen Menschen bestehen, gäbe es kein Unglück und weder Mord noch Totschlag. Da ist dann keiner, den der eine totschlagen kann. Alles Böse entfällt, wenn nur einer da ist. Dieser eine wurstelt und drömelt vor sich hin, und mit Flora und Fauna ist er auf Du und Du. Andererseits, von der Liebe erfährt er nichts, weder im Guten noch im Bösen, schließlich gehören zwei dazu.

Trotzdem, geh mir los mit Liebe auf den ersten Blick. Als wenn wir der Liebe da zum ersten Mal begegneten. Wir kennen sie doch von Kindesbeinen an, ohne dass wir's merken. Nicht wir fangen sie ein, sie hat uns schon längst eingefangen. Die Liebe ist dunkel und verschwiegen, wir hocken mit ihr im Ungewissen. Nein, so schnell schießen die Preußen nicht, denn die Liebe ist – seien wir mal ehrlich – auch hell und prallvoll mit Gewissheit. Wäre sie nicht schon da, es würde nie das geben, was die Schafsköpfe Liebe auf den ersten Blick nennen, so aufgeregt und prahlerisch, als wären sie Kolumbus und hätten Amerika entdeckt.

Warum atmen sie nicht erst mal durch und machen eine tiefe Verbeugung vor Großeltern, Eltern, Freunden und Natur, vor all dem, was ihnen dieses und jenes fürs spätere Leben eingetrichtert hat? Also, nicht den zweiten Schritt vor dem ersten tun. Erst einmal eine Nacht drüber schlafen. Bleib weg, wo du nichts zu tun hast, so behältst du deine Nase – das predigen sie von morgens früh bis abends spät, wohl wissend, dass wir doch sehr winzig sind in der Weiträumigkeit des Lebens und suchen und suchen und oft nichts finden. Kurzum, warum halten die Schafsköpfe nicht erst mal ihren Mund – da muss ein Dichter her, der das überlaufende Maul stopft und das Ganze in eine Form bringt. Ja dann, und nur dann, können wir es ertragen, mehr noch, es sogar lieben und von seiner Schönheit leben. Der Normalfall sieht anders aus und heißt Unordnung und frühes Leid.

Wohlan, es nehme seinen Lauf. Ich weiß, wovon ich rede, so wahr ich hier sitze. Ich, Dorothea Charlotte Storm, geboren am 30. November 1828 in Husum als Tochter von Peter und Friederica Jensen, manchmal Doris, manchmal auch Do genannt, würde das am liebsten der ganzen Menschheit zurufen, wäre es nicht so umsonst.

Nichts ist umsonst.

Darüber könnte man ein Buch schreiben.

Ja, ein ganz dickes.

Denn nun wollten Storm und Constanze Esmarch heiraten, ihr Aufgebot war geschrieben, der Termin stand vor der Tür. Um Storms Geburtstag sollte der Bund der Ehe geschlossen werden, Mitte September 1846. Ich hatte deswegen widerstreitende Empfindungen und Erlebnisse besonderer Art. In der Zeitung stand:

> Ein schöner Stern ist aufgegangen
> Und lächelt freudig unsrer Stadt.

Das waren Verse, die auf den genehmigten Ausbau des Husumer Hafens gedichtet worden waren. Ich aber dachte dabei an Storm und Constanze und ihre kommende Verehelichung.

Nicht, dass ich auf diesen Mann spekuliert hätte, ich kannte ja die Umstände. Die beiden hatten sich längst versprochen, über zwei Jahre Verlobungszeit lagen hinter ihnen. Storm lebte zwar in Husum, aber häufig besuchte er Constanze in Segeberg und umgekehrt. Oft habe ich Constanze hier gesehen, wir sangen zusammen im Chor und machten gemeinsam Ausflüge zur Gastwirtschaft von Trina von Hockensbüll, wo wir einkehrten und Tee oder Punsch tranken. Constanze lachte gern und hatte den Schalk im Nacken. Damals war sie noch schlank, wenn auch nicht so schlank wie ich.

Die Familien aber, besonders die beiden Väter, sahen die Verbindung mit einem Coupon Skepsis, denn sie hielten nichts von Familienheiraten, das jedenfalls hatte Storms Vater – erfuhr ich später – seinem alten Freund und Gegenschwiegervater Ernst Esmarch geschrieben. Drum prüfe, wer sich ewig bindet, das steckte wohl dahinter. Storm und Constanze waren nämlich Vetter und Cousine: Seine Mutter Lucie war die Schwester von Constanzes Mutter Elsabe, so herum. Elsabe war Storms Lieblingstante und heiratete 1821 Ernst Esmarch, den alten Schulfreund und Studienkollegen von Storms Vater Johann Casimir; da war mein Storm vier Jahre alt. In seiner und Constanzes Beziehung schwingt also eine Menge Verwandtschaft, auch Freundschaft mit, und damit nicht genug – auch Storms jüngster Bruder Emil, der Doktor, heiratete eine Schwester von Constanze.

Bei den Jensens und den Storms hingegen floss nicht ein einziger Tropfen Blutsverwandtschaft von Familie zu Familie, Freundschaft aber wohl. Von daher gesehen konnte ich mir eine Ehe mit Storm nach allem, was ich wusste und erlebt hatte, durchaus vorstellen. Storms Vater hätte sofort zugestimmt, ich wäre eine gute Partie gewesen, und eine Verlobungszeit von sage und schreibe zweieinhalb Jahren hätte es mit mir nicht gegeben.

Hätte ich mir Hoffnung machen sollen? Ehrlich gesagt, meine Gefühle waren gemischt. Mein Leben wurde nicht einfacher, als das besagte Datum näher rückte. Mutter ging ihren Hausfrauengeschäften in Küche, Keller und Hof nach. Sie ordnete an, nahm Bitten der Dienstboten entgegen und sprach ihr sprichwörtliches Es-muss-gegangen-sein. Vater saß in seinem Kontor, die Meerschaumpfeife brannte und qualmte, und er sprach sein Überhaupt-nicht aus wie immer, indem er nur das Über betonte – was auch Storm so mochte, wenn Vater es beim Kartenspiel hin und wieder fallenließ.

Der Friedhof erwischte mich jetzt öfter. Friedhöfe haben

was Schönes und Friedvolles, das Grab meiner Großmutter zog mich an. Da atmete ich durch, und sie bestärkte mich, ihre Klugheit und Weisheit bedeuteten Halt. Lass dich nicht unterkriegen. Geh den Weg, den das Schicksal dir zugedacht. Warte auf den Silberstreif am Horizont. Den legt der liebe Gott für all jene, die auf ihn vertrauen. Immer voran, du kleines tapferes Christenmädchen.

Und Tante Marie, unsere Schneiderin! Sie war auf einen windigen Tanzlehrer aus dem Süden reingefallen, der hatte sie belogen, betrogen und bestohlen, und trotzdem ließ sie sich nicht unterkriegen. Sie blieb das, was sie war, eine Adresse für das Grundgute und für Herzenswärme. Auch an Madame Frisé mit ihrer Forderung nach Geradität und Selbstbeherrschung hielt ich mich schadlos. Auch sie hatte keinen Mann abgekriegt und war gleichwohl ihren Weg gegangen und nicht kreuzunglücklich geworden. So gesehen trug ich doch ein nettes Kapital mit mir herum.

Aber irgendwas war mit mir anders. Lieber Gott, was mache ich hier eigentlich, fragte ich mich in diesen Septembertagen gleich morgens beim Aufstehen. Wir litten übrigens unter großer Sommerhitze. In meinem Wetterglas stand die Flüssigkeit entsprechend. Storm übte trotz alledem fleißig mit dem Chor, da legte er seinen ganzen Ehrgeiz hinein. Er wurde heftig, wenn wir Sänger nicht parierten und wenn er unseren Gesichtern nicht völlige Hingabe ablesen konnte. Lebe wohl, mein flandrisch Mädchen, sang er auf dem letzten Konzert vor seiner Hochzeit. Der Rathaussaal war festlich geschmückt. Hier hatte er als Absolvent der Gelehrtenschule ein selbstverfasstes, langes Gedicht vorgetragen. Jetzt war er unser Kapellmeister und begrüßte das Publikum mit einer leichten Verbeugung. Die Jungen und Alten hingen wie gebannt an seiner Miene. Ich meine, ja bin mir sicher, er sah mich mehrere Male mit seinen blauen Augen an. Dann, als wir sangen, entflog seinem Samtmund die Arie aus «Zar und Zimmermann», und in wundervollen Wellen floss die Melodie durch den Rathaussaal, der bis auf den letzten Platz besetzt war.

Als wir den Saal verließen, lag Mondglanz auf Husums Dächern. Beim Abschied im Schatten eines Hauses strich Storm mir übers Haar und küsste mich. Ich habe nicht unbedingt nahe am Wasser gebaut, aber das ging mir durch und durch, und in der Kehle spürte ich alles, auch den kleinen Schönheitsfehler, denn die Kaup, die Frau unseres Bürgermeisters, hatte sich bei ihrer Solopartie mit ihrem Alt an Storms Tenor geschmiegt – ich hatte an Untreue denken müssen und Eifersucht verspürt, auch Constanze war in meinen Gedanken gewesen.

Komisch genug, selbst das Wetter spielte ein seltsames Spiel in den Wochen vor Storms Verheiratung. Nach der Hitze rauschte reichlich Regen herunter. Regen macht schön, dachte ich. Donner und Blitz verabschiedeten die Hundstage, danach tat sich wieder eine zauberhafte Mondnacht auf. Die Natur entfaltete ihren Glanz wie ein Haus nach dem Großreinemachen. Husum atmete wieder auf, und unsere Störche flogen los und holten sich Frösche und Mäuse. Endlich hörte man wieder die Bienen summen und die Hummeln hummeln. Flieder, Rosen und Reseden blühten und dufteten. Die Marschbauern legten ihre Sorgenfalten glatt und sahen mit Zuversicht auf die kommende Ernte. In Angeln aber, besonders in der Gegend um Solsbüll herum, wurden die Bauern ihre Sorgenfalten nicht los, denn eine Kartoffelseuche grassierte auf den Feldern. So lag über all dem Schönen, das uns erfreute, doch ein Schatten.

Dann kam der große Tag. Storms Familie aus der Hohlen Gasse fuhr nicht zur Trauung nach Segeberg. Warum, darüber muss man spekulieren. Ein Grund könnte seine Schwester Helene gewesen sein, ein scheues Menschenkind. Sie hatte Ende August den Deichkondukteur Ernst Lorenzen geheiratet. Effendi nannte Storm ihn hin und wieder und machte sich über ihn lustig, denn Lorenzen setzte sich mitunter einen griechischen Topfhut mit Troddel auf und trug dazu eine weite orientalische Pelerine. Er hatte ein paar Jahre im Königreich Griechenland als Architekt gearbeitet und die Kleidungsstücke mitgebracht. Über seiner Ehe stand kein guter Stern, denn gleich nach der Verheiratung erkrankte Helene an einer Unterleibsentzündung, und weiteres Leid, schweres, sollte folgen. Ja, über den Storm-Schwestern waltete ein schlechtes Los.

Möglich auch, dass Vater Storm den Ausschlag gab. Er mochte Familienfeiern mit Kirche, Glanz und Gloria nicht, hatte er doch schon deswegen die Konfirmation seiner Tochter Cile geschwänzt. Wenn Storm die Seinen herzlich drum gebeten hätte zu kommen, dann wären alle Mann nach Segeberg gefahren. Aber er war ähnlich gestimmt wie sein Vater und hat seiner Familie wohl bedeutet, bleibt lieber weg.

Mit der eigentlichen Trauung konnte es ihm nicht schnell genug gehen – nur keine Priesterkomödie, wie er sagte. Es hatte sich herumgesprochen, dass er sich für vierzehneinhalb Reichsbanktaler eine Sondergenehmigung von der herzoglichen Verwaltung in Gottorf besorgt hatte und ein Pastor die Förmlichkeit im Segeberger Rathaus erledigte, wo Storms

Schwiegervater Ernst Esmarch als Bürgermeister residierte. Danach gab es eine Suppe, keine weiteren Kinkerlitzchen, und fluchtartig verließen die beiden frisch Vermählten den Ort des Geschehens.

Was dann passiert ist, habe ich später erfahren, und das ist gut so, denn es hätte mir zugesetzt. Mit Pferd und Wagen ging die Reise erst mal nach Rendsburg, dort wurde in der Hochzeitsnacht im «Hotel Stadt Hamburg und Lübeck» logiert. Am folgenden Tag kutschierte eine Extrapost das Paar nach Husum, abends um neun betraten Herr und Frau Advokat Storm in der Neustadt das Haus, das Johann Casimir geschenkt hatte. Storms Mutter Lucie hatte Küche und Keller mit allem Erdenklichen ausgestattet, und von mir lag für Constanze ein kleines, selbstgenähtes Ohrkissen bereit.

# Als wir
# noch Kinder waren

Schönstes Spätsommerwetter, das mein Wetterglas nach kräftigem Klopfen schon einen Tag vor Storms Hochzeit angekündigt hatte. Windstille lag über der Nordsee, die platt wie eine Flunder war, die Warften auf den Halligen erhoben sich im Mittagssonnendunst und standen in der Luft. Die Schiffer im Husumer Hafen rauchten ihre Meerschaumpfeife und erzählten sich Geschichten von Dänisch-Westindien, vom Zuckerrohr, das für die Herzogtümer bestimmt war, von Peitschen für die Sklaven, von der Hitze dort, von dem unendlich grünen Grün, von dem man hier bei uns gar keine Vorstellung hat. Ja, wie ist denn das bloß mööchlich, hatte meine Großmutter gesagt, als ein alter Freund seine Aufwartung machte und nach dem üblichen Handkuss davon berichtete. Der musste es wissen, war er doch fünf Jahre lang dort gewesen. Inzwischen saß er als wohlhabender Kaufmann in Flensburg und handelte mit Zucker und Rum.

An so einem Tag voller Spätsommerwetter musste Asmus Paulsen, unser Kutscher, nach Immenstedt zu Anker Erichsen, dem Hegereiter. Mein Vater hatte bei ihm auf der letzten Holzauktion eine Fuhre Holz ersteigert, die war nun abzuholen, und ich wollte dabei sein, wenn er losfuhr. Ich verabschiedete mich von der Tapete in meinem Zimmer, sagte meiner

Tür auf Wiedersehen, und dann holte ich Cile in der Hohlen Gasse ab. Sie fiel mir nicht mehr um den Hals wie früher noch, sprudelte nicht mehr über vor Lebenslust und Freude. Schon gingen wir durch unseren Garten, über den schmalen, mit Muschelkalk bestreuten Weg zu den orange leuchtenden Ringelblumen. Wir setzten uns mit Septembergeruch in der Nase auf die Kinderbank, links und rechts wollten wir irgendwann zwei Bäume pflanzen. Ob die dann jemals anwachsen werden?, fragte Cile. Das war inzwischen so ihre Art. Wie anders war doch alles mit ihr geworden.

Wir hörten, wie Asmus den schweren Transportwagen aus der Remise schob und Max und Lisa, die beiden Kaltblüter, vorspannte. Der Morgen roch jetzt nach Leder und Pferdegeschirr, nach Wagenschmiere und Pferdestall. Asmus stieg auf, setzte sich auf ein einfach übergelegtes Brett. Er warf die Leine hoch und ließ sie aufs dunkelbraune Pferdefell fallen, Max und Lisa schnoben und prusteten, dann zogen sie los. Wir winkten nicht, und Asmus hatte keinen Ton gesagt.

Daran denken, dass Storm nun verheiratet war? Das machte mich traurig. Den Gedanken wollte ich so weit wie möglich von mir schieben, damit so viel unbeschwerte Kinderzeit wie möglich hereinkommen konnte. Von unserer Gartenbank blickte ich auf die Spuren, die der Holztransportwagen mit seinen Rädern hinterlassen hatte. Wie schön war es doch gewesen, als Cile und ich vor zehn Jahren zum ersten Mal mit Asmus in unserem Offenbacher Wagen zum Hegereiter gefahren waren. Der Morgen schön, der Himmel blau, die Luft so warm wie heute.

Es war der Weg nach Feddersburg und weiter nach Immenstedt, der mir auf immer unvergesslich wurde. Hell lag der Heidesand. Die Heide duftete. Riech doch bloß mal diesen Duft, rief Cile in ihrer Lebensfreude. Sie war acht und dunkelblond wie ich und hatte wie Storm blaue Augen. In ihrem Reisekoffer waren Papier und Zeichenstifte. Die Räder mahlten sich durch den Sand, unsere Pferde hatten ihre Last damit. Hü, rief Asmus, wenn es ihm nicht flott genug ging. Max und Lisa gaben ihr Bestes.

Pause machten wir bei Fedder Fedders, dem Wirt von der Feddersburg. Wir sahen ihn schon von weitem, den Dicken. Er stand mit seiner Schürze draußen vor der Tür, als wir einfuhren und unter den Linden hielten. Asmus spannte Max und Lisa aus und ließ sie frei herumlaufen. Sie gingen zur Tränke, prusteten und schnoben und tranken Wasser, blieben in der Nähe mit ihren spitzen Ohren, die sie drehten und wendeten, als wollten sie zuhören, was der Wirt heute zu sagen hatte und was Asmus ihm wohl antworten würde. Wir setzten uns an einen der Tische vor dem Haus, rote Grütze mit Milch und Zwieback servierte der Wirt Fedders.

Der sagte zu Asmus, gerade laut genug, dass wir es hören konnten: Wer die beiden mal bekommt, der ist, weiß Gott, nicht betrogen – zwei Staatsmädchen.

Asmus brachte wie üblich nicht viel Antwort heraus. Mit dem Glas Buttermilch am Mund nickte er ein paarmal, die buschigen Augenbrauen bewegten sich auf und ab, und mit einem halb zustimmenden, halb ablehnenden Seufzer sagte er, indem er das geleerte Glas wieder auf den Tisch stellte: Ja.

Nu steiht de Heid in vulle Blöd; wo is dat blots schmuck, und du sächst går nix, entgegnete Fedders trocken.

Asmus brachte jetzt nicht einmal ein Ja hervor. Er hielt die Begeisterung über die Schönheit der blühenden Heide für übertrieben. Schweigend spannte er Max und Lisa wieder ein, sparte sich auch die Worte, die er für Fedders noch auf Lager gehabt hatte. Hü, das klang, als gälte es den Pferden und dem Wirt gleichermaßen. Der stand still, die Pferde zogen los, die Räder drehten sich, der Wagen fuhr. Cile und ich sanken in die roten Lederpolster des Wiener Wagens.

Schnell hatte der Schlaf uns übermannt, und ebenso schnell, als hätte einer mächtig geschoben, kamen wir an. Dort, am Waldesrand, stand das Hegereiterhaus wie eh und je, wir sahen es noch nicht, hatten aber schon den Duft in der Nase und wachten auf. Nach Äpfeln und Nüssen, nach Heuboden, nach Backofen und Honigernten roch es. Asmus schnupperte ebenfalls mit seiner empfindlichen Nase, ließ den Pferden ihren Willen, sie wollten schneller laufen. Prrr. Staubwolken stiegen auf, als Pferd und Wagen standen. Ein Augenblick satter Stille und satten Pferdegeruchs, aber mit Fragezeichen: Anker Erichsen nicht da und wohl auf seinem Pferd unterwegs. Macht nix, sagte Asmus. Wir warteten im Sonnenschein, der uns mit langen Silberfäden einspann und langsam und sicher ins Erzählen kam.

Zeit verrann, wenn auch nicht viel. In Anker Erichsens Hegereiterhaus wirkte der Uhrenkuckuck in der besten Stube und rief die Stationen des Tages zu uns heraus. Da waren die Bäume und der Waldmeister, da waren der schwedische Hartriegel und die Walderdbeeren, manche knallrot. Wenn ich jetzt daran denke, dann würde ich alles gern noch einmal erleben, aber auch Erinnerung hat viel Gutes. Ja, der Ort, an dem etwas geschehen ist, bringt die Erinnerung zurück.

Nach seiner Rückkehr servierte uns Anker Erichsen Kaffee und Kuchen in seiner Gartenlaube. Erichsen war Junggeselle.

Ich bin verheiratet mit meinen Büchern, sagte er, um die Frage nach einer Ehefrau gar nicht erst aufkommen zu lassen. Er hatte einen musikalischen Hinterkopf, im Wohnzimmer stand vor dem Bücherschrank ein Notenständer, davor ein Stuhl, und auf dem Stuhl lag ein geöffneter Geigenkasten mit dem Instrument – immer griffbereit gestimmt, immer blank poliert mit einem warmbraunen Schimmer.

Cile und ich aßen ein Stück schwedischen Apfelkuchen, Ankers Spezialität mit Rosinen und gehackten Mandeln. Trinkt noch die Buttermilch aus, sagte Gustav, der Junge aus Joachimsthal, der schon im letzten Sommer hier gewesen war und wieder drei Monate Sommerluft für seine wackelige Gesundheit schnappen sollte. Langes blondes Haar quoll unter der Schirmmütze hervor, seine Augenfarbe unter dem Mützenschirm konnte ich nicht erkennen.

Wenig später folgten wir ihm und Anker Erichsen, gingen an den Bienenkörben vorbei. Die Heidehonigzeit war gerade angebrochen. Glücklich sind die Dichter, singsangte der Hegereiter – gleich den Bienen saugen sie Honig aus Disteln und Dingen, die anderen gleichgültig sind. Wir kamen auch am Seerosenteich vorbei, auf den die Sonne Glitzer warf, den der Teich zurückwarf. Dann waren wir bei den gefällten Bäumen, von dort aus wanderten wir drei Kinder alleine weiter. In drei Stunden sollten wir wieder am Hegereiterhaus sein, dann wollte Anker Erichsen ein Picknick mit uns veranstalten.

Wir gingen stumm hintereinander – Gustav voran, gefolgt von Cile, Schlusslicht war ich. Auf einem schmalen Pfad gelangten wir zum Waldrand, dort besetzten wir einen Aussichtspunkt, ließen uns nieder im hohen, schon septembergelb gefärbten Gras, sahen in das Tal der Arlau und schätzten, wie hoch der Kirchturm von Viöl wohl sein mochte.

Der Kirchturm von Joachimsthal ist höher, sagte Gustav.

Woher weißt du das?, fragte ich.

Das kann ich sehen, außerdem ist der Turm von Joachimsthal auch dicker, sagte Gustav.

Cile sagte: Ich möchte mal barfuß in der Arlau spazieren gehen.

Ja, das möchte ich auch mal, sagte Gustav.

Jetzt nicht, vielleicht später, sagte ich, und Cile schwieg.

Gustav sagte: Aber ich gehe, und wir sahen ihm hinterher, wie er immer kleiner wurde und dann in der Böschung der Arlau verschwand.

Weißt du was?, fragte Cile und zeigte auf die Kirche von Viöl. Wenn man sich ganz dicht am Kirchturm auf die Erde legt und an der Kirchturmmauer hochsieht bis in den Himmel, dann denkt man, der Kirchturm fällt um. Er fällt aber nicht um.

Hast du das gelesen?

Ich hab's selber gesehen.

Und wo?

Als wir mal in Tönning waren und ich mich unten an den Kirchturm gelegt habe.

Beides wollte ich immer tun – mich an einen Kirchturm legen und sehen, ob er umfällt, und im knöcheltiefen, sommerwarmen Wasser der Arlau spazieren gehen, die Böschung links und rechts hoch über mir, die Gustav jetzt erkundete. Man kann nicht alles haben, aber versäumt habe ich es doch. Liebe und Leben, davon habe ich genug gehabt, aber wie schnell flog alles vorbei.

Da erschien Gustav wieder auf der Bildfläche. Langsam kam er aus der Tiefe des Arlau-Tals herauf.

Und wie war's?, fragten wir.

Das müsst ihr schon selber ausprobieren, antwortete er.

Ja, und dann vergleichen wir, sagte Cile.

Keine Zeit, sagte ich, denn jetzt rief das verabredete Picknick.

Wir brachen auf, wendeten der Arlau und der Viöler Kirche den Rücken zu und durchquerten ein Tannengehölz. Es war kühl und dämmrig und der Boden überall mit feinen Nadeln bestreut, wir gingen wie auf einem Teppich. Dann kamen wir in lichteren Wald, graublaue Buchenstämme leuchteten, ein Eichhörnchen sprang von Ast zu Ast. Früher gab es hier so viel Wald, dass die Katekers von Husum nach Bredstedt springen konnten, ohne ein einziges Mal den Waldboden zu berühren, das hatte Anker Erichsen erzählt.

Er hatte sein Tagewerk beendet, einen Platz hinter dem Haus gefunden und die Picknickkörbe hingeschleppt. Uralte Buchen steckten mit ihren Kronen die Köpfe zusammen. Anker Erichsen spielte den Proviantmeister. Er nannte uns Märchenkinder und sagte: Wer in den Viöler Berg steigt, wird ein großer König und trägt Säcke von Reichstalern, goldenen Bechern und silbernen Schalen wieder mit nach Hause. Und wo sind die, bitte schön?

Wir waren ja gar nicht im Viöler Berg, riefen wir wie aus einem Mund.

Ihr seht aber genau so aus mit euern Gesichtern, sagte er.

Anker Erichsen hatte großes Vergnügen, wenn er uns aufziehen und ein wenig zappeln lassen konnte. Er nahm zwei Buttersemmeln aus dem Proviantkorb, rückte sie aber nicht heraus. Stattdessen wurden wir Kinder verdonnert, auf Brombeersuche zu gehen.

Gustav soll tief ein- und ausatmen, die Brombeerluft ist gesund, sagte er. Ich habe schon genug gearbeitet vorgestern, gestern, heute, deshalb rüste ich die Picknicktafel, mache unser Lagerfeuer, schäle die Kartoffeln und koche Kaffee. Um Punkt sechs kommen die Eier ins kochende Wasser, nach fünf Minuten sind sie fertig, dann müsst ihr wieder da sein. Und nun ab zu den Brombeeren. Kommt ihr ohne zurück, dann gibt's nichts, das gab er uns noch mit auf den Weg.

Gustav kannte sich im Immenstedter Forst gut aus. Er wusste, wo die Brombeeren am schönsten waren, nämlich dort, wo sie dicht und undurchdringlich standen. Wir nahmen den Korb in die Hand und setzten unsere Strohhüte auf. Gustav ließ seine Schirmmütze am Picknickplatz liegen. Seine Augen waren blau, das sah ich jetzt.

Tiefer und tiefer kamen wir in den Wald. Es war still, nur das Geschrei einiger Falken hörten wir. Durch die Baumwipfel sahen wir etwas Blau, vom Himmel sahen wir sonst nichts. Ein braunes Waldvögelein flatterte uns voran.

Dem folgen wir, sagte Gustav.

Der Schmetterling führte uns auf eine Lichtung. Die Sonne schien auf unser Haar, in den Bäumen hämmerte ein Specht. Kirchenglockenläuten kam zum Wald herein. Das waren die Glocken von der Viöler Kirche.

Eine Beerdigung, meinte Cile, als wir vor den Brombeeren standen.

Wer ist denn gestorben?, fragte Gustav.

Wissen wir nicht, sagten Cile und ich gleichzeitig. Wir wollten Anker Erichsen fragen, der würde es wissen.

Ein grüner Wall aus Ranken- und Dornendickicht erhob sich vor uns, reichte bis in die Baumkronen und bis zum Rand der Lichtung. Hatte hier das Lusthaus der Herzogin gestanden? Ich erzählte davon.

Hier stand ein Lusthaus?, fragte Gustav. Das wusste ich ja gar nicht.

Ja, das Lusthaus unserer Herzogin Elisabeth, sagte Cile. Irgendwann schossen Brombeerranken aus dem Boden, umrankten das kleine Palais und schlossen es mit ihren stachelbewehrten Krakenarmen ein. Starker Brombeerduft drang durch die Lusthausmauern und legte Herzogin und Hofgesellschaft in einen Dauerschlaf. Das war schon das ganze Geheimnis.

Glaube ich nicht, sagte der ungläubige Gustav.

So ist es aber gewesen, sagte Cile.

Wir pflückten glänzend schwarze, pralle Früchte mit ihren nadelkopfgroßen Kleinstbeeren und ließen sie in unsere Körbe fallen. Mit jeder Brombeere, die fiel, wurden wir ein Stück zufriedener. Es war der Duft, der in die Nase kam, es waren die vielen kleinen Kerne, es war der Saft, den wir im Mund spürten und schmeckten.

Glücklich und mit Brombeerlippen kamen wir mit unserer Ernte zurück. Anker Erichsen empfing uns: Euch kann man losschicken, sagte er. Und dann wurde Tafel gehalten. Wir aßen Buttersemmeln und tranken Buttermilch, wir aßen die weich gekochten Eier und die weich gekochten Kartoffeln. Ich hab noch was Besonderes, sagte er dann. Er hatte einen Pott mit Schlagsahne in Reserve. Das war, zusammen mit den Brombeeren, der köstliche Abschluss unseres Picknicks.

Im Hegereiterhaus schliefen wir auf dem Heuboden. Die vielen Zentner Heu wogen schwer und atmeten wie ein warmes Tier. Zentnerweise sogen wir im Schlaf den Duft ein.

Ein unvergesslich grauer Septembermorgen brach an, ein unvergesslicher Tag voller Unbeschwertheit lag hinter uns. Unser Kutscher Asmus wartete mit dem Offenbacher Wagen schon vor dem Hegereiterhaus. Wir verabschiedeten uns von Anker Erichsen und seinem Luftkurgast Gustav, wir stiegen ein, winkten, solange es ging, und verschwanden in der abgeblühten, graugrünen Heide. Die Räder mahlten im Sand, das hörten wir. Der Heidesand war grau wie der Morgen, das sahen wir. Max und Lisa hatten ausgeschlafen und zogen brav, das fühlten wir. Asmus würde wie üblich nur ja und nein sagen, das wussten wir. Irgendwo ganz weit hinten lag Husum, das ahnten wir.

Jetzt aber, sagte Cile und machte sich ans Werk, nahm Papier und Bleistift und schrieb los. An der Feddersburg war sie halb fertig.

Als Asmus den dicken Wirt vor seiner Wirtschaft stehen sah, ließ er die Pferde halten und rief hinüber: Fedders, nun hör mir mal gut zu. Cäcilie schreibt ein langes Gedicht, sie wird es noch mal zu was bringen!

Kinners, rief der Wirt zurück, was wollen die Leute auch so viel schreiben und lesen. Ich wunder mir da manchmal über, weil es doch nicht gesund ist.

Asmus rief wieder sein einsilbiges Hü, die Pferde zogen an, und als wir das Schloss vor Husum erreichten, hatte Cile ihr Gedicht fertig.

> Hier bei den Brombeerranken
> Schläft die alte Herzogin.

Macht sich tausendfach Gedanken
Und träumt von ihren Brombeeren.

Wann wacht sie auf, die schöne Frau,
Mit ihrem Hofstaat gleich bei der Arlau?
Doris und ich lieben den Wald,
Die Brombeeren und die Herzogin-Gestalt.

Wir wollen wieder Brombeeren pflücken
Und die Herzogin aus ihrem Schlaf erwecken.
Wir werden ihr decken ein Tischlein fein,
Wir werden ihr immer zu Diensten sein.

# Nordlicht

Inzwischen wanderte die Zeit. Der Herbst 1846 begann mit einer schlechten Ernte, die Raben hatten das schon hinausgekrächzt, böse und hungrig saßen sie in den Bäumen des Schlossgartens. Das Getreide war durch die anhaltende Sommerhitze nicht richtig gereift, mit dem Raps stand es ähnlich. Die Sensen rauschten nicht wie sonst, kleine Ähren mit magerem Korn fielen auf den ausgetrockneten Boden. Die Scheunen waren nur zu einem Drittel gefüllt – verzweifelte Bauern, so weit das Auge reichte. Auch die Kartoffelernte war missraten. Sogar Fachleute aus England, die um Rat gefragt worden waren, wussten weder Mittel noch Methoden, um das Übel zu bekämpfen, die völlige Entartung wurde prophezeit. Nur mit dem Buchweizen war man zufrieden, auch mein Vater, denn sein Frühstück, das meine Mutter ihm jeden Morgen zubereitete, bestand aus Buchweizengrütze mit einem Klott Butter.

Dann, eines Tages im Oktober, traf uns ein wunderliches Phänomen. Entweder hatte mein Wetterglas versagt, oder es wusste nichts davon. Unter sanftem Regen, unter Sausen und Brausen und mit einem eigentümlichen Getöse zog aus Südost eine Windhose heran. In der Nähe des Kalkofens erreichte sie Husum, zog dann durch die Wasserreihe weiter zur Hohlen Gasse, bog nach Norden in die Neustadt. Ziegel fielen von den Dächern, Fensterläden wurden von der Gewalt zerschlagen, Türen aufgerissen, die Häuser schüttelten sich in ihren Grundfesten, sodass die Menschen auf die Straße liefen. Im Schlossgarten wurden einige der stärksten Bäume entwurzelt und Hecken umgerissen, aber zum Glück war kein Menschenleben zu beklagen. Wir Jensens hatten großes Glück, denn unser Haus wurde verschont, und kurz vor Hattstedt, mitten über der Heide, schwanden dem Luftwirbel die Kräfte – er kam nicht mehr voran, löste sich auf und ward nicht mehr gesehen.

Nicht lange danach, in der Sternschnuppenzeit, zeigten sich zwei leuchtende Meteore in Gestalt von Feuerkugeln, sie wanderten nordwestlich, wollten wohl weiter Richtung Sylt und Schottland. Ich war bei Storm und Constanze nachmittags zum Tee eingeladen, wir verplauderten die Dämmerstunde, es war gemütlich. Storm erzählte eine Sage vom Pastor Goldschmidt aus Sterup in Angeln, der ein gewaltiger Geisterseher war. Geister und Gespenster verfolgten ihn ein Leben lang, wo er auch stand und reiste. Weil mich Storms Erzählung so angriff, merkte ich gar nicht, wie die Zeit mir enteilt war. Constanze sagte: Bleib doch noch ein Stück. So blieb ich bis zum Abendessen. Wir beide nahmen unsere Handarbeiten in den Schoß, und während wir strickten und schwiegen und den Geistern und Gespenstern nachsannen, bereitete Storm uns ein köstliches Beefsteak zu. Keiner konnte das besser als er. In seiner Junggesellenzeit hatte er das gemacht, wenn sein Freund Brinkmann bei ihm zu Besuch war. Der war oft bei ihm in der Neustadt gewesen. Dann musste der Spiritusapparat her, und über der Spiritusflamme brutzelte das Beefsteak in einer Bratpfanne, ganz so wie jetzt.

Wir wurden zu Tisch gebeten. Kaum hatte ich einen schönen Bissen im Mund, da sagte Constanze: Seht mal, wie hell es draußen geworden ist.

Ja, Sonne, Mond und Sterne, scherzte Storm.

Das ist der Vollmond, sagte ich.

Wir hatten aber gar nicht Vollmond. Wir standen auf und gingen ans Fenster. Die Wolkendecke, die noch vor einer Stunde den Himmel verdeckt hatte, war aufgerissen und hatte den Blick auf den Sternenhimmel freigegeben.

Wir müssen in den Garten, sagte Storm.

Wir gingen hinaus. Die Meteore verbreiteten eine Tageslichthelle, die mir unheimlich war. Und nicht genug damit, kurz danach zeigte sich das schönste Nordlicht, das ich je gesehen. Es schimmerte wie ein leuchtender, in große Falten gelegter und sanft schwingender, samtgrüner Bühnenvorhang. Wir drei standen stumm und fragten uns, was das wohl zu bedeuten habe.

Irgendwas will der Himmel uns damit sagen, redete ich los.

Der menschliche Geist wird das noch herausfinden, sagte Storm. Er glaubte, dass der Mensch irgendwann alle Rätsel der Welt gelöst haben werde. Und darum glaubte er nicht an Gott.

Mich fröstelte. Das machte die Angst vor dem, was ich nicht wusste. Die Welt war nicht mehr groß und endlos weit, sondern klein und eng geworden. Ich werde jetzt nach Hause gehen, sagte ich.

Constanze sagte: Theodor soll dich nach Hause bringen.

Ich gab ihr die Hand, sah in ihre Augen: Du hast eine schöne Stirn, dachte ich und sagte: Hab vielen Dank für diesen schönen, langen Nachmittag. Ich zog den Mantel an, und wir brachen auf.

Wortlos gingen Storm und ich nebeneinander. Er legte seinen Arm um meine Schulter – wie oft hatte ich schon seinen Arm an meiner Schulter gespürt –, und er murmelte: Du mit deinen schönen Händen.

Du siehst sie ja gar nicht.

Doch, ich sehe sie immer lebendig vor mir. Weißt du noch?

Du meinst Schwabstedt?

Ja.

Wir gingen über die breite Großstraße mit ihren alten reliefgeschmückten Häusern, an Markt und Kirche vorbei. Vor unserem Haus in der Norderstraße küsste er mich auf die Stirn und strich mir übers Haar.

Du bist mir ein süßes reizendes Kind immer gewesen, immer noch. Wir wollen uns auf den Sommer freuen. Das wird herrlich, mein schönes Mädchen, gute Nacht.

Bleib hier unten, bis ich oben in meinem Zimmer bin. Halb bat ich ihn, halb forderte ich ihn dazu auf.

Du mit deinem eigentümlichen Reiz, den du mir nie verloren hast, sagte er.

Meine Eltern waren nicht da. Die Treppe knarrte. Oben öffnete ich das Fenster, ließ die dunkle Novemberluft herein und sah hinunter. Da stand er, klein und fein, sein Gesicht mir zugewandt. Wie lange wir so verharrten, weiß ich nicht. Uns beiden fiel wohl nichts Sagbares mehr ein, weil wir so viel Unausgesprochenes über uns längst wussten. Da unten schien das Glück auf mich zu warten, hier oben wartete ich. Alles fühlte sich richtig an. Ich wollte die Zeit anhalten, damit es so bliebe. Ich wünschte, Storm möge noch einiges von meinem Geruch in die Nase kriegen, und versuchte gleichzeitig, etwas von seinem zu erwischen.

Lange Zeit hielt ich den Fleck, auf dem Storm gestanden hatte, und auch die kurze Zeit, die er dort regungslos mit seinem mir zugewandten Gesicht verbrachte, für heilig. Und war sogar gewillt hinauszurufen: Lebe wohl, du süße Freude meines Lebens, du einzige Sehnsucht meines ganzen Wesens.

# Weihnachtszeit

Weihnachten stand vor der Tür. Mir war, als müsste ich die Tage zählen. Die Weihnachtszeit blätterte jeden Tag wie ein Kalenderblatt um, ich blätterte mit. Vater hatte ich eine Spielanleitung für Whist und Boston im kleinsten Westentaschenformat besorgt: «Der fertige Whist- und Bostonspieler.» Mutter stickte ich einen Telleruntersatz, den ich mit der Aufschrift «Husum» verzierte. Sollte ich auch für Storm ein Weihnachtsgeschenk haben? Einen Telleruntersatz? Oder etwa eine Anleitung für L'hombre, damit er sich bei diesem Kartenspiel nicht neue Spielschulden anhäufte? Und er, würde er mir etwas schenken? Ich besorgte Stoff, Knöpfe und Perlen bei Lisette Israel, die mit den Putz- und Galanteriewaren ihres fahrenden Geschäfts per Extratour von Rendsburg hergekommen war und sich wieder in der Krämerstraße eingemietet hatte. Vorsorglich begann ich, an einer Geldbörse zu häkeln, wie ich sie letztes Jahr seinem Vater Johann Casimir hatte schenken wollen; Storm hatte sie mir ausgeredet, weil Constanze ihrem künftigen Schwiegervater eine aus ihrer Handarbeit schenken sollte.

Ich wollte jeden Abend daran pusseln und an ihn denken. Handarbeit und Denken, beides zusammen ist kommod und ergiebig. Das beruhigt und erhält gesund, fördert andererseits auch das Kopfzerbrechen, das ich mir jetzt über Storm und Constanze machte. Warum hast du ihn vor zehn Jahren nicht so gesehen, wie du ihn jetzt siehst?, fragte ich mich. Vielleicht sollte ich die Geldbörse doch lieber Constanze schenken. Vielleicht sollte ich überhaupt nicht so viel denken und nicht so viel schenken, sondern die Hände ohne Kopfzerbrechen in den Schoß legen und mich beruhigen mit der Erinnerung an Weihnachten früher.

Wie war es damals, als ich noch Kind war und Großmutter Mummy noch lebte? Als Mutter mit ihrer feinen, glücklichen Hand noch alles regierte? Als es mit der Gesundheit meines Vaters noch gut stand und sein Geschäft noch blühte und er noch nicht Dr. Robinsons Gehöröl gegen seine Harthörigkeit ins Ohr tropfen musste?

In der Weihnachtszeit hatten sich die Geschäfte herausgeputzt und das Angebot erweitert. Das Warenhaus Topf und die Verlagsbuchhandlung Delff gaben im Königlich Privilegierten Wochenblatt Anzeigen auf, aber auch der Schreibwarenhändler Thomsen hatte seine unübertroffen guten englischen Schreibfedern aus neu erfundener elastischer Stahlmasse in der Zeitung annonciert. Neue Nürnberger Spielwaren lagen in den Schaufenstern, es gab Schulbücher, Schulatlanten, Stammbücher und Bilderbögen in großer Auswahl. Auch ein ganz besonderes Sortiment Hamburger Konditorwaren durfte nicht fehlen. Und Sensationen konnte man bestaunen: Die Truppe «Proteus groteske Exerzitien» trat auf mit Herkuleskünsten und Pantomimen, der Direktor war der königlich konzessionierte Kunstreiter und Drahtseiltänzer Hoffmann aus Odense. Und noch was: Kaum einer vergaß in all dem Trubel das Wandsbeker Zahlenlotto, denn so ein kleines Lottoglück vor Weihnachten, wer hätte das nicht gern gewollt.

Nicht ohne Schimmer und Schummer war die Weihnachtsbäckerei. Ich meine die braunen Kuchen, die auch Storm so liebte und von denen er in seiner Weihnachtsnovelle «Unterm Tannenbaum» erzählte. Da saust der Teekessel, da versammelt sich die Familie, und auch die Toten sind dabei. Die braunen Kuchen sind das aus Sirup und Weizenmehl, Zucker und Butter gebackene Heimweh, das Storm sein Leben lang wie eine Erbschaft in sich trug. Bei uns schmeckten die braunen Kuchen anders als bei den Storms, bei jeder Familie schmeckten sie anders, weil jede Kuchenbäckerin ihr eigenes Zutatengeheimnis hütete. Die allerletzten und allerfeinsten Kunstgriffe wurden unter der Hand von der Mutter an die Tochter weitergegeben und auch erst dann, wenn die Tochter im heiratsfähigen Alter war und selber Hausfrau und Kuchenbäckerin werden sollte.

Drei Wochen vor dem eigentlichen Backen kam Großmutter Mummy nach ihrem Mittagsschlaf die Treppe herunter und rührte in der großen Küche den Teig an. Wie lange war das schon her? Zehn Jahre? Nur meine Mutter, die inzwischen schon selber Backgeheimnisse hütete, durfte anwesend sein, helfen war verboten. Mianne aber, unser Kindermädchen, wurde über das Allerletzte und Allerfeinste ausnahmsweise unterrichtet, weil sie den Richtigen gefunden hatte und heiraten wollte. Hektische Flecken wegen der Zukunft standen ihr im Gesicht. Nun reech dich man ab, sagte Großmutter Mummy und ließ sie – wohl eine Art frühes Hochzeitspräsent – den Kuchenteig in einen hölzernen Backtrog legen und mit einem frisch gewaschenen weißen Leinentuch zudecken.

Den Backtrog schob sie selber unters Sofa, denn dort sollte der Teig gehen, was nur mit ein paar unverständlich gemurmelten Worten auch gelingen würde. Übrigens schob sie auch ihre rote Grütze unters Wohnzimmersofa, in der Rote-Grütze-Zeit, denn das Wohnzimmer war dann der kühlste Raum im Haus. Manchmal konnte man da sogar im Sommer das Frösteln kriegen, und immer, wenn ich fröstele, rieche ich Großmutter Mummys rote Grütze.

Vierzehn Tage vor Heiligabend war es so weit. Großmutter Mummy zog den Esstisch im Wohnzimmer aus, dann holte sie den Teig unterm Sofa hervor und übergab ihn Mianne zu treuen Händen. Die rollte mit starken Händen und Armen den Teig zu einer festen, dicken Teigrolle, bis Großmutter rief: Nun ist gut. Auf ihr Geheiß legte ich jetzt meine Hand um die Rolle, und wenn sich gerade noch Daumen und die Mittelfingerspitze berührten, dann war es wirklich gut. Jetzt kam der gefährliche Teil. Das schärfste Küchenmesser musste her, Großmutter Mummy nahm den Messerschleifer vom Wandhaken und schliff das Instrument.

Ich fragte: Ist das Messer nun auch scharf?

Großmutter sagte mit der Ungeduld, die von den braunen Kuchen kam: Was fragst du bloß für Sachen! Scharf? Du weißt doch gar nicht, was scharf ist, Kind. Dann kommandierte sie: Vorsicht, und machte sich ans Werk. Von niemandem, aber auch niemandem, ließ sie sich aus der Ruhe bringen. In gleichmäßig dünnen Scheiben fielen die runden Teiglinge um. Da lagen sie und warteten auf den Backofen.

Großmutter Mummy ließ es sich nicht nehmen, die mit den Teiglingen belegten Backbleche höchstselbst zum Bäcker zu fahren. Ja, fahren. Und dabei kam wieder ich ins Spiel.

Hieß es doch bei Großmutter Mummy: Geh fleißig um mit deinen Kindern und Kindeskindern, habe sie Tag und Nacht um dich und liebe sie und lass dich lieben einzig schöne Jahre. Gemeinsam verluden wir die Backbleche auf unseren kleinen Blockwagen, stellten den Wäschekorb für die fertig gebackenen braunen Kuchen obenauf, und dann marschierten wir los. Sie zog rechts, ich zog links an der Deichsel, das hatte seinen guten Grund, denn auf dem linken Ohr hörte sie besser als auf dem rechten. Stumm gingen wir an der Marienkirche vorbei, bis sie sagte: Noch ein paar Tage. Da lag die Kirche schon hinter uns. Im Eis der gefrorenen Regenpfützen auf dem Husumer Katzenkopfpflaster spiegelte sich der Mond. Nie ist der Mond schöner als am frühen Abend im November und Dezember. Pass auf, du Tüffel, und tritt nicht hinein, sagte sie. Das dünne Eis knisterte und bog sich.

Unser Bäcker hieß damals Rothgordt. Er hatte Laden und Backstube in der Wasserreihe, schräg gegenüber hat später Storm gewohnt. Er war berühmt für seine Rundstücke und hatte Husums beste Backhitze – so eine, wie man sie zu Hause im Backofen nie haben kann und heute sowieso nicht mehr. Großmutter Mummy sagte, es sei das Buchenholz, mit dem der Bäcker heize, es sei wohl auch der dauernde, ununterbrochene Betrieb des Ofens, der ihn fürs Backen der braunen Kuchen so günstig mache. Und wie sollte sie die vielen braunen Kuchen zu Hause im viel kleineren Backofen auch backen können? Und dann noch was. Hier, bei Bäcker Rothgordt, gab es für Großmutter Mummy das notwendige Futter für ihre Neugier. Neugierig war sie nämlich. Wir waren ja nicht die Einzigen, die kamen. Es kamen viele, und man kannte sich untereinander. Die Backstubenwärme tat ein Übriges. Immer hatte Großmutter den Fensterplatz – von dort konnte sie sehen, was draußen los war, und gleichzeitig hören, was drinnen gesprochen wurde.

Die abgekühlten braunen Kuchen, Stück für Stück vom Backblech genommen, legten wir in den Wäschekorb. Darüber deckte Großmutter Mummy ein zweites Leinentuch, weiß und frisch gewaschen und gebügelt. Sie verabschiedete sich von Bäcker Rothgordt mit: Na denn, bis nächstes Weihnachten, und halte mir schon mal meinen Fensterplatz frei.

Wir zogen unsere kostbare Fracht bis zum Klosterfriedhof, viele bedeutende Husumer haben da ihre letzte Ruhe gefunden, auch Großvater Mummy fand sie dort. Ich habe ihn ja nicht gekannt, er starb schon 1824 mit zweiundsiebzig, zwischen ihm und Großmutter lagen zweiundzwanzig Jahre. Weiter ging es bis zu seinem Grab, wo gerade die Christrosen blühten. Christrosen waren Großmutter Mummys Lieblingsblumen im Winter, mit ihrem Christrosenweiß passten sie zu den braunen Kuchen. Sieh mal, sagte sie mit ihrem langgezogenen, weich hinausgesprochenen S – Storm sprach es übrigens scharf, wie die Dänen es tun – und hob mit Daumen und Zeigefinger das Tuch vom Korb. Sie schwenkte es, und während das Tuch hin und her ging, murmelte sie wieder unverständliche Worte, wohl dieselben, die sie immer sprach, wenn sie die braunen Kuchen oder die rote Grütze unters Sofa schob.

Vielleicht flog da ein kleiner Gruß hinüber wie: Guten Tag, mein lieber Mann, wie hast du's da oben oder da unten. Hier bin ich, deine Frau, ich lebe immer noch und backe braune Kuchen. Großvater sollte vom Duft des frisch gewaschenen Leinentuchs und der frisch gebackenen braunen Kuchen profitieren und damit auch sein Weihnachten haben. Ihr liefen die Tränen, die sie erst mit dem stets nach Eau de Cologne duftenden Taschentuch abwischte, als wir den Friedhof wieder verließen und die Straße betraten. Da waren Leute, und sie sagte: Ach nee doch, und: Nun komm mal zügig voran. Als wir die Marienkirche passierten, sagte sie: Nächstes Jahr gehen wir wohl doch besser zu Bäcker Großkreutz in der Großstraße.

Warum?, fragte ich.

Frag nicht, antwortete sie. Solltest du zufällig dabei sein, wenn ich sterbe, dann musst du mir die Augen zudrücken. Und ganz wichtig: Du musst immer dafür sorgen, dass meine Füße frei liegen. Keine Bettdecke auf den Füßen! Das kann ich auf den Tod nicht leiden. Merk dir das gut, mein Kind.

Später erfuhr ich, warum sie zu Bäcker Großkreutz wechseln wollte. Der Grund war Dr. Wülfke, unser Hausarzt, der hatte sich dort neuerdings eingemietet. Großmutter, die damals noch vier Jahre zu leben hatte, immer aber damit rechnete, dass bald der Tod bei ihr anklopfen würde, erhoffte sich von der Nähe zu ihm Gesundheit und Wohlergehen bis zum nächsten Weihnachten. Dafür entlohnte sie ihn mit einer extragroßen Dose brauner Kuchen.

Wir zogen den Wagen durch die Einfahrt unseres Hauses bis vor den Hintereingang. Dort hoben wir den Korb aus dem Wagen und trugen ihn durch die Waschküche in die Küche, wo Mianne schon in weißer Schürze Posten stand und den nächsten Auftrag erwartete. Jetzt die braunen Kuchen, einen nach dem anderen, vorsichtig in die bunten Dosen legen, das orakelte die frisch ausgebildete junge Weihnachtskuchenbäckerin vor sich hin – laut genug, damit Großmutter Mummy es auch ins gute Ohr bekam.

Unser Familienleben war mehr christlich als unchristlich geprägt. Großmutter Mummy und Mutter fühlten sich als Christinnen, auch wenn sie das nicht immer zeigten. Ich war auf dem besten Weg, eine Christin zu werden, trotzdem war vom Christcharakter unseres Weihnachtsfestes wenig zu merken. Das war eben so, hier bei uns in den Herzogtümern. Als Schleswig-Holsteiner verband mein Vater mit Weihnachten eher das nordische Julfest als Jesus in der Krippe.

In der Vorweihnachtszeit besuchten meine Eltern einmal die Storms in der Hohlen Gasse – erwähnenswert schon deshalb, weil auch Storm für ein paar Tage aus Kiel gekommen war. Nie werde ich vergessen, dass er, ein erwachsener Mann und angehender Rechtsanwalt, mich ausspähte. Ich war zwölf und wusste nichts von seiner großen Liebe Bertha, die nur ein knappes Jahr älter war als ich. Fünf Jahre lang hat er sich mit ihr abgequält, so muss man's sagen, denn es wurde ja Gott sei Dank nichts aus den beiden. Mit kleinen Mädchen hatte er es, und das war wohl auch der Grund, warum er mich auserkoren hatte. Beim Abschied sagte er zu mir: Ich werde dir zu Weihnachten eines meiner Märchen schicken. Bete um den Frühling, mein Kindchen. Solche Merkwürdigkeiten kamen aus seinem Mund.

Einen Tannenbaum hatten wir damals nicht. Pastors- und Lehrersleute hatten ihn in ihren Amtsstuben, auch in der Hohlen Gasse gab es einen. Tannen und Fichten waren eine Rarität in den Herzogtümern, besonders an der Nordseeküste, wir hatten aber Ersatz. Mein Vater bestellte ihn jedes Jahr bei Karl Schoster. Der machte das, hatte deswegen eine Anzeige in der Zeitung aufgegeben: Verfertige Weihnachtsschmuck aller Art und nehme auch unter Versicherung reeller

Behandlung auf etwa nicht Vorrätiges stets Bestellungen an. Wenn der Ersatz-Weihnachtsbaum ins Haus kam, holte Vater den alten vom Boden, wischte Staub und Spinnweben ab und sagte: Eigentlich ist der ja noch ganz gut. Er verschenkte ihn aber an Bedürftige, die sich keinen Baum leisten konnten.

Ein Kantholz der Baumstamm, zwölf Querhölzer die Zweige. Meine Mutter wickelte graues Papier um den Stamm und grünes um die Zweige. Immergrün und Efeu wurden befestigt. Großmutter Mummy bastelte Ketten und Netze aus Papier, die an den Baum gehängt wurden, Feigen und Nüsse kamen dazu. Aus Mehl und Zucker, Wasser und Milch, Hirschhornsalz und Rosenwasser backte sie die Wiehnachtspoppen. Kleine Formen, die sie in einer Schachtel verwahrte, lagen zum Ausstechen bereit. Unter ihren Augen stachen wir Jungs und Mädchen, Esel und Schweine, Hühner und Schafe aus und einen Hahn. Dann das Bemalen. Kirschsaft nahmen wir dafür. Mit feinem Pinsel malten wir Augen und Ohren, Gesichter und Schnauzen, Federn, Hüte und Kleider auf die Puppen. Großmutter pikste mit ihrer dicksten Stopfnadel Löcher und zog einen Faden durch. Dann hängte sie die Puppen an die Zweige, ganz oben thronte der Hahn. Auf die Zweigspitzen setzte Vater zum Schluss Kerzen aus Rindertalg, die er beim Husumer Kerzenmacher Andersen gekauft hatte.

Einen Tag vor Heiligabend kam kurz vor dem Abendbrot der Kromphör, der Krampus, das ist der friesische Knecht Ruprecht. Das war immer Asmus Paulsen, unser Kutscher. Der bumste an die Tür und trat ohne Herein ins Haus. Da stand er in seinem Umhang aus schwarz-weißem Kuhfell. Ein langer grauer Bart aus Flachs hing ihm am Kinn – den konnte man riechen mit seinem stechenden Flachsgeruch. Wir erkannten

Asmus an der Stimme, die, obwohl er sie verstellte, immer nach Asmus klang. Wir erkannten ihn auch an seiner Rute, das war nämlich die Pferdepeitsche aus dem Pferdestall. Zur Feier des Tages sagte er mehr als sonst, weil die Sache mit dem Krampus ihm zur lieben Gewohnheit geworden und ans Herz gewachsen war. Er mahnte uns auf Hochdeutsch, artig zu sein, und wir versprachen es mit einem langen Ja. Na, denn will ik mål werrer, sagte er noch und zog seiner Wege. Ein Stück weit ging Vater mit, überreichte ihm draußen vor der Tür das Weihnachtspräsent mit dem Reichsbanktaler und wünschte ihm und seiner Frau, sie waren kinderlos, ein fröhliches Fest in Rödemis.

Am nächsten Tag, dem Morgen des Heiligabend, stellte mein Vater den Tannenbaum auf den Teetisch vor das Wohnzimmerfenster. Mutter schmückte ihn, und während die beiden ihrem Familienweihnachtsgeschäft nachgingen, erschien Punkt elf Uhr unsere Näherin Tante Marie mit ihren braunen Kuchen. Joyeux Noël!, rief sie. Für sie lagen Großmutter Mummys braune Kuchen längst bereit, in Buntpapier verpackt, zusammen mit einer Flasche Eau de Cologne und einem Reichsbanktaler, der jedes Jahr fällig war. Ich wollte nur ganz kurz, sagte sie mit der Gabe in beiden Händen und verschwand so schnell, wie sie gekommen war. Wie mochte ihr Weihnachten aussehen? Mutter sagte, bei ihr sei es immer kalt, weil sie mit der Kohle aus England und dem Abfallholz spare, das mein Vater ihr ab und zu vorbeibringen ließ.

Schlag fünf am Nachmittag stand dann der Karpfen blau in Sauerrahm auf dem Küchentisch. Das gehörte Weihnachten einfach dazu. Nach dem Essen verschwanden unsere Eltern im Wohnzimmer und bereiteten die Bescherung vor. Vater zündete die Kerzen an, Mutter rückte zum x-ten Mal die Teller mit den Äpfeln, Pfeffernüssen und Feigen zurecht, zählte die Geschenke und fuhr mit der Hand übers Buntpapier. Dann setzte Vater sich ans Klavier und spielte O du fröhliche.

Das war der Moment. Wir Kinder standen vor der Wohnzimmertür, aufgereiht wie jedes Jahr. Ich als Jüngste vorne, dann Friederike, meine Schwester, dann Friedrich, unser Ältester.

Wir hörten die kleine Weihnachtsglocke, die Mutter läutete, dann öffnete sie mit der Glocke in der Hand die Tür und sagte: Jetzt kommt mal schön herein. Ehe wir's uns versahen, rief Vater: Julklapp, und begann, Überraschungspäckchen zu werfen. Da waren die unempfindlichen Geschenke drin, Handschuhe, Shawls und von Mutter genähte Portemonnaies. Zuerst musste Mutter sie fangen, dann warf sie die Geschenke unter Lachen und Julklapp-Rufen weiter, und wir fingen die Päckchen auf, wobei wir ebenfalls Julklapp! riefen und lachten. Julklapp hatte nichts damit zu tun, dass wir dänisch gesinnt gewesen wären. Wir dachten und sprachen deutsch, fühlten uns zugehörig zum Herzogtum Schleswig und Holstein. Dennoch war der dänische König auch unser König, nicht mehr und nicht weniger, und das war gut so. Die Julklapp-Fröhlichkeit legte sich, wenn jeder seinen Platz gefunden hatte und still seine Geschenke auswickelte, betrachtete und bedachte.

In dem Jahr, als mein Bruder Friedrich in Joachimsthal das Sägemüllerhandwerk lernte, um sich auf das Holzgeschäft vorzubereiten, das er von Vater übernehmen sollte, sagte meine Mutter: Wie mag es wohl heute Abend unserem Friedrich in Joachimsthal gehen?

Gut wird's ihm gehen, sagte Großmutter Mummy und schnäuzte sich. Er ist doch bei netten Leuten.

Da wurden wir alle still, und in dieser Stille schnäuzte sich auch Mutter. Unser Schäferhund Etzel, der vor dem Ofen lag, hob seinen Kopf und spitzte die Ohren, als Vater sich ans Klavier setzte. Dort schlug er das Familiengesangbuch auf mit dem Lied «Es ist ein Ros entsprungen». Nicht, weil das Lied von Gottes ewigem Rat und der reinen Magd Maria erzählte, schlug er es auf, sondern aus einem ganz schlichten Grund: Er mochte die Melodie und fand die Harmonien so schön. Und schon damals hatte ich einen hübschen Alt.

Vater sagte: Doris, komm und sing.

Ich trat vor, stellte mich neben das Klavier und sang die ersten drei Strophen dieses schönsten aller Weihnachtslieder. Während ich sang, sah ich Großmutter Mummy mit ihrem Taschentuch an der Nase im Lehnstuhl sitzen. Als der letzte Ton verklungen war, wischte sie sich über die Augen, dann sagte sie: Ach nee. Der Hund hob wieder seinen Kopf und gähnte ein zufriedenes Jaulen hinaus.

Das war immer das Zeichen. Vater sang jetzt selbstgedichtete Verse nach einer Melodie, die jedes Mal ein wenig anders klang. Husum ist 'ne schöne Stadt, wo man viele Arbeit hat. Holz und Pferd, und Pferd und Holz, darauf bin ich richtig stolz. Fiderallala, fiderallala, darauf bin ich stolz. Ja, Vaters ganzer Stolz war sein Holzgeschäft, das ihn zu einem angesehenen Bürger und zum Senator der Stadt hatte werden lassen. Storms Vater Johann Casimir, dem wichtigsten Advokaten und Notar Husums, stand er in nichts nach. Die beiden bildeten die Spitze der Husumer Hautevolee.

Eine Stunde vor der Zubettgehzeit ließ Mutter noch einmal den Teekessel sausen, die drei Erwachsenen tranken Tee und knabberten braune Kuchen. Großmutter Mummy sah in ihr Napoleon-Buch, das die Eltern ihr geschenkt hatten, eine Prachtausgabe in zwei Bänden für dreiundzwanzig Mark. Friederike und ich pflückten die Feigen vom Weihnachtsbaum und steckten sie in den Mund. Wir ließen noch einmal unsere Geschenke Revue passieren, taxierten, wie lieb und teuer sie uns waren.

Ich blätterte durch den Bilderbogen von Gustav Kühn aus Neu-Ruppin. Die vierzehnjährige Friederike stand ein Jahr vor der Konfirmation, ihre Zukunft klopfte schon an die Tür. Sie würde Gesellschaften zu besuchen haben und lernen müssen, sich als Frauensperson zu benehmen, um Dame und bedeutend zu werden. Sie sollte Unterschied lernen, wie es hieß. Sie sollte wissen: Wer bist du als Tochter des Kaufmanns und Senators Peter Jensen? Mit wem gehst du um, mit wem nicht? Das stand ihr also bevor, und auch für mich würde es in zwei Jahren so weit sein. Friederike hatte für das alles ein Damenkästchen bekommen und als Wichtigstes unter den Weihnachtsgeschenken «Das neue Komplimentierbuch» mit Blumensprache und Stammbuchversen. Hier konnte sie die Regeln zur Ausbildung des Blicks, der Miene und der Sprache nachlesen: Welches Kleid ziehe ich an? Wie benehme ich mich an der Tafel bei Gesellschaften? Welche Vorschriften muss ich beim Umgang mit Vornehmen beachten? Solche Fragen wurden ihr da fein säuberlich beantwortet.

Längst waren die Kerzen ausgepustet, als es auf Mitternacht zuging.

Großmutter sagte: Ja, nun ist es so weit.

Vater sagte: Dann wollen wir mal.

Mutter hatte das vorletzte Wort. Sie las uns die letzte Strophe aus dem Weihnachtsgedicht im Königlich Privilegierten Wochenblatt vor:

> O glückliches Alter! O selige Zeit,
> Wo uns nur wenig schon höchlich erfreut!
> Erinnerung aber bleibt uns zurück!
> Am Christnachtabend, so hell und so schön,
> Noch einmal die eigene Jugend besehn.
> Der fröhlichen Kinderzeit Glück
> Trägt uns noch immer Stück für Stück.

Ja, nach rückwärts verstehen und nach vorne leben – das wollte Mutter damit bekanntgeben, was ihr aber schwer genug gelang mit ihrer Neigung zum Tiefsinn. Der legte sich Gott sei Dank, als sie über die fünfzig kam. Bis dahin hatte sie noch Zeit.

Jetzt war endgültig Schluss mit Heiligabend und Weihnachten bei uns Jensens, denn Vater sprach wirklich das letzte Wort, sein Machtwort, als er sagte: Es war doch mal wieder sehr schön in diesem Jahr. Morgen ist auch noch ein Tag.

Etzel lag immer noch am inzwischen erkalteten Ofen, ließ die Lefzen zucken und drehte die Nasenlöcher wer weiß wohin, träumte wohl von seinen Honigernten beziehungsweise von den beiden braunen Kuchen, die ihm zur Feier des Tages in seinem Heiligabend-Fressnapf vor der Schnauze gelegen hatten.

# Auf dem Hochseil

Kurz vor Jahresende 1846 kam Storm und überreichte meinem Vater Biernatzkis neues Volksbuch, in dem einige seiner Geschichten und Gedichte abgedruckt waren. Mich beachtete er kaum, und als ich das merkte, ging ich hoch in mein Zimmer. Auch Biernatzkis Volksbuch vom letzten Jahr hatte er meinem Vater geschenkt, das kam mir in den Kopf, als ich mich in Großmutter Mummys Lehnstuhl gesetzt hatte und hinuntersah. Warum wieder mein Vater und nicht ich? Das machte mich nachdenklich und traurig. War ich ihm gleichgültig geworden? Hatte er etwa bei meinem Vater Spielschulden und wollte gut Wetter machen? Kurz und grün, damit stand für mich fest, dass ich mein Geschenk, das ich erst nach Weihnachten fertig bekommen hatte, die Geldbörse mit den aufgenähten Perlen und dem aufgestickten Namen «Husum», Constanze schenken würde. Auch das würde wie Gut-Wetter-Machen aussehen, aber lieber gutes Wetter als schlechtes.

Ich sah, wie Storm unten auf die Straße trat. Er war schon wieder auf dem Heimweg, drehte seinen Kopf, aber bevor sich unsere Blicke treffen konnten, wendete ich mich ab.

Es gibt eine Sehnsucht, die ist jenseits allen körperlichen Verlangens. Sie weiß vom Körper nichts, obwohl sie ihre Heimat dort und nirgendwo anders hat. Du läufst wie körperlos durch Haus und Hof, Wald und Flur, über Stock und Stein. Du spürst nur eins, die Sehnsucht, und die Sehnsucht ist der Körper. Er ist randvoll davon, das spürte ich damals. Ich dachte, ich hätte Fieber. Ich sagte immer weniger und schwieg immer mehr. Das hat seine eigene Logik. Ich ging meiner Wege, nahm ihn in Gedanken mit, verwahrte ihn sicher, damit er mir nicht entkommen konnte. Sah man mir das an? Ich hatte Angst davor. Ich fasste mir ans Gesicht, um zu fühlen, ob es geschwollen war, sah in den Spiegel, um nach meinen hektischen Flecken zu sehen. Das Unglück klein halten – deshalb machte ich den Mund nicht auf, trieb mich dort herum, wo man mich nicht kannte.

Sehnsucht nach Vereinigung? I wo, nicht eine Spur davon. Mein Gott, ich wusste doch gar nicht, was das war. Ich wollte dieses Gefühl, das mich trug und hob und laufen ließ, nie loswerden. So eine Art ewiges Leben, von dem ich tatsächlich schon einen kleinen Geschmack hatte, das war viel mehr als ein Vorgeschmack. Der durfte mir nicht genommen werden. Nie. Ich meinte, tot umfallen zu müssen, wenn er mir kalt ins Gesicht sagen würde: Du bedeutest mir nichts, du bist hässlich, deine Hand ist wie ein grober Keil, du bist schon jetzt die verblühte alte Jungfer, die du später einmal sein wirst, du bist rein gar nichts gegen meine Frau, Constanze. Aber er sagte es nicht.

Schnell konnte ich trotz der Enttäuschung nach seinem letzten Besuch bei ihm in der Neustadt vorbeigehen und für uns drei gut Wetter machen und spüren, dass mir von seiner Nähe nichts fehlte – auch wenn Constanze neben mir saß, denn er saß ja auch neben mir. In altgewohnter Freundlichkeit konnten wir beim Tee über Vater, Mutter und Geschwister, über Segeberg und Husum und über Klatsch und Tratsch reden. Ich wollte ihn doch nur sehen. Schwierig war das Auge in Auge. Näher heran als bei einem Gegenüber am Teetisch wollte ich gar nicht. Ich hörte seine Stimme, erfreute mich an seinen Bissigkeiten gegen die Dummen aus Dänemark und die ebenso Dummen aus Deutschland. Ich mochte seine Beredsamkeit und seinen Gerechtigkeitssinn, sein Mitgefühl und seine Hilfsbereitschaft. Ich mochte seine Bemerkungen über Geheimnisvolles und Wunderbares, Humorvolles und Gespenstisches, wovon ich nur halb so viel wusste wie er. Ich mochte seinen pedantischen Charme, mit dem er die Zuhörer bezaubern wollte, auch wenn andere das peinlich fanden. Ich mochte den Zauber, mit dem er sich selbst umgab, wenn er mit Feder und Tinte vor seinen Schreibereien saß – wie ein Schachspieler, der mit seinen Figuren Lösungen sucht. So lebt ein Dichter. So kommt die Welt zu Poesie. Wie köstlich ist es doch, wenn ein Menschengeist ausdrücken kann, was sich in ihm spiegelt. All das überflutete mich so, dass ich die Zeit anhalten wollte.

Kein Wunder also, dass er Constanze und mich mit seinen Geschichten aus Biernatzkis Volksbuch einwickelte und in bewegte Zuhörer verwandelte. Dankbar lasen wir die Worte von seinem Mund ab oder fraßen ihm seine Sätze aus der Hand. Nur allzu gern applaudierten wir ihm. Von Lob konnte er nie genug bekommen.

Ich war gefangen und glühte in mich hinein, schmorte in einem Topf über großem Feuer, saß in einem Taumel des Wartens, wie auf einem Hochseil. Er war mit mir da oben, aber ich verlor zuerst die Balance, mir war, als hätte ich meine Unschuld eingebüßt und würde tief in Schuld fallen. Ich, die schuldige Frau Verliererin, musste dann mit meinen Blicken fort in ein weit entferntes Exil, musste auf eigenen Füßen stehen und gehen, hatte im Büßerhemd einen Weg abzulaufen wie eine ertappte Sünderin, die der liebe Gott an einen heiligen Ort verbannt hat.

Da saß ich dann und suchte Halt in meiner leeren Teetasse, fand keinen, tat so, als hätte ich auf dem Porzellan einen Teekrümel gesehen, streckte meinen Zeigefinger aus und legte die Zeigefingerkuppe auf den vermeintlichen Krümel, merkte, dass mein Tarnen und Täuschen mir nichts nützte und kein Halt zu finden war. Da meldeten sich mein Fleisch und Blut. Ich fühlte meine Schläfen und Wangen heiß werden, sah mich übersät von hektischen Flecken, fasste mit den Händen dorthin und wollte die roten Dinger abheben und in meine Tasche stecken – vergeblich. Kaum hatte ich einen Fleck abgehoben, stand schon der nächste mit seiner Leuchtkraft in Bereitschaft.

Als die Tasche voll war, schloss ich sie fest zu. Das war müßig, denn mein Gesicht brannte lichterloh. Tausend Dank für Tee und gute Unterhaltung, wollte ich sagen, den Mantel, nein danke, nicht nötig, ich fand wie so oft den linken Ärmel nicht, also musste mir doch geholfen werden. Die Haustür fand ich aber allein. Gerade jetzt lautete die Losung: Haltung bewahren, Geradität, Mädchen, dir muss nicht geholfen werden.

Zum Abschied sagte ich: Es war wieder einmal ein schöner, langer Abend, das nächste Mal kommt ihr aber zu uns. Meine Eltern würden sich freuen. Theodor, du magst doch meinen Vater so. Und meine Mutter hat eine hohe Meinung von dir, Constanze.

Die paar Meter bis nach Hause sind ein Katzensprung. Das Atmen nicht vergessen. Das Denken seinlassen. Die Augen auf, auch in der Dunkelheit. Unterwegs lege ich an der Friedhofsmauer eine Gedenkminute ein für Großmutter Mummy. Großmutter schaut mir in die Augen, legt mir die Rechte auf den Kopf, nimmt mir einen Teil der Schuld. Sie wird mir Kraft schenken und Mut machen mit dem Satz: Aber mein gutes Kind, wie ist denn das bloß mööchlich! Und wird halb sagen, halb singen:

> Wer Wolken, Luft und Winden
> gibt Wege, Lauf und Bahn,
> der wird auch Wege finden,
> da dein Fuß gehen kann.

# Der Sturm

Ich weiß nicht, wie lange schon, aber ich fing an, mir Notizen ins Tagebuch zu schreiben. Kurze Sätze wie: T. am Markt gesehen, oder T. und C. auf dem Weg in die Hohle Gasse, oder T. sah mir länger und tiefer in die Augen als sonst. Ich bemerkte, dass ich ständig mit ihm beschäftigt war. Er füllte allen Raum, den ich hatte, niemand anderes als er machte sich dort breit, und ich gab ihm Zentimeter um Zentimeter nach. Mir gefiel das. Gleich morgens fing das an, und abends hörte es nicht auf, wenn ich in Gedanken an ihn in mein Nachtkamisol von Lisette Israel schlüpfte. Ich schlief mit seinem Namen auf den Lippen ein. Mehr war mir für die Ewigkeit nicht nötig, weniger wäre nicht möglich gewesen.

Ich erinnerte mich an seine Worte, an die flüchtigen, raschen Küsse – meine weiße kleine Hand hatte ihm gefallen, alles klang nach Verheißung und war in mir präsent. Die verhaltene Glut einer Fünfzehnjährigen hatte sich verwandelt in das Liebesfeuer, das ich nun, als Achtzehnjährige, zu entfachen bereit war. Meine Blicke, die sich früher gesenkt hatten, wenn sie von ihm ertappt worden waren, hielten nun den seinen stand.

Es war wohl zur Teezeit im März 1847. Das Wetterglas zeigte auf Sturm. Eine Mondfinsternis stand bevor. Der Frühling kam mit schwarzen Wolken und schwerem Wind. Meine Eltern waren in Immenstedt bei Anker Erichsen; Vater wollte das jährliche Holzgeschäft mit ihm abschließen. Ich saß in meinem Zimmer in Großmutter Mummys Ohrensessel über einem Strickzeug. Cile besuchte Freunde ihrer Eltern auf Hallig Oland, die Pastorsleute dort. Eine Sturmflut wütete, und es hieß mal wieder Land unter. Gewaltig, was so hohe Fluten können. Die Familie schleppte ihre Habseligkeiten auf den Heuboden, Cile schleppte mit. Jedes Jahr dasselbe. Meine arme Cile musste anpacken, so gut es ging mit ihren schwachen Kräften. Aus dem Keller Hummerkisten mit Kartoffeln, Fässer mit gesalzenem Butt und Pökelfleisch, gesalzene Speckseiten, Weckgläser, Schwarzbrote, aus der besten Stube, dem Pesel, Truhen und Bilder, Betten und Kommoden schleppten sie nach oben unters Dach.

Während ich in aller Ruhe saß, ohne Angst, gingen Poltern und Rumpeln durchs Haus. Ich hörte den feinen Klang meiner Stricknadeln. Ich zählte die gestrickten Reihen im Strickzeug. Ich begutachtete das Muster, war zufrieden und strickte weiter. Ich hörte das Ticktack von Großmutter Mummys alter Standuhr. Mein Herz schlug genau diesen Takt. Ich dachte, lass die Mondfinsternis Mondfinsternis sein, ich seh dich nicht, also gehst du mich nichts an. Ich sprach ein kurzes Fürbittgebet für meine sturmumtoste Freundin auf der Hallig – sie war doch so dünn und konnte leicht weggeblasen werden. Halte, lieber Gott, deine mächtige Hand über meine arme Cäcilie. Gib gnädig ihr Schutz. Lass sie heil davonkommen und glücklich heimkehren. Amen.

Zum Beten hatte der Halligpastor jetzt keine Zeit. Er packte mit an, denn die Kühe standen bis zum Bauch, die Schafe bis zum Hals im Wasser. Wie ein böser Dämon schlugen Wasser und Wetter ein auf das kleine Stück Erde im Meer. Auf dem Halligfriedhof öffneten die beiden Urgewalten Gräber und weckten die Begrabenen, die ihre Totenhemden festhalten mussten. Da fingen alle Halligfrauen an, das Vaterunser zu beten und zu singen, das hatten sie als Kinder schon gelernt. Das sei das beste Mittel gegen die Angst, das sei Schutz und Trutz gegen den Blanken Hans – der sich schließlich geschlagen geben musste, wie mir Cile, die heil, nur noch ein wenig dünner, heimkehren sollte, später versicherte. Das wütende Meer wurde von der durch Beten und Singen gerufenen höheren Gewalt zurückbeordert.

Nach dem Sturm die Stille, Frieden plötzlich überall. Hatte ich schon einmal so eine vollkommene Stille in einem Haus verspürt? Man muss allein sein. Sturm muss gewesen sein. Die Pferde im Stall haben die Unruhe verdaut, die sprichwörtliche Ruhe nach dem Sturm dampft ihnen aus dem Fell. Nichtsdestotrotz: Eine Mondfinsternis muss Stille und Frieden krönen. Ich sah den Mond nur zum Teil verfinstert, so war es in der Zeitung vorhergesagt. Und weiter hieß es: Ein schöner Sommer werde auf dieses Himmelsereignis folgen. Auch wenn man eigentlich schon damals wusste, dass Mondfinsternisse keinen Einfluss auf Wind und Wetter haben, so gönnte ich mir die kleine Vorfreude auf den kommenden Sommer – einen Sommer, an den wir noch lange zu denken haben würden.

Ich stand auf und sah in den Spiegel. Demande au miroir! Das war der Rat, den unsere Schneiderin Tante Marie mir und meiner Schwester Rieke mit auf den Lebensweg gegeben hatte. Also fragte ich: Sind meine Ohren so rot wie seine Nase? Ich konnte mit meinen Ohren, die noch zarter als meine Hände waren, zufrieden sein. Und ich fasste Posto, ähnlich wie ein Soldat, und dachte: Storm soll mich so schnelle nicht kriegen.

Ich horchte. Legte beide Hände auf die Ohren, nahm sie wieder weg. Nichts als vollkommene Stille, ein wenig Knacken im Gebälk. Dann hörte ich den Kauz vom Schlossgarten rufen. Es war eineinhalb Stunden vor Mitternacht. Die Mondfinsternis hatte ihre Zeit gehabt. Nun war die Zeit nach der Mondfinsternis. Und die Zeit vor der kommenden Mondfinsternis. Der Mann im Mond waltete seines Amtes, putzte das Mondlicht, winkte Wolken herbei und dirigierte sie durch die Rüstkammer des Sternenhimmels.

Da hörte ich ein Klopfen aus meiner Schlafkammer. Fünf Schritte, schon war ich dort. Im Mondlicht sah ich seine Gestalt vor dem Fenster. Ich öffnete beide Fensterflügel und sagte, noch ganz gefangen in den Französisch-Brocken von Tante Marie: Je t'ai attendu.

Genau das war ihre Begrüßungsformel gewesen, wenn wir zu ihr gingen, um für ein neues Kleidungsstück Maß nehmen zu lassen. Und während sie, mit Nadel und Faden mal im Mund, mal in der Rechten, aus ihrem Leben sprach, fiel eben auch der eine oder andere Brocken Französisch, den wir aufschnappten.

Theodor, rief ich leise und mit gespieltem Erstaunen. Wie um Gottes willen – dabei wusste ich schon alles. Er war im Efeu, der seit Großmutter Mummys Zeiten dicker und dichter gewachsen war, hochgeklettert. Das Auf-Bäume-Klettern hatte er schon in der Kindheit beherrscht, und in seinen Novellen führte er es immer wieder vor.

Bist du es wirklich, Doris?

Wer anders als ich könnte hier oben sein!

Er streckte seine Hand zu mir herauf. Ich nahm sie und zog ihn in die Kammer.

Man wird sich über uns das Maul zerreißen, sagte er.

Erst jetzt wurde ich gewahr, was da passierte. Ich wich zwei Schritte zurück und setzte mich auf den Sessel neben meinem Bett. Der Mond schien nun mit seiner ganzen Lichtfülle.

Storm sah mich da sitzen, sah sich augenscheinlich satt. Träumst du was?, fragte er.

Was ist mit Constanze?, fragte ich zurück.

Mit ihr habe es keine Not, sie sei in der Hohlen Gasse, bei seinen Eltern.

Ach, Theodor, das Leben ist so hart, der Traum ist süß.

Man wird sich über uns das Maul zerreißen, sagte Storm wieder.

Unten ist der Tod, und wenn du gehst, dann ist der Tod auch hier oben, sagte ich.

Ich kannte kein Gestern und Vorgestern. Ich machte keine Pläne für morgen und übermorgen. Ich ließ der Zeit ihren Lauf. Er kniete vor mir nieder, seine Arme umschlangen meine Hüften, er presste seinen Kopf an meinen Leib.

Er sagte: Seit Jahren haben meine Augen an dir gehangen.

Ich antwortete mit gut gelernten Worten: Da ich in meine Kammer dich gelassen, so werde ich doch auch dein Weib werden müssen.

Geleitet von Ruhe und Ordnung, Liebe und Frieden, nahm ich ihn also auf in meinen Schoß, kam ihm entgegen, als wäre es das Selbstverständlichste und Natürlichste von der Welt, während der Mann im Mond die schöne heidnische Frau Venus auferstehen ließ, um unsere Herzen zu verwirren.

Das gelang ihm aber nicht, weil ich spürte, was sich tief in mir vergraben und niedergelassen hatte: Geradität. Die gute Erziehung von Madame Frisé hatte sich niedergeschlagen in meinem Empfinden. Aufrecht und wahr, so schenkte ich meine Liebe, und so nahm ich auch sein Geschenk entgegen.

Was mit Storm war, weiß ich nicht. Vieles weiß ich von seinem Hals, seinen zwei Schlüsselbeinen und seinen zwei Unterarmen. Wach sein, wach bleiben – ich wollte das Erlebte ganz für mich allein haben, bloß nicht teilen. Ich roch einen Hauch von frisch gewachsenem Gras und Feuchtigkeit von frisch gefallenem Regen, der aus dem Garten durch das offene Fenster hereinwehte.

Storm sagte: Das ist die schönste Zeit, um Geschichten zu erzählen. Erzähl doch mal, Doris, was war eigentlich mit Tante Marie?

Er nannte diese Zeit unser Après, ein Flüstern danach.

# Erstes Après:
# Die Liebesscham

In der kalten Jahreszeit saß Tante Marie in unserer warmen Näh- und Plättstube. Da duftete alles, Nadel und Faden und der Stoff und das heiße Bügeleisen. Sie war eine fast feine Frau, denn es hieß: Wenn ihr zu Tante Marie geht, dann vorher kämmen und bürsten und Hände waschen mit der französischen Seife. Ohne je Schneiderin gelernt zu haben, hatte sie es mit Geschick und Fleiß dazu gebracht. Ihre Wohnung in der Beletage des Hauses von Senator Jovers am Markt war eine richtige Schneiderwerkstatt. Sie hatte einen Papagei, Don Pedro, der immer «Kumm röwer» rief. Im Sommer schneiderte sie zu Hause, im Winter ging sie zu ihren Herrschaften, wurde dort mit Essen und Trinken freigehalten, sparte damit auch Heizkosten. Höhepunkt ihrer Näherinnenkunst sollte später das Hochzeitskleid für meine Schwester Rieke werden. Unsere abgetragenen Sachen nähte sie um für die Armen – jede Familie hatte ihre Hausarmen, es wurden Listen geführt.

Tante Marie ermahnte uns Kinder, wenn wir zu laut waren: Schringelt nicht so, ihr Katekers. Dann nahmen wir die Hand vor den Mund, kicherten und waren still. Manchmal sagte sie: Ach, was rede ich wieder für ein törichtes Zeug. Tatsächlich kam sie nachmittags, wenn sie ihre Teestunde hielt, oft ins Reden. Meine Mutter servierte den Tee im Saal mit Weißbrot, Butter und Honig, und Tante Marie sagte: Écoutez. Dabei zeigte sie ihre langen weißen Vorderzähne und hob den krummen Zeigefinger, auf dem noch der Fingerhut steckte. Dann setzten wir uns und hörten zu.

Ja, wusstet ihr denn nicht, so fing sie an, da wir eben noch von der Tanzschule Freysingk berichtet hatten, ja wusstet ihr denn nicht, dass der Herr von Freysingk immer bei mir zur Untermiete gewohnt hat, zusammen mit seiner Tochter Angélique, die das Französische perfekt sprechen konnte? Es sprudelte nur so aus diesem begabten Kind heraus.

Rieke und ich erinnerten uns anders, denn Angélique hatte nie einen Ton herausgebracht, bloß ihren Reitertanz hatte sie perfekt herausgesprudelt. Aber wir sagten nichts.

Herr von Freysingk, meine Lieben. Tante Marie setzte sich zurecht, nahm einen Schluck Tee und beugte sich vor. Er sei Offizier im Dienste des Königs von Württemberg gewesen. Unter dem bürgerlichen Namen Lehmann, man stelle sich das vor: Leh-mann, habe er als Kaufmann eine Rekognoszierungsreise in die Schweiz und nach Frankreich unternommen, habe das Gehörte und Gesehene notiert. Dabei habe er mit Hinz und Kunz und sogar mit Generälen gesprochen, in einem Handschuh seien Papier und Bleistift versteckt gewesen. Nebenbei habe er sein bis dato leidliches Französisch ins Fließende aufpoliert, und in Schönschrift habe er seinen Vorgesetzten in Stuttgart seine Ergebnisse präsentiert. Für seine Verdienste habe ihm der König das Ritterkreuz des Kronenordens verliehen. Maul halten, Ordre parieren, Gott vor Augen, den König im Herzen, damit habe der König ihn abends zur Tafel befohlen, danach zu einer Soirée dansante, und Ihre Majestät, die Königin, habe ihn zum Kotillon verurteilt – so habe Herr von Freysingk, der immer Charme versprüht habe und mit Humor gesegnet gewesen sei, sich ausgedrückt. Oui. Tante Marie lehnte sich zurück, trank einen zierlichen Schluck Tee und biss einen kleinen Happen von ihrem Honigbrot ab. Danach waren, ihr könnt es euch denken, Feste, Bälle, Dîners bei Hofe ohne ihn nicht mehr zu denken, stand er doch in der Gunst des Königs, der unermessliche Reichtümer besaß. So unermesslich, dass der Obersthofmeister während der sechs Wochen dauernden Ballsaison jeden Tag ein anderes Tafelservice auf die lange Tafel stellen lassen konnte.

Wir staunten. Jeden Tag ein anderes Tafelservice?

Sie nickte. Ihr Französisch habe sie also bei ihm gelernt, und auch seine Angélique habe ihr als Gesprächspartnerin zur Verfügung gestanden. Wisst ihr, dass ich nun ernst werden muss mit euch? Écoutez: Man schlürft den Tee nicht, sondern man hebt die Tasse geräuschlos an den Mund, fühlt mit den Lippen, ob der Tee noch zu heiß ist, und wenn nicht, dann nimmt man einen feinen ersten Schluck. Voilà! Und damit führte sie uns die Manieren vor, die auch wir vom Tanzlehrer gelernt hatten. Nach einer kurzen Pause fuhr sie fort: Und dann, hélas, musste er Hals über Kopf abreisen. Der König hatte ihn wieder gerufen, um ihn noch einmal auf Rekognoszierung zu schicken. Diesmal sollte es Italien sein. Ach, Italien und das Italienisch! Wie schwer ist mir der Abschied gefallen, meine Lieben, hatte ich doch, euch kann ich's ja sagen, mein Herz an ihn verloren und an seine dunkle, seltsame Angélique nicht minder.

Das glaube ich nicht, rief meine Schwester Rieke, die mit ihrer Ungläubigkeit immer schnell dabei war und ihren Mund nicht halten konnte. Ich aber schwieg, und Tante Marie sah mich mit ihren wässrigen, von Adern durchzogenen Augen an.

Und du?, fragte sie mich.

Ich presste die Lippen aufeinander.

Doris, ein Buch mit sieben Siegeln, sagte sie. Auch so ein unlösbarer Fall. Für unlösbare Fälle haben wir die Wörter Mitleid und Erbarmen.

Ich hielt mein Schweigen, Großmutter Mummy hatte uns nämlich etwas anderes erzählt. Sie hatte die Tanzstunde bezahlt, hatte Herrn von Freysingk die drei Taler für Rieke und mich in die Hand gedrückt. Was sei er doch für ein lütten strammen Kerl, hatte sie gesagt. Von ihr erfuhren wir aber auch, dass er mit seiner Tochter Husum bei Nacht und Nebel verlassen hatte. Alle Ersparnisse, die Tante Marie unter dem Deckel einer Suppenschüssel in ihrem Geschirrschrank aufbewahrt hatte, nahm er in jener Nacht klammheimlich mit. Nach den vielen ihr gemachten Komplimenten, halb auf Französisch, halb auf Deutsch, ja nach dem damit fälligen Heiratsantrag hatte sie ihm das Versteck verraten. Die arme Angélique, so ein Vater, hatte Großmutter Mummy gesagt. Der ist, wenn's hochkommt, vielleicht Maître de la Garderobe am Hof gewesen, also der Hofschnupftabaksdosenbewahrer. Wenn überhaupt.

Tante Marie trug an ihrer Scham und an ihrer Liebe so schwer, dass sie Herrn von Freysingk, den Halunken, nicht anzeigen und verklagen konnte. Sie wagte es nicht einmal, die Wörter Halunke, Hochstapler, Dieb, Verbrecher in den Mund zu nehmen.

In Husum wusste freilich jedermann alles.

# Erde, tu dich auf

An Constanze dachte ich jetzt ständig. Ich sah sie im schlichten grauen Lüsterkleid vor mir, sah ihr in Hauptesmitte gescheiteltes braunes Haar, das über Schläfen und Ohren fiel, hinten geflochten zu einem dicken Zopf, den zwei Nadeln hielten. Ein mildes, menschliches Leuchten in ihren bisweilen schalkhaft blickenden Augen, die vor eiserner Energie blitzen konnten. Stolz und hochgewachsen, so ist sie beschrieben worden, groß und schön. Ob sie wirklich schön war, weiß ich nicht; ich weiß ja auch nicht, ob ich schön war. Ich hörte ihr «reizend» aus dem schmalen Mund, wenn sie sich bedankte oder etwas lobte. Ihr Lachen klang nach Lebenslust.

Wenn ich bei ihr zu Gast war, plauderte ich drauflos. Ich bewunderte in ihr die tüchtige, gastfreundliche Hausfrau, verstand sie es doch, Gesellschaften für mehr als dreißig Personen zu geben. Tee für alle, die Herren spielten L'hombre, Storm sang für die Damen und wurde begleitet auf der Klarinette von seinem ehemaligen Schulkameraden Kuhlmann. Danach spielten die älteren Damen Whist, die jüngeren führten Charaden auf, zum Essen gab es Butterbrote und Linzer Torte. Bis morgens um halb zwei wurde getanzt. Ich war nicht eingeladen, Storm hat es mir hinterher erzählt.

Ich weiß mehr als sie. Das dachte ich. Wie viel weiß sie

über mich und ihren Ehemann? Weiß sie überhaupt etwas? Ahnt sie etwas? Das fragte ich mich. Ich habe einen gewissen Vorsprung, kann also beruhigt sein. Das sagte ich mir. In meiner Lage bin ich allerdings im Hintertreffen. Das sagte ich mir auch.

Was war mit Storm? Was war mit seiner verräterischen roten Nase? Ich wanderte wie auf einem schmalen Grat, wenn ich bei Constanze zum Tee eingeladen war und wir aus ihren schönen Segeberger Tassen tranken. Bloß nicht das Gleichgewicht verlieren und – Erde, tu dich auf – ins Tiefe stürzen. Wenn ich die Tasse zum Mund nahm, spreizte ich den kleinen Finger ab, weil ich dachte, mich so besser halten zu können. Ich fürchtete einen klaffenden Riss im Fußboden und sah ihn schon klaffen. Constanze dort drüben auf der anderen, guten Seite, ich hier auf der schlechten.

Gut, dass Storm nicht mit uns in der Runde saß. Aber auch wenn er nicht anwesend war, sondern nebenan im Kontor Akten studierte, spürte ich ihn. War er bei der Sache, oder brütete er für uns beide etwas aus, einen Ort für unser nächstes Liebestreffen? Da wäre vielleicht eine Neuigkeit zu erwarten, einerseits. Andererseits beschwerte es mein sowieso schon angegriffenes Feingefühl für christlichen Anstand und Sitte. Du sollst nicht begehren deines Nächsten – wie geht das noch mal weiter. Das galt auch für junge Frauen wie mich. Damals mehr noch als heute.

Sollte ich etwa mit meinem Kummer zu Schiffe gehen und auf dem Wasser Heilung finden? Liebesflammen können nur durch Wasser gekühlt und gelöscht werden, so heißt es. Sollte ich also auf eine Annonce im Itzehoer Wochenblatt reflektieren und mit einem zehn Jahre älteren, gebildeten Mann kommenden Herbst nach Nordamerika auswandern? Verwitwung oder Verlust der Jungfräulichkeit spielt keine Rolle, so las ich da. Strengste Verschwiegenheit war zugesichert. Dafür hätte ich dreihundert Reichstaler gebraucht. Mein Vater hätte sie mir gegeben.

Ich behielt die Annonce im Auge, hielt mich daran fest, wusste aber genau, dass daraus nichts werden würde. Ich konnte nicht. Hier in Husum wurde ich auf magische Weise gehalten. Das kam von der Liebe. Die verlangte alles und duldete auch alles Schlimme. Mit Macht hatte sie mich gepackt.

Rücksichtslos und gemein, so sei die Liebe auch, ein Schicksal, aus dem es kein Entrinnen gebe, sagte Storm. Dem sollte man sich nicht entgegenstellen, sondern man müsse sich davon tragen lassen. Spare dir deinen christlichen Gott, sagte er, von dieser Liebe weiß er nämlich nichts. Storm musste es wissen, er als Dichter war dem Himmel näher als ich.

Ich hörte ihm also zu und legte ihm mein Schicksal in die Hand, unser Schicksal. Ich musste alles durchstehen und für Constanze eine Zumutung sein. Auch dies im Namen der Liebe. Alles andere wäre mir wie Flucht vorgekommen. Storm war mitgehangen, mitgefangen. Unser Leid war so groß wie unsere Liebe. Niemals würde er Constanze verlassen, niemals erwartete ich das von ihm. Zu hoffen wagte ich es trotzdem. Aber nein. Er war ein angesehener junger Advokat, er hatte eine Frau aus gutem Hause, er bedeutete was in unserer kleinen Stadt, während ich ein unbeschriebenes Blatt war und es auch bleiben würde. Eine gemeinsame Zukunft würde es nie geben. Er sagte mir das ganz offen. Er hätte mir das gar nicht sagen müssen, ich wusste es sowieso.

Von ihm erhoffte ich in meiner Lage trotzdem Trost und

kluge Führung und Geleit, denn auch das ist die Liebe. Innerlich bestand ich darauf, aber ich sagte nichts. Vor geistiger und körperlicher Verkümmerung wollte er mich bewahren, und schützen wollte er mich vor den Philistern. Was für ein Amt für den liebenden Mann. Welche Morgengabe für die liebende Frau. Constanze hatte er schon seinen Geistes- und Einfühlungsreichtum angedeihen lassen. Ich wünschte mir von ihm Frieden und Liebe, Ruhe und Ordnung, ich erhoffte, ja erwartete das von ihm, denn er war der Mann und der Dichter, und er konnte mehr und anders und besser denken als die meisten.

Bin ich für alles reif und stark genug, habe ich genug fürs Leben gelernt? Diese Fragen hatten sich längst erledigt. Nur aufgehoben wollte ich sein. Ich fühlte mich abwechselnd stark und schwach, sicher und unsicher. Schwebte in diesem Zustand, wenn ich Constanze sah und sie mich mit ihrer Freundlichkeit und ihrem Lächeln irritierte. Ich dachte: Was tust du, Doris Jensen? Warum tust du, was du tust? Warum geschieht dir so? Warum denkst du, was du denkst?

Meistens dachte ich aber gar nichts, denn ich ließ der Liebe ihren Lauf. Ich hatte keine Wahl. Constanze sagte: Du bist wichtig für ihn, ich weiß es. Er ist ja nicht nur Advokat, sondern auch Dichter. Da ist alles anders, und alles ist nicht so einfach. Als ich das hörte, dachte ich: Constanze, du bist klüger als ich und besser als ich. Dieser Gedanke tat mir wohl. Wohl tat mir aber auch die Gewissheit, dass ich anders war als sie, dass ich etwas hatte, was sie nicht hatte. Storm hatte es mir gesagt. Im Garten hinter ihrem neuen Zuhause, gleich neben der Bank, trieben die Rosen Knospen. Seine Augen ruhten in den meinen. Seine Lider zuckten, als wären sie von einem Sandkorn geärgert worden. Er wies auf die Rosen und sagte: Deine Leidenschaft. Jelängerjelieber an der Hauswand bedeckte sich mit frischen Blüten – dein Duft, sagte er.

Mir war, als hätte Constanze ihre Ohren weit aufgesperrt und alles mitgehört. Aber kein böses Wort gegen mich, keine spitze Bemerkung. Kein eifersüchtiger Ton. Ich hörte jedenfalls nichts dergleichen aus ihrem Mund. Sie hatte etwas Überirdisches mit ihrer Besonnenheit und Beherrschung, was Storm mehr als einmal die Fassung raubte und mir Furcht und Schrecken einjagte. Lebe rein dies kurze Leben – dieser Spruch von Tante Marie war ihr auf den Leib geschneidert, nicht aber mir.

Es wuchs in mir eine Abneigung, ja ein Hass gegen sie. Warf ihre Übergröße nicht lange Schatten direkt auf mich? Sollte ich damit nicht unsichtbar gemacht werden? Lag nicht die Ursache von allem Übel bei ihr, trug sie nicht gar die Schuld an allem? Sie war in ihrer wundersamen Stärke eigentlich auch Storm überlegen, sodass er klein wurde und auf mich zurückgreifen musste. Um zu überleben, um richtig zu lieben. Wer weiß – einmal Rätsel, immer Rätsel. Inzwischen habe ich gelernt, dass auch wir alt und grau Gewordenen das Leben mit seinen Rätseln nicht verstehen. Mag sein, Constanze fehlte die Leidenschaft, die mir, Doris, eignete und mit der ich Storm betörte. Aber verglichen mit ihrer zähen, gesunden Charakterstärke waren wir beide in unserer Liebesleidenschaft kleine, unscheinbare Lichter.

Dann kam ein gewöhnlicher, barometrisch eher unauffälliger Sonntag im Mai 1847. Storm und Constanze hatten mich zu einem Familien-Pfänderspiel im Schlossgarten eingeladen. Storms Bruder Johannes und meine Schwester Friederike waren auch dabei, sie hatten sich einander schon versprochen und wollten eines Tages heiraten. Im Spiel waren törichte Fragen, ebenso törichte Antworten und billige Scherze zu überstehen. Den Herren wurden die Augen verbunden, sie sollten so eine Blüte aus dem Blumenkorb fischen und die dazu passende Dame finden. Wie es der Zufall wollte – Storm fischte mich heraus, zwei Gänseblümchen brachten uns zusammen. Er führte mich, ich spürte seine bebende Hand, mit seinen fünf Fingern spielte er Klavier auf meinem Oberarm. Das war seine Nervosität. Ich steckte ihm heimlich den kleinen Finger meiner linken Hand zu, denn der kleine Finger der linken Hand hat immer das lebendigste Herzblut. Das beruhigte ihn. Welche Melodie mag ihm durch den Kopf gegangen sein? Vielleicht das Lebe wohl, mein flandrisch Mädchen. Eine ältere Dame ließ ihren Blick lange auf uns ruhen, dann wanderte er weiter zu Constanze. Nichts ist so fein gesponnen, es kommt doch an die Sonnen. Ich dachte: Man munkelt, man raunt in der Stadt, wir geben einen brillanten Gesprächsstoff ab. Überall wird er hinterbracht. Das Gerücht ist von allem unterrichtet, auch von dem, was noch nicht geschehen ist. In mir aber lebte nur ein Name, ein Wunsch, eine Sehnsucht: Theodor! Ich verstand und fühlte alles und dachte: Es ist keine größere Sünde, als diejenigen zu verspotten, welche elend sind.

Als sein Bruder Johannes wieder zum Pärchenbilden aufforderte, sagte Storm: Kommt, wir gehen, ich ertrage es nicht. Er führte unser Trio zum Hafen, dann weiter auf den Deich, wo wir die Deichkuppe entlangwanderten. Er vorne, Constanze schweigend in der Mitte, rüstig schritt sie vor mir aus. Man ist sehr winzig in dieser Weiträumigkeit auf dem Deich, hier blühten die Gänseblümchen zu Hunderten. Er liebt mich –

liebt mich nicht. Nicht nur bei Liebesangelegenheiten, auch bei Krankheit und Unpässlichkeit tun Gänseblümchen ihre Wirkung. Eine Prise Gänseblümchen im Tee, das lernte ich schon als Kind, hilft bei Schwächezuständen und bei Husten. Wie oft habe ich diese Prise schon gebraucht, wie oft hat sie mir geholfen.

Auf dem Deich versuchte ich, meinen Kopf aufrecht zu tragen und meinen Gang fester zu gehen, war aber bald in alten Träumereien versunken. Grübelnd und vergebens suchte ich Klarheit über meinen Lebensweg. Wollte ich wirklich Klarheit? War nicht alles gut, wie es war? Windstöße zerrten an unseren Kleidern, Wolken flogen in Fetzen und Lumpen. Über Nordstrand drohte ein schwarzblaues Wetterungeheuer, von dem mein Barometer nichts gewusst hatte. Es marschierte wie eine schwer mit dicken Hagelkörnern bewaffnete Division Soldaten auf uns zu. Wie lange würde das Wetter brauchen bis hierher, wo der Deich aufriss und mich in eine mit Sargfischzähnen bestückte, unendliche Tiefe blicken ließ?

Deichbruch, hallte es von unten herauf, der Sargfisch hatte gerufen.

Unendliche Fluten ergossen sich, Stürme tosten, ein Reiter ertrank mit seinem Ross – ganz so wie später im «Schimmelreiter». Wenn Constanze, die sich ab und zu nach einem Gänseblümchen bückte, in die Kluft hinein fiele, würde sie schnell in die Fänge des Sargfisches geraten, wäre sie schnell zermalmt und auf ewig verloren – Gott, lass sie stürzen, und du bist frei, dieser Einfall kam mir nicht so plötzlich, wie man glauben möchte. Aber Constanze stürzte nicht.

Ein kurzer, spitzer Schrei musste mir entflogen sein, denn

Storm und Constanze drehten sich gleichzeitig um und sagten wie aus einem Munde: Ist dir was passiert?

Ich wäre fast gestürzt, sagte ich und tat, als wäre ich fast gestürzt.

Ja, der Deich ist holperig, aber wir schaffen es noch, bevor das Unwetter uns zu fassen kriegt, sagte Constanze mit einer Stimme, die jedem Unwetter trotzte.

Am Hafen trennten wir uns. Constanze wollte ihre Schwiegereltern und Storms Schwester Helene – sie war über den dritten Monat hinaus schwanger – in der Hohlen Gasse besuchen. Storm und ich gingen noch ein Stück durch die Krämerstraße, vorbei an der Marienkirche, fanden Schutz und ein ruhiges Fleckchen auf unserem Heuboden, kurz bevor das schwarzblaue Wetterungeheuer seine Schleusentore öffnete. Ich beichtete ihm alles und fiel mit dem Gänseblümchen am Busen in den schönen Abgrund unserer Liebe.

Und tauchte mit einer Erzählung über Großmutter Mummy wieder auf.

## Zweites Après:
## Wenn die Äpfel reif sind

Ihr liebes altes Gesicht! Ich sehe es genau vor mir. Hoheit und Frieden, Humor und Verschmitztes strahlte es aus. Großmutter Mummy trug ein weißes Häubchen auf silbernem Haar, ein Kleid aus schwarzer Seide mit gefalteter Chemisette. Sie wohnte im oberen Stockwerk unseres Hauses. Wohnzimmer, Schlafkammer, Garderobe, mehr hatte sie nicht. Auch eine Küche fehlte.

Friederike und ich rannten die ausgetretenen und gescheuerten Treppenstufen hoch, waren aus der Puste und klopften an. Stets hatte sie eine offene Tür, stets freute sie sich über unseren Besuch. Wir traten ein. Sie saß in ihrem Ohrensessel und strickte Strümpfe, Handschuhe und Hauben, alles für die Familie, das Wollknäuel in einem Korb neben ihren Füßen.

Streng achtete sie auf Höflichkeit. Wenn sie Besuch empfing von alten Freunden ihres verstorbenen Mannes, unseres Großvaters Mummy, dann beobachteten wir, wie sich die Herren respektvoll über ihre Hand beugten und sie mit feinem Abstand küssten. Das waren noch Kavaliere. Damals vergaß ich über all meinem kindlichen Erstaunen den fälligen Knicks, und sie sagte: Ja, wie ist denn das bloß mööchlich, weißt du nicht, was sich gehört? Mach dein Kompliment, und dann sei manierlich.

Nur einmal habe ich sie böse erlebt, und das war so. Wir gingen zum Schloss, wo ich und meine Puppe die Enten im Schlossgraben füttern wollten. Während wir uns mit den Enten unterhielten und ein paar Brocken warfen, war Großmutter mit ihrem Strickzeug ein paar Schritte zurückgegangen, um sich auf einer Bank niederzulassen. Sie setzte sich, aber sie verpasste die Bank und fiel rückwärts ins Gras, das Strickzeug fest in beiden Händen. Ich sehe noch ihre schwarz bestrumpften dünnen Beine wie zwei Handstöcke in der Luft. Nee doch, kannst du nicht –, rief sie und warf das Strickzeug weg. Ich musste loslachen. Als sie sich allein an der Bank hochgezogen hatte und wieder auf sicherem Grund stand, starrte sie mich an, und ehe ich mich's versah, setzte es die erste und einzige Ohrfeige, die ich von ihr bekam. Ja, das Alter und die Jugend, darüber könnte man ein dickes Buch schreiben.

Oft saß ich in der Dämmerstunde zu ihren Füßen am Lehnstuhl neben dem Korb mit den Wollknäueln und konnte beobachten, wie die Wollfäden sich drehten und wendeten und langsam nach oben wanderten. Dann erzählte sie vom Vaterland und von Napoleon.

Bonaparte ist siebzehn Jahre jünger als ich, sagte sie. Ja, als der hier umherwogte. Das war ein großer Sünder, und Gott allein weiß, warum er uns den geschickt hat.

Der liebe Gott hat ihn geschickt?

Gott hat ihm die Macht gegeben. Er wird schon wissen, warum. Eine Geißel Gottes gegen die Schlechtigkeit der Menschen. Der tat Böses im Auftrag Gottes.

Tut der liebe Gott Böses?

Auch alles Böse geschieht mit Gottes Willen. Wie kann es denn anders sein, wenn er allmächtig ist.

Ja.

Nun schmort der Gute in der Hölle und töffelt da oben herum mit seinem Marschallstab, schmort tausendmal mehr als jeder Mörder, der ein unschuldiges Menschenleben auf dem Gewissen hat.

Großmutter, erzähl lieber was vom Fudschijama!

Was, du kennst den Fudschijama und willst mehr darüber wissen? Warte mal. Majestätisch erhebt er sich über einer großen japanischen Stadt und hat zweihundert Jahre nicht mehr gespuckt.

Wo ist eigentlich Japan?

Ganz dahinten im Osten. Noch hinter China. Die Japaner haben Schlitzaugen wie die Chinesen. Damit können sie verteufelt scharf sehen.

Und wie ist dort das Wetter?

Das Wetter? In Japan, da gibt es den Taifun, das ist ein chinesischer Sturm. So ist das Wetter dort.

Mein Dämmerstunden-Wunsch: Diese Stunde möge nie vergehen. Die Stube roch nach Großmutter. Sie hatte ihr Strickzeug aus der Hand gelegt und die Augen geschlossen und erzählte nun vom wunderlichen Vogel, der wie ein totes Stück Holz aussieht, wenn er am Boden liegt, und nachts den Ziegen die Milch wegsaugt und deswegen Ziegenmelker heißt. Dann zitierte sie das Vogelgedicht:

> Im Winter dir die Meise pinkt
> Im Frühling dir die Amsel singt
> Im Sommer dir der Kuckuck winkt
> Nun liebes Kind, sag ungeschminkt
> Wann denn der Vogel Bülow zinkt.

Im Herbst, sagte ich.

Ja, aber so genau weiß man es nicht. Merk dir: Alle Vögel kennen sich untereinander, ganz so wie die Menschen, aber es nützt nichts, sagte Großmutter Mummy.

Es nützt nichts?

Sie meinte Krieg und Frieden und Napoleon.

Da hörte ich den Vogel Bülow. Unten ging die Tür auf. Schritte auf der Treppe, Klopfen an der Tür. Ich flüchtete unter den Tisch und empfand Herzschlagen und Entzücken.

Wo das Kind sei, fragte jetzt der Vogel Bülow.

Nein, das Kind sei nicht mehr da, antwortete meine Großmutter.

O Schreck, es werde doch nicht bei Nacht und Nebel und ohne Mantel und Mütze, Shawl und Handschuhe allein auf die Straße und weiter zum Hafen gegangen und dort bei zwielichtigen Gestalten gelandet sein. Womöglich in einer der vielen Husumer Kellerwirtschaften!

Ja, wie ist denn das bloß möochlich, sagte Großmutter Mummy.

Und nun, an dieser Stelle, galt es, unterm Tisch hervorzuspringen und in einen gemeinsamen Jubel des Vergnügens mit Großmutter, Kindermädchen Mianne und mit mir selber einzustimmen. Jubel und Entzücken legten sich aber schnell.

Darf ich noch fünf Minuten?, bettelte ich.

Man ist nicht in die Welt gestellt, um zu genießen, sondern um Aufgaben zu erfüllen und Härten tapfer zu ertragen, ich weiß es nur zu genau. Damit schickte mich Großmutter fort.

Mianne nahm meine Hand und zog mich, und ich zog zurück, so war es immer. Sie ging die Treppe abwärts voran, und ich folgte ihr eine Stufe nach der anderen.

Wie schön waren diese Abende! Ach so, ich wollte doch die Geschichte mit den Äpfeln erzählen. Sie begann mitten in einer Sommernacht, von der Marienkirche schlug es drei viertel zwölf, alles schlief. Vater schnarchte, durch die geöffneten Fenster des Hauses wehte sommerliche Nachtluft herein, das Sternendreieck stand über mir, und ich stand an meinem Fenster, sah hinunter in den Garten. Der Mond kam eben herauf über dem Mühlenteich, leuchtete in den Garten und tauchte ihn in nächtliches Graugrün. Da kletterte ein Junge über den Gartenzaun und schlich sich mit einem Sack unterm Arm zum Augustapfelbaum, die Zweige waren brechend voll. Er schien den Baum gut zu kennen, behände kletterte er hoch, den Sack hielt er am offenen Ende mit den Zähnen fest, er setzte sich auf einen Ast, schwebte da, ich sah nur einen Sitzenden in der Luft. Nun griff er nach den Früchten, pflückte einen Apfel nach dem anderen, ließ jeden einzeln in den Sack fallen, der ihm auch jetzt von seinem Mund herunterhing. Da fiel einer der Äpfel zu Boden, rollte eine Strecke, blieb am Gartenzaun liegen, und ich rief dreimal durch das Fenster in die offene Nacht, rau und klagend, mein Huhuu, das ich vom Waldkauz im Schlosspark oft gehört hatte – ich weiß nicht, ob ich den Spitzbuben warnen oder verscheuchen wollte. Die Kirchturmuhr schlug gerade zwölf, er lud den Sack mit der Apfelernte auf die Schulter, blickte nach oben, von wo ich den Kauz hatte rufen lassen, und ich sah ihn, aber ob er auch mich sah, weiß ich nicht.

Am nächsten Vormittag saß ich selbst im Apfelbaum und pflückte Äpfel. Großmutter Mummy öffnete das Wohnstubenfenster und rief von oben herunter: Erst wenn die Äpfel reif sind, du Tüffel! Dem unter mir stehenden und mich beobachtenden jungen Mann rief sie mit fuchtelnden Armen zu: Bring sie mir! Das war mein Storm, der war viel größer und älter als ich, und bevor ich unten angekommen war, umschlang er mich fest und ließ nicht locker. Jetzt hab ich dich, sagte er, und ich betrachtete seine großen blauen Augen und seinen lachenden Mund, während er mich zu meiner Großmutter schleppte.

Hier ist sie, sagte er und sah zu, wie ich mich in der Küche auf Großmutters Befehl hin vornüber auf die Feuerholzkiste legte und die Zähne zusammenbiss.

Sie rief ihm zu: Verschwinde, neugieriger Bengel, und er verschwand. Dann versohlte sie mich mit ihrem Teppichklopfer, es tat weh, aber kein Laut kam über meine Lippen. Erst-wenn-die-Äp-fel-reif-sind, für jede Silbe kriegst du einen. Insgesamt gab es sieben Hiebe – das ist eine heilige Zahl, sagte Großmutter, als es genug der Sühne war.

# In der Freudenkammer

Dieser unverzeihlich schöne Sündensommer 1847. Das Wetter spielte mit, das Barometer war mein treuer Begleiter. Dankbar gedenke ich unseres Mentors und Schutzheiligen, des Hegereiters und Privatgelehrten Anker Erichsen, und seines Forstgehilfen Gustav Hasse aus Joachimsthal. So viel gaben sie uns, mehr, als ich fassen und begreifen kann. Trage ich etwa zu dick auf? Ich habe es an mir selbst erleben dürfen, dass es Kräfte der Liebe, der Geduld und des nachsichtigen Verstehens gibt, stark genug, um auch den ärgerlichsten Schaden zu reparieren.

Geblieben von alledem und festgeschrieben für alle Zeit ist Storms Gedicht «Abseits», sonst nichts. Es bewahrt alles samt und sonders in Reim und Rhythmus, Vers und Strophe und darüber hinaus. Ich bin im Bilde, ich habe es erlebt. Nun lese ich es immer wieder und weiß, was geschah und wie es geschah. Dieses Gedicht ist mein Leben selber: ein tiefer Brunnen, ein nie versiegender Quell, fleißig sprudelnd, nimmermüde erzählend. Man denke an das Regenrauschen bei Windstille, wenn man wissen will, was ich meine.

Andererseits habe ich auch schlucken müssen. Ich habe von unserem Mentor gelernt: Das Leben kennt kein Pardon, es schlägt dir ins Gesicht. Und doch: Wer weiß, wofür er lebt, erträgt fast jedes Wie, sagte Anker Erichsen. Wunderbare Mächte beschützen einen dann, sie lassen das Übel nicht in den Himmel wachsen, halten die Zügel straff und drängen auf Umkehr, wenn es sich zu weit vorgewagt hat.

Die Welt war still und sonnenklar, wie zu meiner Kinderzeit. Lerchengesang hörte ich hoch über der Heide. Was hätten wir reden sollen. Wir hatten alles hinter uns gelassen. Storm hatte sich am 20. Juli 1847 bei Constanze für drei Tage verabschiedet. Es hatte einen kurzen Wortwechsel gegeben.

Nach Schwabstedt?, fragte sie.

Ja, sagte er.

Sie glaubte ihm nicht und sagte: Das ist zu weit weg von der Wahrheit, Theodor.

Er sagte: Stimmt, es geht nach Immenstedt zum Hegereiter.

Tatsächlich hatte Anker Erichsen den Advokaten Storm in dessen Husumer Kanzlei aufgesucht. Er hatte Haus und Hof auf Hallig Gröde von einer kürzlich verstorbenen Tante geerbt, Storm sollte die dafür notwendige Advokatenarbeit übernehmen und die Erbangelegenheit juristisch regeln. Dass Erichsen auch das Leben eines Privatgelehrten und Musikers führte, erfuhr Storm so nebenbei. Schnell war die gegenseitige Neugier der beiden geweckt.

Erichsen hatte das Räderwerk der königlich-dänischen Staatsmaschinerie satt, er konnte es nicht ertragen, wenn man ihm fortwährend hinten die Rockschöße haspelte, wie er Storm bekannte, der ähnlich von der königlich-dänischen Staatsmaschinerie dachte. Er war entschlossen, den Rest seiner Tage auf der Hallig zu verbringen, wo er wie ein Trappistenmönch schweigen und den Traum vom richtigen Leben verwirklichen wollte. Das Meer, der engste Berater unserer Heimat, wie er sagte, sollte ihm dabei behilflich sein. Dort hieß es, rechtzeitig die Fragen zu stellen, die ihm auf den Nägeln brannten, denn rechtzeitig mussten die Antworten gefunden werden, um in Muße und Ruhe das Rechte zu tun. Auf Gröde wollte er in seinen Erinnerungen leben, seine künstlerischen Interessen verfolgen und dabei Land und Meer mit Flora und Fauna auf sich wirken lassen. Musizieren, Lesen und Schreiben, diese drei sollten es dort sein – die nötige Erholung vom Menschenleben.

Einige Briefe gingen hin und her. Thema war also nicht nur die Erbangelegenheit, sondern auch die Kunst, der sich Storm und Erichsen beide verbunden fühlten. Hinzu kam: Erichsen war Leser von Biernatzkis Volkskalender, in dem Storm schon mehrmals Gedichte und Geschichten veröffentlicht hatte. Den Dichter wollte er doch gern einmal näher kennenlernen. Storms Besuch im Hegereiterhaus war nicht nur notwendig, sondern auch erwünscht.

Ich selber wollte mich währenddessen als Gesellschafterin und Hauslehrerin bei den Herrschaften von Arlewatt bewerben, die ihren jahrhundertealten Besitz nahebei an der Arlau hatten und Anker Erichsen freundschaftlich verbunden waren. Bei meinem Abschied von zu Hause gab es einen besorgten Blick meiner Mutter, als ich sagte:

Ich gehe bis zur Feddersburg, da treffe ich mich mit Theodor. Er nimmt mich in seinem Wagen mit.

Das finde ich nicht gut, das schickt sich nicht, sagte sie und wandte sich ab mit ihrem Hm-hm-hm, das Sorge und Ablehnung gleichermaßen signalisierte.

Bei der Feddersburg, draußen vor der Tür, erwartete ich

ihn. Unter den Linden musste ich mir einiges Vorwitzige vom alten Wirt anhören: Momang, Mamsell Jensen, so ganz allein auf Reisen? Storm hatte den Wochenwagen des Husumer Fuhrunternehmers Asmussen genommen, der jeden Mittwoch und Sonntag mit einem bedeckten Federwagen von Husum nach Flensburg fuhr. Zwei Mark, acht Schillinge für eine Tour. Als er an der Feddersburg hielt und ich einstieg, folgte erstens: Sie sind aber auch reinemang was hellschen dünn, oha ja, Mamsell Jensen, und zweitens, nachdem er Storm gesehen hatte, folgte eine tiefe Verbeugung, denn der junge Herr Storm war auch hier eine bekannte Persönlichkeit, kam gleich nach seinem Vater Johann Casimir. Sind Sie mir man nicht böse, Mamsell. Ja, wenn ich das gewusst hätte. Er rieb sich den linken Oberschenkel und klagte: Was ich doch immer fürn Reißmichtismus hab. Beehren Sie uns mannichmal wieder, Herr Storm. Und was ich schon immer sagen wollte: Ihre Verse könnte man reinweg ins Gesangbuch drucken.

Storm antwortete nicht. Zu mir sagte er mit einem Seitenblick auf den da unten: Was schlecht ist, kann nicht gut sein. Er war blass, seine rote Nase wirkte dadurch besonders. Mit den fünf Fingern seiner rechten Hand durchkämmte er den dünner gewordenen Schopf, mit der Linken zupfte er sich ein zu langes Haar aus dem Bart.

Ich aber musste an Constanze denken. Ich sah sie nicht in heimlichen Tränen, mit eifersüchtig zur Faust geballten Händen, die sie sich selber auf die Augen schlug. Sie ging hoch aufgerichtet durch ihre Zimmer in der Neustadt. Sie begoss die Rosen im Garten, sie zupfte an einer Blüte von Storms Jelängerjelieber und steckte ihre Nase hinein. Sie tat ihr Amt als Hausfrau, strich über die neuen Einmachgläser mit Erbsen und Bohnen, schloss gewissenhaft die Haustür ab und sagte kein einziges Wort. Ja, ihre schmalen Lippen trug sie mit den Mundwinkeln himmelwärts gerichtet. Lächelnd wie eine Königin schritt sie umher. Stolz ist deine Stärke, das war ihr mit funkelnden Diamanten in die Krone eingeschrieben.

Mit diesen Gedanken stärkte ich mich, machte ich mir selber Mut, gab ich mir die Kraft, die eine Sünderin braucht, um durchzukommen. Davon hab ich jetzt mehr als du, mein lieber Theodor, dachte ich. Sah schon den königlichen Forst von Immenstedt am Horizont, in der Landschaft lag er wie eine Hallig im Meer. Dann sah ich das langgestreckte Hegereiterhaus, aus dessen Schornstein Rauch quoll, Rauch des Friedens und der Entwarnung. Heinrich, den dicken Belgier, sah ich auf der Pferdekoppel hinterm Haus grasen. Wenn es drauf ankam, hatte dieses Kaltblut auch Temperament, so wie in Husum, als der Hegereiter auf die Frage, ob er deutsch oder dänisch sei, antworten sollte: Selbstverständlich deutsch, woraufhin ihn vier dänische Dragoner verfolgten, und nur durch die Schnelligkeit seines Pferdes entkam er in seine Hegereiterei nach Immenstedt.

Erichsen backt seinen Apfelkuchen, sagte ich zu Storm, darum der Rauch aus dem Schornstein.

Richtig, Kuchen- und Kaffeeduft empfingen uns. Ich freute mich auf die Stunden mit Storm, die mich in der Einsamkeit erwarteten, freute mich auf das Nichtstun dort, denn nach Anker Erichsen sind die Stunden der Untätigkeit selige Stunden, leistet unsere Seele dann doch Schwerarbeit.

Storm und Erichsen begrüßten sich nicht wie Advokat und Mandant, sondern wie alte Freunde.

Willkommen an der Stätte der Freiheit, rief Erichsen. Noch können wir das sagen.

Der Hegereiter nahm Besuch und Anlass des Besuchs stets wichtiger als sich selbst. Er war groß und breitschultrig, seine Hände schmal und mit langen Fingern, die mehr für die Violine geschaffen waren als für Axt und Beil, Säge und Baum. Er hatte blaugraue Augen, und sein schlohweißer Schopf, eine Künstlermähne, verriet seine Nähe zur Kunst.

Gustav Hasse wurde vorgestellt, Erichsens Kurgast und Helfer. Er hatte sein neunzehntes Lebensjahr fast schon vollendet und war mir knapp um ein Jahr voraus, der spindeldürre Blonde aus Preußen mit den abstehenden Ohren. Der guten Luft wegen hatte es ihn schon als Kind hierhin verschlagen, sagte Erichsen, nun wisse er nicht, ob er beim Hegereiter bleiben oder wieder nach Hause an den Werbellinsee solle, um dort, wie schon sein Vater und Großvater, das Sägemüllerhandwerk zu lernen.

Ich kannte die beiden ja noch aus meinen Kindertagen. Gustav hatte mir Pfeifen aus Kälberrohr geschnitzt, und der Hegereiter hatte mich in die Geheimnisse der Bienen, des Imkerns und des Honigs eingeweiht. Mir schien, als sähen sie immer noch das Kind in mir, das ich damals gewesen war. Gustavs Blick ruhte auf mir, er versah mich mit dem schönsten Kompliment, das man einer Frau machen kann: Du siehst zum Anbeißen aus. Er hatte den Kaffeetisch in der Laube gedeckt, und da stand ein Apfelkuchen, den Erichsen heute tatsächlich gebacken hatte. Kaffee und Kuchen hier in der Ligusterlaube, das war das reine Behagen, also das Paradies. Storm aber, dessen Phantasie nie genug Futter bekommen konnte, erbat sich als Erstes einen Gang durch das Studierzimmer.

Obwohl ich immer wieder im Hause Erichsen ein und aus gegangen war, öffnete dieser Gang mit Storm mir erst richtig die Augen. Was er sah, das benannte er auch, und ich hörte, was er sagte. Mir war, als wäre ich stets achtlos an Erichsens Schätzen vorbeigegangen.

Nun aber Storm: Aha, eine Beethoven-Büste. Ich sehe Karten und Kupferstiche, dort die Venus mit dem Delphin. Hier ein Band Heine, dort meine Götter Mörike und Eichendorff. Auch fehlt nicht der Kapellmeister Kreisler. Am liebsten würde ich alles durchstöbern, nach Schätzen absuchen und mich damit vergraben.

Nur zu, rief Erichsen und breitete beide Arme aus wie zu einer bevorstehenden freundschaftlichen Zärtlichkeit.

Um den Notenständer und um den Stuhl, auf dem Erichsens Geige lag, machte Storm einen Bogen. Seine Instrumente waren die Stimme und das Klavier. Wir dürfen sicher noch etwas hören, mein Freund, sagte er.

Aber Erichsen schüttelte den Kopf. Musizieren, das sei für ihn ganz allein, etwa so, wie das Lesen und Schreiben ihm auch nur dann etwas taugten, wenn er damit abgeschieden vom Lärm der Welt in seinem Kämmerlein ... Ein Dichter wisse sicher, was er damit meine.

O ja, antwortete der, ich verstehe. Aber was wäre die Musik, wenn sie nicht gespielt und damit uns nicht in den Ohren klingen würde.

Unsereins, lieber Storm, kann auch Genuss ziehen aus einem Notenblatt, das vor den Augen liegt.

Auch wieder wahr. Obwohl. Storm räusperte sich. Es war geradezu verführerisch hier. Er stellte sich neben den Notenständer, sammelte sich kurz, und dann sang er zu meiner großen Überraschung eines jener italienischen Volkslieder, in denen die Klage um den Glanz der alten Zeit wie ein ruheloser Geist umgeht. So sollte es später bei ihm heißen.

Ich sehe und fühle, dass die Musik uns verbindet, sagte Erichsen, als Storm seinen Vortrag beendet hatte. Wie wäre es mit einem Encore, lieber Freund?

Storm ließ sich nie lange bitten. Jetzt sang er uns eine bekannte Volksweise, und während er sang, sah er mich an.

> Als ich dich kaum gesehn,
> Mußt' es mein Herz gestehn,
> Ich könnt' dir nimmermehr vorübergehn.

Storm hatte seinen letzten Ton gesungen, dann Stille, Pause. Hier war es noch stiller als nach einem Konzert im Husumer Rathaussaal.

Mit seiner rauen Stimme setzte der Hegereiter ein paarmal an, rührte in seinem Kehlkopf und sah auf die erkaltete Pfeife, bevor er zu Storm mit durchdringendem Blick sagte: Ist Frau Musica doch die Kunst, in der sich alle Menschen als Kinder eines Sterns erkennen sollen. Haben Sie mir nicht genau dies in Ihrem letzten Brief geschrieben?

Ja, sagte Storm und lachte, das ist auf meinem Mist gewachsen. Das wird aufgehoben, das werde ich noch brauchen können.

Storm, sagte Erichsen, Sie haben das bewegend schön zu Papier gebracht, haben mich mit diesem Satz regelrecht umgarnt und eingegrünt, wenn ich das mal so poetisch sagen darf.

Damit begann die Freundschaft dieser beiden Männer.

Erichsen, sechs Jahre älter als Storm und einen halben Kopf größer, hatte immer einen festen Standpunkt, war manchmal auch ungeduldig bis zum Jähzorn, was vor allem der Forstgehilfe Gustav zu spüren kriegte, wenn dem Hegereiter irgendetwas nicht passte. Da hatten sich zwei gefunden, denn auch Storm war mit Ungeduld und Jähzorn geschlagen, ein Erbe, das sein Vater ihm in die Wiege gelegt hatte. Heute aber war die Welt in Ordnung. Unser Besuch freute den Hegereiter, die Seele lag ihm gesund am Zwerchfell, die Meerschaumpfeife dampfte, das gemeinsame Kaffeetrinken in der Laube stand kurz bevor. Gustav hatte sich Mühe gegeben. Die Frau des Hauses, die es hier nicht gab, hätte dieses kleine Fest am Spätnachmittag nicht besser anbahnen können mit weißem Leinentischtuch und dem blau-weiß gemusterten Familienporzellan, ein paar kostbaren Stücken aus der Hinterlassenschaft der Erichsen-Eltern.

Den Apfelkuchen überschüttete ich mit Lob, den Kaffee pries Storm.

Wirklich? Herr Storm, meinen Sie das ernst?, fragte Gustav.

Aber ganz bestimmt. Und wie nett dieser Tisch gedeckt ist. Nun sag du etwas dazu, Doris.

Ich sagte nichts, weil ich schon etwas gesagt hatte und mit dem Stück Kuchen im Mund nur nicken konnte.

Als ich mit Erichsen allein in der Laube saß, weil Storm seine Aktenstöße aus dem Wohnzimmer holen wollte und Gustav sich in den königlichen Staatsforst abgemeldet hatte, sah mich der Hegereiter lange an, legte auf dem Tisch seine Hände übereinander wie zu einem Kreuz und sagte: Und ihr seid ein Paar?

Ich sagte: Ja, so ist es. Schämte mich nicht, errötete nicht, denn alle Scham und alles Rot hatte meine Erleichterung geschluckt, so froh war ich, einen Menschen vor mir zu haben, dem ich die Wahrheit sagen konnte.

Der Hegereiter saß da mit einem Lächeln auf den Lippen. Ich habe nur sicherheitshalber gefragt, sagte er, gewusst habe ich es von Anfang an. Womit hat deine Mutter dich gefüttert, dass du so einen engelhaften Blick hast? Das sagte er noch, bevor Storm wiederkam.

Der wusste sofort, was Erichsen wusste, und sagte mit tödlichem Ernst, den ich mein Lebtag nicht vergessen werde: Ja, so steht es mit uns beiden. Uns verbindet eine lange, lange Liebe. Ich hatte schon eine Ahnung davon, als Doris noch ein Kind war.

Der Hegereiter setzte sich auf und nahm Haltung an. Man sündige tapfer, murmelte er, dann zog er sein Kinn hoch und die Lippen stramm und sagte: Gottes Segen für die süße Mühsal eures ehebrecherischen Lebens. Sagte das wie in offizieller Mission, als spräche er von der Bastion eines hohen Amtes, das sich insbesondere der Ehebrecher, dieser Spezies der Geschlagenen und Getriebenen, anzunehmen hatte. Schiller rühmt den sogenannten Sündenfall als das erste Wagstück der Vernunft, das fügte er noch hinzu.

Es sollte wohl ein Trost sein. Aber die Hegereiter-Worte kamen bei mir anders an.

Ich weiß, wovon ich rede, sagte er und lüftete damit ein winziges Stück Schleier, der vor seinem eigenen Leben hing. Gott hält seine Hand auch über uns Ungläubige. Si Dieu n'existait pas, il faudrait l'inventer. Er sah Storm an. Mit seinem Französisch wollte der Privatgelehrte dem Dichter wohl ein wenig auf den Zahn fühlen.

Ich verstand nur ungefähr und nickte trotzdem, während Storm sofort im Bilde war.

Voltaire, sagte er.

Der Hegereiter schmunzelte. Gott ist das letzte Rätsel und gleichzeitig dessen Auflösung. Wer sich selbst kennt, der kennt Gott, das hat uns ein weiser Beduine aus Nordafrika –

Ich kenne mich selber nicht, darum schreibe ich, rief Storm dazwischen. Und dann: Dixi et salvavi animam meam – einen Satz, der ihm bis zu seinem Tod immer wieder über die Lippen kommen sollte, wenn er glaubte, Entscheidendes gesagt zu haben. Um den heißen Brei herumreden, das war seine Sache nicht. Oft genug hatte er sich dabei in die Nesseln gesetzt und verbrannt.

Gott fragt nicht nach Grund und Stachel. Beides aber sollst du, geschätzter Dichter, herausfinden, um davon zu erzählen und das letzte Rätsel zu lösen. Hier ist dein Platz, hier ist deine Zeit, hier lebe und arbeite. Nehmen Sie das, mein Freund, als Vermächtnis auf den weiteren Lebensweg.

Er nehme es wie ein frisches Brot, sagte Storm. Ich will die Wahrheit herausfinden, wenn sie auch noch so dürftig ist, und Ordnung ins Chaos bringen. Der Mensch interessiert mich mit seinem Fleisch und Blut. Alles andere ist Nebensache.

Das Chaos ist von unerschöpflicher Fruchtbarkeit, weil es die Wahrheit birgt. Das Chaos ist der Acker des Dichters.

Aber was ist die Wahrheit? Was ist Gott?

Wahrheit oder Gott, das ist dasselbe, sagte der Hegereiter. Die Frage für den Dichter lautet: Wo ist die Wahrheit? Wo ist Gott? Im Wo sei die Bewegung aufgehoben. Dichtung sei im Grunde ja Bewegung, denn das sei von jeher das Wesen des Poetischen: suchen, vordringen und eintauchen – und das

Geheimnis da lassen, wo es ist, auf dass es betrachtet und bedichtet werden könne.

Ich bin schon immer fürs Praktische gewesen und war froh, dass dieses Gespräch über Gott und die Welt ein Ende fand. Aus dem, was mir da zu Ohren gekommen war, wählte ich mir Gott, meinen Gott, den Gott meines Vertrauens. Storm überließ ich die Wahrheit. Wenn er sagte: Der liebe Gott trägt ein rotes Unterkleid und einen weiten blauen Mantel, dann sollte er damit seinen Kampf haben. Den einen dies, den anderen das. So waren wir beide gut gerüstet.

Alles Hin- und Hergerissensein, alles Leid, das unsere Liebe säte, wachsen und gedeihen ließ, war uns genommen, so kam es mir plötzlich vor. In meinen Gedanken räumte ich Constanze einen Ehrenplatz ein. Da saß sie und blickte ohne Groll auf uns herab. Alle Gerüchte, versammelt in einer schwarzen Wolke, groß wie die Hand eines Riesen, waren westwärts gezogen und in England, mitten im schönsten Sommer, als Regen, Hagel und Schnee niedergegangen und verdunstet. Ja, wer nur den lieben Gott lässt walten, den schickt er in die weite Welt, dachte ich, so ähnlich heißt es doch.

Aber kaum hatte ich das gedacht, erschien es mir wie ein böses Omen. Vergiss das bloß schnell wieder, sagte ich mir. Bitte Gottes Hilfe herein in deine Angelegenheiten.

Trotzdem war ich von dem, was der Hegereiter gesagt hatte, tief bewegt und kurz vor dem Schlucken. Ich schluckte dann tatsächlich, denn ich hatte in seinen Worten auch Großmutter Mummy sprechen hören. Wäre sie also auch auf meiner Seite gewesen und hätte im Hegereiter einen trefflichen Verbündeten gehabt?

Der riss mich aus meinen Träumen: Es ist alles vorbereitet, sagte er. Nichts ist verschlossen. Mein Forstgehilfe Gustav hat seines Amtes gewaltet, während ich nach bestem Wissen und Gewissen das meinige verwaltet habe.

Storm und ich erhoben uns. Die Luft war voller Lerchenlaut, als wir das Hegereiterhaus verließen. Für die Bienen war es jetzt die hohe Zeit des Sammelns – schwer mit Nektar beladen, kamen sie von ihrem Ausflug zurück, fanden auf geheimnisvolle Weise ihr Zuhause im Bienenhafen hinterm Haus.

Wir aber wurden vom Brombeerduft angelockt. Ich ging der Nase nach den altbekannten Weg dorthin, wo früher das Lusthaus der Herzogin Marie Elisabeth gestanden hatte. Ich sah mit Gold gepanzerte Laufkäfer durchs Gesträuch hasten. Blaue Fliegen summten und blitzten durch die Luft. Storm stolperte über eine Brombeerranke, die sich quergelegt hatte, ich stolperte auch. Er rappelte sich auf und folgte mir dann mit drei Schritten Abstand wie ein braver Hund, der sein Revier nicht überblickt.

Aber leise! Der Wald hat Ohren, das Feld hat Augen. Darauf müssen Liebespaare achten. Uns führte ein starker Instinkt mitten ins Gestrüpp. Am Ende eines Korridors, noch hinter den drei ehemaligen Schlafgemächern der Herzogin, lag, was von der sogenannten Freudenkammer noch übrig war. Sie war gefüllt mit dem gesammelten Aroma des Immenstedter Forstes. Der leicht säuerliche Duft der dreihundertfünfzig Jahre alten Buchen und Eichen mischte sich mit dem Tausendschön-Bukett der Waldflora, und ich meine, auch eine Prise Wildschwein in der Nase gehabt zu haben. Hier erlebten wir selige Stunden wunschlosen Glücks.

Am Ende sagte Storm: Doris, bleib mir, bewahre mir dein Gesicht und deine Hände, geh nicht fort, finde nie ein Ende, mein liebes Kind, halte die Zeit an mit einem Märchen.

Das war das Signal. Ich sollte wieder erzählen.

Drittes Après:
Das Lusthaus




Es war einmal vor dreihundertfünfzig Jahren: Nach dem Ende der Jagdsaison lud Maria Elisabeth, die Herzogin von Schleswig-Holstein-Gottorf, ein ins Immenstedter Jagdschloss. Die herzogliche Schlossdruckerei in Husum druckte das Abendprogramm auf dickes Pergament, die künstlerischen Ereignisse auf die Vorderseite, die Speise- und Getränkefolge auf die Rückseite. Meldereiter ritten aus und überbrachten die Einladung.

Staatskarossen aus Schloss Gottorf fuhren vor. Heraus kamen Edeldamen, die mit zyprischem Pulver gefärbte Perücken trugen. Die Herrschaften von Arlewatt entstiegen einer goldschimmernden Kutsche, der sechs geschmückte Pferde vorgespannt waren. Pünktlich waren die Damen und Herren von Eekenhof und Haderslevhus, ja sogar die beiden Alten vom Staatshof bei Friedrichstadt, die es am beschwerlichsten hatten, waren der Einladung gefolgt.

Alle Gäste hatten Platz genommen. Die Herzogin saß mit Mignon, ihrem Schoßhund, in der ersten Reihe. Sie klatschte in die Hände, der Abend begann mit einem Bühnenstück.

Wie jung du bist, sagte der Liebhaber.

Ich? Ja, ziemlich jung, antwortete die Angebetete. Sie hatte ihr rechtes Füßchen vorgestreckt, und er blickte verzaubert.

Was für eine Wilde du bist, sagte er.

Meinst du das?, sagte sie, wippte das rechte Bein über dem linken und spielte mit einem ihrer langen blonden Zöpfe.

Mein Prinzesschen –. Der Liebhaber zögerte.

Ja?

Willst du meine Frau werden?, fragte er. Und er erstickte sie mit Küssen.

Da klatschten die adeligen Damen aus Gottorf begeistert Beifall, das übrige Publikum klatschte auch. Die Herzogin unterbrach das Kraulen und Streicheln ihres Schoßhundes und klatschte mit.

Dann stand ein Sänger aus England auf der Bühne und sang englische Liebeslieder zur Laute. Darauf folgte ein Harfenmädchen aus Böhmen, das die schönsten Melodien aus ihrem Instrument herauszupfte; sie sah verführerisch aus in ihrem weiten, tief ausgeschnittenen Kleid.

Nach dem ersten Teil im Namen von Schauspielkunst und Frau Musica kam das gemütliche Beisammensein. Diener räumten Tische und Stühle, und bald saß man an einem langen, weiß gedeckten Tisch: Porzellan und Gläser aus Kopenhagen, Silberbesteck aus Italien. An jedem Platz stand eine Schale mit verdünntem Zitronensaft für Gesicht und Hände. Edelknaben und Kammerjunker bedienten die Herrschaften. Es gab Wildschweinbraten, italienischen Rotwein und Bier aus Hamburg. Dazu servierte man französisches Brot von einem Bäcker aus Friedrichstadt, für den Nachtisch hatte die Herzogin süße Kringel von ihrer Zuckerbäckerin backen lassen. Wer schwach auf der Brust war, der trank zum Schluss ein Schnapsglas Maiglöckchen-Präparat von der Blütenlese im letzten Jahr.

Es ist mal wieder wundervoll bei der Herzogin, sagten die Gäste und blieben noch ein gutes Stündchen. Auch die Künstler liebten die Herzogin und wollten gern wieder eingeladen werden, denn sie zahlte ein anständiges Honorar; woanders war ihnen nicht einmal ein manierliches Nachtlager vergönnt. Mignon, der Hund, fraß einen Rest vom Wildschweinbraten. Drei Musiker besetzten die Bühne, und die Herzogin, die selber nicht tanzte, forderte zu Allemande und Menuett auf.

Viele schöne Feste sollten folgen. Nach dem Tod der Herzogin im Jahre 1684 verfiel das Lusthaus aber. 1792 wurde es abgerissen par ordre du mufti aus Kopenhagen. Nun liegt es unter Brombeerduft begraben.

# Abseits
# in der Taterkuhle

Bevor ich im Hegereiterhaus meine wenigen Habseligkeiten packte und mich von Anker Erichsen und Gustav verabschiedete, hatte ich in den alten Spiegel gesehen, der im Flur gleich neben der Eingangstür hing. Ein Spiegel ist mehr als ein Sinnbild der Eitelkeit, denn er lässt tiefer blicken. Dieser war mit weißen Damasttüchern zugehängt. Man musste sie zur Seite ziehen wie einen Bühnenvorhang, wollte man ihn befragen. Ich tat das, sah dort einen Schildpattkamm liegen und kämmte mich noch einmal. Dann ein Blick, und ich war mit mir zufrieden. Trotzdem wusste ich: Du tust Unrecht, Doris – Spiegel hin, Spiegel her. Und das nimmst du mit auf den Weg.

Ich ging den Weg nach Arlewatt, war ihn schon oft gegangen, zu Fuß zu gehen habe ich immer geliebt. Eine knappe Meile lag vor mir. Ich passierte den südlichen Ortsrand von Immenstedt, der Viöler Kirchturm grüßte von jenseits der Arlau. Dann weiter über die blühende Heide nach Olderup, vorbei an der weiß getünchten, uralten Kirche und am Pastorat, wo Storms Freund und Pastor Peter Ohlhues später seinen christlichen Dienstgeschäften nachgehen sollte. Bis Arlewatt war es noch etwa eine halbe Stunde.

Bei den Lembecks, den Herrschaften vom Arlewatthof, wollte ich nach Arbeit fragen. Ich hatte ihnen vor drei Wochen ungefähr das geschrieben: Suche ein Engagement als Erzieherin kleiner Kinder, denen ich auch in den gewöhnlichen Schulwissenschaften sowie im Zeichnen, im Französischen und in der Musik würde Unterricht erteilen können, alles im Sinne von Geradität und Charakter der mir so wegweisenden Lehrerin Madame Frisé aus Flensburg. Auch würde ich auf besonderen Wunsch bereit sein, im Häuslichen einige Hilfe zu leisten. Auf Lohn und sonstige Honorierung soll es mir nicht in erster Linie ankommen. Eine freundliche Behandlung will ich aber vorzugsweise als Bedingung stellen.

Keine Aussaat und Ernte ohne Wetter, kein Tag und keine Nacht ohne Wetter, kein Wetter ohne barometrischen Druck. Der Mensch ist ohne Wetter nicht vorstellbar, steht doch schon seine Geburt im Zeichen von Sonne, Mond und Sternen, von Ebbe und Flut sowie von Schwärmen unzähliger Fische im großen wilden Meer. Storm war nachts geboren worden, ein Spätsommergewitter war ausgebrochen, starker Regen rauschte herunter. Vater Johann Casimir hatte das Weite gesucht, als seine Frau Lucie in Wehen lag. Keiner weiß, ob Johann Casimir sich mehr vor der Geburt gefürchtet hatte oder vor Donner und Blitz.

Ganz anders bei mir. Mein Geburtstag war einer dieser stillen Tage Ende November. Der Geruch des Heidebrennens hatte in der Luft gelegen. Der Nebel steigt, es fällt das Laub, so hat es Storm beschrieben. Die Herbststürme waren noch nicht gewesen, tatsächlich standen die Bäume noch nicht ohne Blätter da, still war's um den Ahorn im Garten, letzte Rosen blühten an der Hauswand. So ein später Tag im Jahr ist doch zu köstlich: Alle Früchte gereift, du trittst leise auf, gehst leichten Fußes dem Jahresende entgegen und denkst, jetzt fängt das Leben erst richtig an, denn ein Kind wird geboren. Das war ich. Mein Barometer hätte hohen Luftdruck angezeigt.

Vater hatte sich zur Beruhigung seine Meerschaumpfeife angezündet und saß, von Lesen keine Spur, mit einem aufgeschlagenen Buch im Saal. Großmutter Mummy hatte ihm verboten, den Saal zu verlassen, er möge sich unterstehen, auch nur in die Nähe des Schlafzimmers zu geraten. Männer hätten von jeher dort nichts zu suchen, wo sich die Geburt eines Kindes ereigne und wo ein Wunder den Raum bis in die letzte Ecke fülle. Wenn er es nicht mehr aushalten könne, dann möge er doch vor die Haustür gehen und sich draußen Sorge und Not vertreten. Seit unvordenklichen Zeiten heißt es: Wer nahe am Wasser lebt und bei Spaziergängen mehr die Nähe zum Wasser als zum Land sucht, der wird glücklich und nervenstark. Das gilt für eine werdende Mutter ebenso wie für ein Kind. Großmutter Mummy stellte ein angezündetes Licht auf die Fensterbank der Wochenstube und legte mir in den ersten Nächten meines Menschenlebens eine aufgeklappte Schere, die doch ein Kreuz bildet, in die Wiege. Sie sagte: Beides, das Heidnische und das Christliche, schütze gegen die Unterirdischen, die zwar manchmal gefällig und hilfreich seien, allerdings auch Säuglinge stählen und durch sogenannte Wechselbälger ersetzten. So, mittels altbewährter Schutzmaßnahmen, gestalteten sich meine ersten Lebenstage, zum Segen für mich. Wie ich heißen sollte, das wollten sich Vater und Mutter und Großmutter Mummy noch überlegen, dafür war Zeit bis zur Taufe.

Während ich also, tief in Gedanken versunken, auf dem Weg zum Arlewatthof war, sah ich ein von kleinen Staubteufeln erzeugtes Windhosenbein über die Heide wandern. Im Rücken hatte ich den tropischen Samum, einen Wind, dessen seltsamer Name von weit her kommt und mich immer wie ein arabischer Wohlgeruch in der Nase teils angeheimelt, teils befremdet hat – Musik und Liebe werden dabei wach. Und was passierte? Am Horizont flackerte eine Landschaft, die es gar nicht gab. Wälder, Kirchtürme, Dörfer – alles Täuschung, auch die grinsenden Luftgeister. Wahrheit und Wirklichkeit waren nur Heidekraut und Sandhafer, Zwergweiden und Sand, immer wieder Sand, selbstverständlich auch das Wetter. Lerchen trillerten, Kiebitze schrien, Haselhühner riefen. Ich sah einige Spuren, die der Mensch hinterlassen hatte – eine ärmliche Hütte, das Dach mit Heideplaggen gedeckt, dahinter ein Feld mit Buchweizen, umfasst von Erdwällen, die vor dem heranwehenden Sand schützen sollten. Auch mal eine blühende Blume mittendrin. Sie blühte umso schöner, je mächtiger die Ödnis um sie herum war.

In aller Weltverlorenheit lebte die Heide höchst vielfältig. Keine Oase bot Schutz, kein Hügel, kein Bach, kein Teich, in dem abends die Tiere saufen und die Frösche quaken konnten – damals, als der liebe Gott der Natur noch den Anstrich gab und das Volk der Tatern hier umherziehen ließ. Sie lebten von Kesselflickerei und Schmiedearbeit, nebenbei vom Stehlen und Wahrsagen. Lieblingsspeise war Katzenfleisch. Ihren Kindern rieben sie nach der Geburt Dreck um die Ohren, darum sahen sie auch so braun aus. Der Dreck sollte warm halten und vor Unkenrufen schützen. All das angeblich. Ihre Alten ertränkten sie in Tümpeln oder begruben sie bei lebendigem Leib in der Heide, wenn sie lästig wurden. Das Wort Tatern kommt von den Tataren, heute sagt man Zigeuner.

Inzwischen war ich der sengenden Sonne entkommen und in den Schatten des hohen Giebels vom Arlewatthof getreten. Ich zog an der Glocke. Auf machte mir die alte Wieb, die ältere Schwester von Fedder Fedders, dem Wirt von der Feddersburg. Hier war sie das Faktotum und Mädchen für alles, verheiratet mit dem alten Marten Martens, der sich zum Großknecht hochgedient hatte und seiner Wieb mit allem zur Hand ging, so gut er es noch konnte.

Ach, Sie sind das, Mamsell Jensen, sagte sie. Ich dachte, das wären schon wieder die Zigeuner.

Da musste ich lachen, und sie lachte mit.

Das Lachen in ihrem Gesicht verging aber schnell, denn sie sagte und drehte und hob dabei den Kopf: Marten hat es gar nicht gut, einmal hat schon der Tod angeklopft. Sie blickte nach oben, wo er in seiner Schlafkammer seinen letzten Erdentagen entgegendämmerte.

Der arme Marten, sagte ich.

Wir wissen gar keine Lösung, sagte Wieb.

Was sollte ich Tröstendes erwidern? Also kam ich zur Sache und fragte beklommen, ob die Herrschaften meinen Brief erhalten hätten und ob ich wohl auf eine Anstellung hoffen könnte.

Für diesmal nicht, Mamsell Jensen. Ich soll Ihnen das mit einem Gruß sagen. Die Herrschaften sind auf ein paar Tage Sommerfrische bei Glücksburg an der Ostsee. Generell ist man hier aber nicht abgeneigt. Versuchen Sie es doch später noch einmal.

Wieb sah mich von oben bis unten an. Wie durchgeschwitzt ich sei, sagte sie streng. Sie nahm meine Hand und zog mich in den Garten. Dort hatte ich meine Kleider abzulegen und – wie vom Herrgott geschaffen – in einen mit Regenwasser gefüllten Badezuber zu steigen. Eine kleine Ewigkeit musste verstrichen sein, als sie rief: Komm heraus, schöne Eva. Wenig später folgte auf den Gesundbrunnen das Paradies: Ich musste mich unter einen Apfelbaum legen. Tausend Augustäpfel lachten mich an mit ihren roten Backen.

Nur ausruhen, still sein und nichts sagen, mehr wollte ich nicht. Auf eine alte, wunderbare Weise Zeit gewinnen, das wünschte ich mir. Kaum war der Wunsch zum Kopf hinaus, schon erfüllte er sich. Ich sah, wie Wieb einen Tee zubereitete, feinen schwarzen. Sie spülte den Teepott mehrere Male mit kochendem Wasser aus, holte mit einem silbernen Teelöffel eine Portion Tee aus einer bunt bemalten und mit chinesischen Schriftzeichen verzierten Dose, gab die bis zu mir duftenden Blätter in die Kanne und goss einen Schuss lauwarmes Wasser drauf, eben so viel, dass die Blätter nur angefeuchtet wurden. Den Teepott setzte sie auf eine heiße Ofenplatte und ließ ihn dort einige Minuten so stehen. Dann erst goss sie kochendes Wasser nach.

Diese paar Augenblicke, wenn du auf deine Tasse Tee wartest, sind doch gar zu kostbar. Keiner wusste das besser als Storm, und ich wusste es von Wieb, stand ihm damit in nichts nach. Wieb schenkte ein und legte mir ein großes Stück Butterkringel vor die Nase, ihre Spezialität, in Husum sagen wir Beerdigungskuchen dazu. Storm mochte ihn für sein Leben gern.

Später trafen wir uns in der Taterkuhle, die mitten in der Heide liegt, auf halbem Weg zwischen Immenstedt und der Feddersburg. Wo vor Unzeiten Zigeuner kampierten, hatten wir uns verabredet – ach, hatte ich das noch nicht gesagt? Für die Liebe findet sich doch immer überall ein Platz. Vom Arlewatthof war es eine knappe Stunde. Für Storm waren es zwanzig Minuten Fußweg von der Feddersburg. Dort hatte er sich eine ruhige Ecke in der Gaststube gesucht, um zu schreiben. Peu à peu war in seinem Dichterkopf das «Abseits»-Gedicht entstanden. Es ist so still, die Heide liegt. Mir hat es immer Vergnügen bereitet herauszufinden, aus welchen Stoffen er schöpfte und seine Verse zusammenfügte. Immer gut für Überraschungen, und was für welche. Nichts dagegen sind die farbenreichen tausend Gerüche in einem Kolonialwarenladen mit noch so schönen Teedosen oder die bunten Erstaunlichkeiten in einem Kaleidoskop.

Ja, und dann schenkte ich ihm so viel aus den sprudelnden Quellen meiner Leidenschaft, dass ihm die Luft dünn wurde. Ein einziger Atemraub. Erschöpft lagen wir da.

Erzähl mir was von Tod und Sterben, sagte Storm.

Nicht darüber, bat ich.

Abschied auf immer, das ist wie der Tod, sagte Storm.

Sag nicht so etwas. Ich schluckte.

# Viertes Après:
# Das Tater-Mariechen

Im Winter des Russlandfeldzugs 1812 wurde auf dem Arlewatthof das Tater-Mariechen geboren. Da war Wieb siebzehn Jahre alt und hatte gerade als Binnerdern angefangen, als Mädchen für alles im Haus vom Boden bis zum Keller.

Eine Zigeunerin, Tater-Mariechens Mutter, hatte eines Tages an die Gesindetür geklopft und um ein Nachtlager gebeten. Sie war hochschwanger, man sah es ihrem Bauch an, die Stirn war mit den typisch vorgeburtlichen Schweißtropfen bedeckt. Sie bekam Stippmilch aus der Schüssel und eine stärkende heiße Brühe, das Nachtlager richtete man ihr auf dem Heuboden im Haubarg. Am nächsten Morgen fand Marten das Frischgeborene, warm eingewickelt in Lumpen, ein Mädchen. Als er die Kleine aufhob, fing sie an zu schreien, die Mutter war verschwunden auf Nimmerwiedersehen. Da saß man nun mit dem Zigeunerfräulein. Es wurde mit herrschaftlicher Zustimmung Wiebs Ziehkind, und Marten, der damals auch schon auf dem Hof arbeitete, nannte es Tater-Mariechen, weil Marie der Name seiner just verstorbenen Mutter gewesen war.

Ohne Tater-Mariechen hätten Wieb und Marten nie geheiratet, sie wären bis ans Lebensende ein ehrbar nebeneinanderher lebendes Paar geblieben. Nun aber sollte Tater-Mariechen richtige Eltern haben. In Wiebs Kammer standen bald zwei Betten, und dortwischen stunn de Weech. Das Kind mit schwarzem Haar und schwarzen Augen und brauner Haut wuchs doch plattdeutsch auf.

Wat hett se al för lütt nüdliche dralle Been, sagte Pflegemutter Wieb.

Und Pflegevater Marten sagte: So nüdlich und pummelig, een Zuckerpopp vun Gör. Se steiht al ganz alleen an'n Stohl op.

Tater-Mariechen wurde immer größer und gedieh. Ein Hilfsgeistlicher aus dem Kirchdorf Böel in Angeln unterrichtete sie und die beiden Herrschaftskinder in Lesen und Schreiben, Rechnen und Zeichnen. Und unter Wiebs Aufsicht lernte sie Kaffee kåken, neihn und knütten, stoppen und flicken, hekeln und sticken.

Als Tater-Mariechen fünfzehn war, wurde sie konfirmiert, und Marten sah mit Stolz auf dieses Kind: Wåhrhafti, se is een Prinzess op un dåhl!

Und Wieb fügte hinzu: Un klook is se man dreemål.

Ja, klöker as so 'n Professer, meinte Marten, senkte seinen Blick und faltete seine Hände vor Glück.

Es kam, wie es kommen musste. Wiebs Bruder Fedder, der Wirt von der Feddersburg, hatte ein Auge auf Tater-Mariechen geworfen. Seine Mutter aber wollte die Verbindung nicht. Er sollte eine andere nehmen, und zwar die Elisabeth vom Immenstedt-Hof. Fedder gehorchte, wenn auch zähneknirschend.

Sonntag, sagte seine Mutter, wollen wir hinfahren, dann soll sie ja sagen. Will's Gott, der Herr.

Der Sonntag kam. Die erste Herbstatmosphäre lag schon

in der Luft. Das ist etwas ganz Kleines und Feines, so klein und fein, dass man es nicht sehen kann. Unsichtbare Luftspitzen, die in unsere Nase fliegen und herbsteln, und wenn wir das merken, dann sagen wir: Herbst. So ein Sonntag war das. Vater, Mutter und Sohn im Sonntagsstaat. Fedder hatte sogar eine nagelneue Peitsche.

Am Nachmittag, kurz nach zwei Uhr, fuhren sie in ihrer glänzenden Kutsche los, zwei schön herausgeputzte Kaltblüter waren vorgespannt. Unterwegs fing alles harmlos an. Eines der Pferde begann, den Schweif hin und her zu schlagen – als wenn ihn was unterm Schweif kitzelt, sagte Fedders Vater. So war's auch, eine große Pferdebremse saß da, saugte das warme Blut, ärgerte damit das brave Tier und rief das Unglück herbei. Das eine Pferd steckte das andere mit seiner Unruhe an. Die beiden sonst eher ruhigen Gemüter kamen ins Laufen, immer schneller. Der Schaum flog ihnen schon von den Kinnketten. So stramm Fedder auch die Zügel hielt, es war doch alles umsonst.

Was ist denn das?, fragten sich die Leute, als der Wagen angesaust kam. Niemand, auch nicht der stärkste Pferdeknecht, konnte die Tiere anhalten.

Man sachte, man sachte und mit Sanftmütigkeit, rief Mutter Fedders. Bald aber hing sie halb aus dem Wagen, durchgeschüttelt von der Fahrt über Stock und Stein und um scharfe Ecken. Es fehlte nur noch das i-Tüpfelchen, das sie entièrement hinausgeschleudert hätte.

Halt dich fest, Mutter, schrie der Sohn.

Ich halt sie fest, schrie Vater Fedders.

Das Gefährt näherte sich der Taterkuhle. Dort saß Tater-Mariechen vor einem spätsommerlich tiefrot gefärbten

Heidelbeerstrauch und pflückte Heidelbeeren. Die Kaltblüter griffen kräftig aus. Die Heide lebte, die Heide bebte. Tater-Mariechen hob den Kopf und sah die galoppierenden Kaltblüter vor dem Gefährt und dahinter eine himmelhoch wirbelnde Staubwolke. Die inzwischen Achtzehnjährige, die in der Feddersburg als Küchenmädchen arbeitete, stellte den halbvoll gepflückten Holzkübel mit Bedacht in den Sand, nahm die verrückten Pferde fest in den Blick, fasste mit den Händen beide Schürzenecken und schwenkte die Schürze auf und nieder.

Das Mädchen ist ja wohl nicht ganz klug, schrie der Vater, und die Mutter schrie: Hilfe, Hilfe! Sie hatte sich an der Stirn verletzt.

Aber der Wagen kam zum Stehen, die Pferde dampften und prusteten und schüttelten die Köpfe. Nicht genug damit, Tater-Mariechen stillte auch das Blut an Mutter Fedders Stirn und legte einen Notverband an.

Angst und Bange war das meiste, sagte Mutter Fedders.

Ja, sagte Tater-Mariechen, du siehst man was schetterich aus. Keiner weiß, was noch passiert wäre, wenn ich mich nicht in den Weg gestellt hätte.

Du hättest gerädert werden können von den verrückten Pferden, sagte Mutter Fedders.

Ich wollte sie kriegen, und ich hab sie gekriegt, sagte Tater-Mariechen nicht ohne Stolz.

Vater Fedders wischte sich den Schweiß von der Stirn und sprach mit letzter Kraft: Verdammt noch mal, das war man knapp.

Sie fuhren dann doch nicht nach Immenstedt-Hof. Mutter Fedders ging tief in sich und bat den lieben Gott um Vergebung ihrer Sünden. Ihrem Sohn Fedder versprach sie Tater-Mariechen zur Frau. Die aber stand schon wieder in der Feddersburg an der Feuerstelle, kochte Kaffee und briet Spiegeleier für die Ochsentreiber, die abends eingekehrt waren.

Am nächsten Morgen war Tater-Mariechen verschwunden und ward nie mehr gesehen. Man sagt, sie sei noch nachts wieder zurück zur Taterkuhle, wo eine Zigeunerfamilie ihr Lager aufgeschlagen hatte, und diesen Leuten habe sie sich angeschlossen.

Fedder Fedders hat das nie verwunden. Er hatte die Lektion fürs Leben gelernt. Immer ist irgendwas los, dauernd passiert was, murmelte er vor sich hin. Auch wenn seine Mutter mit Engelszungen auf ihn einredete – eine Frau wollte er ein für alle Mal nicht mehr. Zur Erinnerung an Tater-Mariechen pflanzte er eine Blutbuche in seinen Garten. Es heißt, in den zigeunerblutroten Blättern der Blutbuchen zirkuliere Zigeunerblut.

# Das Kartenhaus

Die Mehlklöße- und Fliederbeersuppenzeit brach an. Mein Barometer kam in herbstliches Schwanken, das Wetter folgte. Unser gemischter Chor war seit Monaten nicht mehr aufgetreten, geschweige denn hatten wir einen Übungsabend gehabt. Ich glaube, Storm scheute neuerdings die Begegnung mit seinen Sängern. Das Auge in Auge, das ihm sonst so wichtig war, ging wohl über seine Kräfte bei den vielen Gesichtern, die vor ihm standen. Einmal meinte er sogar, die Gesichter hingen wie an Fäden von der Decke herab, marionettengleich, ihm sei davon schwindlig geworden. Wenn ich es recht bedenke, dann hörte unsere Singerei schon auf, als die Leidenschaft über uns beide hereinbrach.

Mein Gott, die Liebe, was ist das für ein komisch Ding, wie wunderlich und geheimnisvoll alles. Man wird allerdings geführt und wandelt mit geschlossenen Augen wie ein Mondsüchtiger. Wer sich für so klug und geistreich hält zu meinen, er habe den Stein der Weisen gefunden und könne uns alles verklaren, der mag an seiner eigenen Schafigkeit zugrunde gehen.

Was mich betrifft: Ich spürte deutlich, der da oben hat seine Hand im Spiel. Wie sonst hätte ich mich gelenkt fühlen können? Nicht umsonst sagt man, die Liebe sei eine

Himmelsmacht, ein Geschenk Gottes, dem wir nicht ins Handwerk pfuschen können und dürfen. Aber selbst dieses Gottesgeschenk geht nicht ab ohne Kummer und Leid. Nein, andersherum: Kein Gottesgeschenk ist so mit Kummer und Leid beschwert wie ebendieses.

Endgültig stellte der Chor den Gesangsbetrieb ein, als im November 1847 Storms Schwester Helene starb, im Kindbett. Das Leben war ihr gar zu hart gewesen. Zu geschwächt war sie von den Seelen- und Körperleiden, die ihr schon vor der Verheiratung zu tragen aufgegeben worden waren. Die vielen Aderlässe hatten sie so geschwächt, dass sie dem Fieber im Wochenbett nichts mehr entgegensetzen konnte. Meine Mutter wachte bis zum letzten Atemzug an ihrer Seite, weil Mutter Lucie es nicht mehr schaffte. Nun will ich schlafen, das waren Helenes letzte Worte. Effendi Lorenzen, mit dem sie nur etwas mehr als ein Jahr verheiratet gewesen war, saß in abschließender Liebespflicht noch lange Hand in Hand mit ihr und redete auf sie ein, als wäre sie weiter in der Welt. Neben ihr lag das Kind in der Wiege, ein Mädchen. Trotz einer guten Amme überstand es eine Erkältung nicht und starb binnen kurzem hinterher.

Effendi Lorenzen war auf dem Hund, Helenes Bruder Emil kümmerte sich um ihn. Ihr Vater Johann Casimir hatte sein Lieblingskind verloren, war untröstlich und schloss sich ein in seiner Advokatenhöhle. Mutter Lucie verschwand in ihren Gemächern, um sich satt zu weinen. Storm konnte sich trösten, indem er zwei Gedichte schrieb mit der Überschrift «Einer Toten». Schwer genug, denn Helene war mit ihrer Klavierbegleitung seine große Stütze im Chor gewesen. Sie starb aber nicht so wie im Gedicht, sondern so, wie ich es hier erzählt habe. Mitte November wurde sie begraben, das Töchterlein eine Woche später.

Als die ersten schmerzlichen Eindrücke des Todes mehr schlecht als recht überwunden waren, luden Constanze und Storm meine Eltern zu einem Abendessen ein. Auch Storms Eltern und Effendi Lorenzen waren geladen. Man wollte sich wohl für den Beistand, den vor allem meine Mutter mit ihrer christlichen Nächstenliebe geleistet hatte, bedanken.

Storm hatte mir von dem Abendessen nichts verraten. Kein: Du kannst nicht kommen, weil. Kein Wort der Erklärung, gar nichts. Ich fühlte mich zum ersten Mal von ihm im Stich gelassen. Andererseits sagte mir meine Vernunft, dass meine Gegenwart eine Belastung für alle gewesen wäre. Ich wäre fehl am Platze gewesen, hätte Brisanz in die Trauerstimmung gebracht. Wer weiß, ob Constanze sich hätte beherrschen können. Wie viel wusste sie überhaupt? Was ging in ihr vor? Hatte Storm ihr etwa alles gebeichtet nach unserer Begegnung in der Taterkuhle? Oder hatte er nur einen kleinen Zipfel Wahrheit präsentiert, damit erst mal Ruhe war?

Eines aber wusste ich genau: Er würde sich da wunderbar geschickt herausmogeln mit seinem Charme und seiner Kunst, genug Licht und Wärme noch in die größte Finsternis zu schicken. Und Constanze würde ihn dafür bewundern und denken: Das ist mein Mann. Aber hatte sie nicht Storms Liebe unbeantwortet gelassen? Hatte sie ihm nicht Grund zur Eifersucht gegeben? Fragen über Fragen.

Ich stellte mir die Runde vor. Storms Mutter Lucie würde in ihrer überquellenden Art – seid alle getrost und guter Hoffnung – an eine glückliche Zukunft appellieren. Sein Vater Johann Casimir hatte wohl schon die Worte im Kopf, die er kurz vor seinem eigenen Tod sagen sollte: Was nun? Effendi Lorenzen würde nach dem Essen anfangen, in der sich allmählich lösenden Stimmung von Potsdam und Griechenland zu erzählen. Vielleicht würde er sogar seinen Fez aufsetzen, um die Runde ein wenig aufzuheitern. Meine Mutter würde diesen Satz sagen: Befiehl du deine Wege. Mein Vater würde zunächst schweigen, noch mehr als sonst, denn ihn drückten zunehmend Sorgen. Dann würde er zu Effendi Lorenzen sagen: Das Holzgeschäft ist nicht mehr das, was es einstmals gewesen.

Ich habe mir schon immer zu helfen gewusst. Anders als der Mensch, der im Tiefsinn versinkt, ging ich an den Deich und sah auf die Nordsee, um den Horizont abzusuchen und den Tiefsinn in die Wellen zu jagen. Wie oft ist da gar kein Horizont, wenn der Tiefsinn da ist. Wie oft klettert man also vergeblich auf den Deich, wird vom Wind angepustet und von der Nordsee unverrichteter Dinge wieder nach Hause geschickt. Iss Erde und sauge Gift, hörte ich mich sagen. Da ging ich hin in meinem Unglück. Ehe das Jahr verschienen ist, musst du –, weiter kam ich nicht, denn aus heiterem Himmel kam mir unsere alte Schneiderin Tante Marie in den Sinn.

Je t'ai attendue, sagte sie, als sie mir die Tür öffnete. Immer noch wohnte sie in der Beletage des Patrizierhauses vom alten Senator Jovers. Immer noch lebte Don Pedro, der Papagei, der mit seinen über hundert Jahren gleich hinter der Wohnungstür im Käfig auf einer Stange saß und jeden mit einem Negerliedchen aus Dänisch-Westindien begrüßte, das er wohl von jenseits des Meeres mitgebracht hatte. Und immer noch schrie er sein Kumm-röwer.

Nun aber schnell le thé.

Tante Marie servierte ihn in dünnwandigen, fast durchsichtigen Tassen. Sie hatte vor fünf Jahren einen entfernt verwandten Onkel beerbt, den kinderlosen Kolonialwarenhändler Ketel Ketelsen in Altona. Mit dem ihr unverhofft zugewachsenen Vermögen konnte sie nun ein geruhsames Leben führen. Sie frönte ihrer Porzellanleidenschaft, sammelte teures Geschirr aus China, England und Kopenhagen, entschädigte sich für alles, was Herr von Freysingk ihr angetan hatte.

Was für eine Benehmigkeit, sagte sie leise und mit wegwerfender Hand, räusperte sich und blickte in die unbestimmte Ferne, in die Herr von Freysingk entschwunden war.

Nur noch aus Anhänglichkeit gegenüber ihren alten Stammkunden nähte sie, und auch bloß dann, wenn Außergewöhnliches im Raume stand – ein Tauf-, Braut- oder Hochzeitskleid. Das Nähen von Totengewändern lehnte sie ab.

Ich habe das Gefühl, ich fliege auseinander, Tante Marie, sagte ich in die Teezeremonie hinein. Die Leute, die Leute. Was sagen bloß die Leute.

Jeder redet über jeden. So sind die Leute eben.

Und Storm ficht das alles gar nicht an.

Er ist Poet. Bei dieser Sorte Mensch geht's tiefer. Anmerken tust du ihnen nichts. Tante Marie sah mich mit erhobenen Augenbrauen an und griff sich an die Nase. Dann sagte sie klar und bestimmt: Mein Kind, nun will ich dir mal was sagen – von Schönheit fliegt man nicht auseinander, denn Schönheit hält zusammen.

So war sie. So legte sie einen Grund, auf dem ich stehen konnte. Wir verabredeten einen Jour fixe, jeden Dienstag ging ich fortan zu ihr zum Tee, trank mit ihr aus ihren teuren Tassen und hörte mir an, was sie zu Leben und Liebe sagte.

Sie hatte, wie man das oft bei alten Jungfern findet, die allerfeinsten Sinne für Liebessachen und wusste fast alles übers Leben.

Von Jour fixe zu Jour fixe wollte sie nun aber mehr und mehr über Herrn von Freysingk hören. So lang war es schon her, die Tanzschule, aber sie wollte wissen, wie es gewesen war mit ihm, was er gesagt und getan hatte. Ich revanchierte mich bei ihr mit meinem Gegentrost.

Er hatte seine Geige und seine Tochter dabei, sagte ich. Die war etwas älter als wir, er nannte sie Angélique.

Ja, Angélique, sagte Tante Marie.

Sie trug ein kurzes Seidenkleid, erzählte ich, und ihr dunkles Haar war voller Papilloten, die sie im Umkleidezimmer rasch abgewickelt hat. Sie tanzte vor. Große Ruhe und Sicherheit strahlte sie aus, und mit den Augen war sie im Nirgendwo. Wir haben ihr nachgetanzt, so gut wir konnten. Ich liebte die Polonaise und den Abklatschdreher, und sie zeigte uns, wo unsere Füße stehen und wie wir kreisen und uns wenden sollten. Der Reitertanz, bei dem sie einen mit Silber beschlagenen Holzstab wie die Zügel eines Pferdes mit beiden Händen vor sich hielt, war ihr solistisches Paradestück. Ja, von ihr haben wir gelernt, was Grazie ist. Unterhalten haben wir uns nicht mit ihr, sie hielt sich streng an ihren Vater.

Tante Marie nickte. Dann sagte sie: Angélique war eine bedeutende Tänzerin. Schon damals habe ich die Primaballerina in ihr gesehen. Das sagte sie mit Tränen in den Augen und einem verspäteten Blick in die Zukunft.

Das Tanzen, gab ich zu bedenken, war aber für uns nicht die Hauptsache in der Tanzstunde, sondern wir lernten auch, Komplimente zu machen und uns in Gesellschaften zu bewegen. Herr von Freysingk zeigte uns, wie man Gäste empfängt, wenn man als Hausherrin in der Mitte des Saales steht. Und wie man als Gast den Saal betritt, zeigte er uns auch, erst mit einer halbtiefen Verbeugung beim Eintreten, dann mit einer ganz tiefen Verbeugung vor der empfangenden Dame. Und wir lernten den genauen Blick, immer freundlich und geradeaus, offen und ehrlich, so sollten wir kucken.

Ja, das konnte er, der Filou, der Unglücksmensch. Ach, was soll ich sagen, lamentierte Tante Marie.

Wir lernten bei ihm außerdem das Teetrinken. Er konnte aber unausstehlich werden, wenn wir Tee verschütteten und die Tasse in einem Teesee stand. Überhaupt war er streng.

Ja, er konnte richtig fünsch werden. Ja, das konnte er, sagte Tante Marie und seufzte.

Ihr Wohnzimmer, auch Tante Marie selber, hatte den Duft der Gardinen angenommen, die durchsichtigen Fenstervorhänge waren von der Gardinenwäscherin frisch gewaschen worden. Die dünnwandigen teuren Tassen standen geleert vor uns, die süßen Kekse von Bäcker Rothgordt in der Wasserreihe hatten wir aufgegessen. Ich wischte mir noch einen Krümel von der Oberlippe und stand schon auf, um mich zu verabschieden.

Da sagte Tante Marie: Der Himmel ist dein Dach, die Welt ist dein Haus. Auf Französisch fügte sie hinzu: Surtout pas trop de zèle!

Nur kein blinder Eifer, diese Worte begleiteten mich auf dem Nachhauseweg. Wenn ich es recht bedenke: Es sind für mich Lebensworte geworden.

Meine Vergangenheit war wie ein Kartenhaus über mir zusammengefallen. Ich bedachte die Zukunft, von der ich nichts wusste. Die Sonne schien noch mit letzten Strahlen auf den Markt. Man ist doch gleich ein anderer Mensch, wenn die Sonne auch nur wenig scheint. Hatte Tante Marie sich nicht gerade in diesem Sinne geäußert und mir Stärkung gegeben? Trotzdem grüßte ich in niemandes Gesicht, musste ich doch mit meinen Kräften sparsam umgehen.

In Gedanken ließ ich mich von Anker Erichsen in der Schaukel schaukeln, die in seinem Apfelbaum hing. Er schubste mich an und sprach beim ersten Schubs: Finde nie. Beim zweiten: deine Lust. Beim dritten: im Vergangenen. Beim vierten Schubs rief er: Dann wirst du. Beim fünften: immer wohlgemut. Beim sechsten: und nie missmutig sein! Ja, das wollte ich: nicht im Sterblichen meine Lust finden, sondern – warte mal. Es würde sich schon finden.

# Schwarz, Rot, Gold

Eine Woche vor Weihnachten 1847 fiel Schnee. Als wäre er aus dunkelblauer Tinte, so lag der Abendhimmel und leuchtete in die Fenster. Das Gesicht meines Vaters war in diesem Licht noch blasser als sonst. Dann regnete es, das Gesicht meines Vaters wurde regengrau. Seine Sorgenfalten standen ihm tief eingegraben auf der Stirn.

Am nächsten Morgen bat er Asmus Paulsen, unseren Kutscher, in sein Kontor.

Er habe ihm zu danken für jahrelanges treues Dienen. Wir Jensens müssten den Gürtel enger schnallen.

Schweigen.

An Michaelis, zur Flüttezeit, bis dahin ist ja noch was Zeit –

Da unterbrach ihn Asmus, der ewig Gutmütige, und sagte, er habe sowieso die Absicht gehabt, in seine Heimat, also nach Solsbüll, zurückzukehren; einer der tausend Hügel dort werde nämlich sein Grabhügel sein. Er habe den Hof seiner Eltern, Großeltern und weiteren Vorfahren zu übernehmen, also sei er es, der sich zu bedanken habe. Worte, die ihm sonst fehlten, sprach er aus dem Herzen ins Kontor, und an Vater sah er vorbei.

Mein Vater stand mit Tränen in den Augen auf und gab ihm die Hand.

Meine Mutter erledigte ihre Weihnachtsgeschäfte gehorsam, still und pünktlich – noch pünktlicher, noch stiller, noch gehorsamer als sonst. Ihr Mund war fest verschlossen. Wenn sie die Lippen aufeinanderpresste und mit ihrem Hm-hm-hm auf mich zielte, dann wusste ich, was die Stunde geschlagen hatte.

Das Wetter besserte sich. Freundliche Wolken zogen über unser Dach, über Schloss und Schlossgarten. Die Dezembersonne beschien Meer und Deich, Land und Stadt, Markt und Straßen und unser Haus. Auch ich und meine Kammer mit dem Fenster zur Norderstraße bekamen ihren Teil davon. Ich häkelte für Constanze zwei Telleruntersätze und bestickte sie jeweils mit «Husum» und «Segeberg». Für Storm nähte ich bunte Perlen an eine Geldbörse aus weichem Leder.

Ihn selber sah ich nicht in dieser Vorweihnachtszeit. Drei Tage vor Heiligabend hörte ich ihn aber von der Küche aus, wo ich das Teewasser aufsetzte und meine Ohren spitzte. Ich dachte an sein weiches Haar, seine Unterarme, seine Hände. Wie üblich brachte er meinem Vater Biernatzkis neues Volksbuch, diesmal war es das vom Schaltjahr 1848. Abgedruckt waren seine kleine Novelle «Marthe und ihre Uhr» sowie sein Herbstgedicht von den Störchen und den Pyramiden. Den Tee und die braunen Kuchen servierte meine Mutter.

Mein Vater berichtete vom schwerer und schwerer werdenden Holzgeschäft.

Storm bot juristischen Beistand an. Natürlich für einen Gotteslohn, sagte er und brachte meinen Vater damit zum Lachen.

Das gerade aus deinem Mund!

Storm lobte noch Mutters braune Kuchen. Dieses Mal weit

über dem Durchschnitt und so anders als bei uns in der Neustadt, sagte er.

Da wohnt Constanze, dachte ich, da backt Constanze ihre braunen Kuchen. Sein Charme entlockte auch Mutter ein freundliches Lachen. Ich verschwand nach oben, in meine Kammer.

Einen Tag vor Heiligabend klopfte ich nachmittags bei den Storms in der Neustadt an. Constanze öffnete.

Ach, unsere Doris, sagte sie. Komm herein, wir haben dich schon erwartet. Trinken wir einen Tee? Theodor arbeitet noch.

So habe ich das nicht gemeint, sagte ich. Ich wollte euch nur –

Ich weiß, unterbrach sie mich. Du wolltest den Weihnachtsbesuch machen und die Geschenke bringen.

Ja, so ist es wohl.

Wie reizend, sagte Constanze.

Wir saßen eine halbe Stunde beim Tee. Der Teekessel sauste. Theodor ließ sich nicht blicken. Sein nervöser Magen hatte ihm das übliche Magenübel bereitet. Hafersuppe oder Sago, das half.

Er ist fast wieder auf dem Damm, sagte Constanze. Jetzt hat er gerade was sehr Wichtiges.

Ich habe Vater und Mutter versprochen – ich verstummte. Meine Geschenke lagen auf dem Teetisch, aber wo hatte ich meine Gedanken? Schnell brach ich auf, musste meinen Mantel nicht anziehen, weil ich ihn nicht ausgezogen hatte. Grüß Theodor, sagte ich noch.

Wir sind morgen in der Hohlen Gasse, sagte Constanze.

Ich bin morgen mit Vater und Mutter allein zu Hause, antwortete ich. Rieke feiert in Flensburg, Friedrich wieder in Joachimsthal.

Fröhliche Weihnachten, Doris, sagte Constanze in der Haustür mit ihrer verhexten Freundlichkeit.

Fröhliche Weihnachten, Constanze.

Wir gaben uns zum Abschied die Hand, sahen uns in die Augen, sagten weiter nichts. Sie war die Ehefrau, welch schweres Amt für sie! Ich war nur die Geliebte, und das war, Gott steh mir bei, auch ein schweres Amt!

Öde, trostlose Wochen folgten. Es stand schlecht um das Vaterland. Am 20. Januar starb Christian VIII., der dänische König. Nun wollte Dänemark unser Herzogtum unter eine gemeinsame Verfassung bringen. Das konnte niemals die Absicht unseres geliebten Königs gewesen sein. Er hatte gewusst: Die Stimmung hier ist deutsch. Schwarz, Rot, Gold / O Farben hold / Du heilig hohe Dreiheit, so sangen die Unseren und nannten die dänisch Gesinnten «Danomanenclique» – ein Schimpfwort, das schon überall die Runde machte. Unsere Zeitung hieß nur noch «Husumer Wochenblatt», der Zusatz «Mit königlichem Privilegio» war gestrichen worden. Der neue König Friedrich VII. wurde schlechterdings «König» genannt und nicht mehr «Seine Majestät der König». Die Rubrik «Aus den Herzogtümern» war nun mit «Aus Schleswig-Holstein» überschrieben.

Man hätte auf Tante Maries Worte hören sollen: Surtout pas trop de zèle. Man tat es nicht, und der Krieg fing an. Freiwillige wurden in dieser auch für mich so unheilvollen Zeit von den Dänen schlimm geschlagen – grüne Jungs, Studenten und Turner, keine Soldaten. Die Verlustlisten der schleswig-holsteinischen Armee standen im Wochenblatt: verwundet, vermisst, tot. Wie es im Krieg so geht: Die Grobbäcker erhöhten ihre Preise, weil die Feuerung teurer geworden war. Unser Arzt Dr. Wülfke sammelte für den patriotischen Hülfsverein geschlissenes Leinen und alte Betttücher, aus denen man Binden und Kompressen fertigte. Gebraucht wurden Flanell und Scharpie als Wundverbandsmaterial, außerdem Wachstücher, die nicht gerade neu zu sein brauchten, als Unterlage in Betten, damit Flüssigkeiten aus Wunden nicht durchsickerten. Aber eines schönen Tages wehte der Danebrog vom Turm der Marienkirche, was uns empörte und die Stimmung weiter aufheizte. Uns war, als säßen wir in einem Strickbeutel, der immer fester zugezogen wird.

Mein verehrter Lehrer Sahr verzog mit seiner Familie nach Kappeln. Er hatte den Husumer Männergesangverein geleitet, Storm hatte gern mit ihm zusammengearbeitet. Wieder ein Guter weniger. Warum musste er gehen? Waren etwa die Dänen schuld? Ich vermisste den Hegereiter und sein Haus. Gern hätte ich dort mal wieder in den Spiegel gesehen, der einen tiefer blicken ließ.

# Alles muss
# seine Ordnung haben

Ach, werden wir jemals wieder einen Sommer haben? Diese Frage tauchte nun immer wieder in mir auf. In Storm anscheinend nicht. Man hat auch so seine stillen Amüsements, schrieb er in diesen Wochen an seinen Freund Mommsen. Was und wen meinte er damit? Das Amüsement mit mir? War das eine von seinen sonderbaren Rücksichtslosigkeiten? Natürlich wusste ich damals nichts davon.

Rastlos und verrückt hatte das Gerücht fortgewirkt. Das Gerücht? Hat es je ein Gerücht gegeben, das der Wahrheit entsprach? So konnte und durfte es nicht weitergehen. Selbst ich begriff das. Ich sollte ausheimisch werden und wollte nicht, bereitete mich aber innerlich langsam auf das Kommende vor. Geradität, so appellierte ich an meine gute Kinderstube und an den Schliff von Madame Frisé. Aber hatte ich jemals so krumm und verbogen dagestanden wie in diesen Wochen?

Ich stattete Tante Marie erneut einen Besuch ab, sie sollte mir wieder einmal Stütze sein.

Jetzt ist deine Zeit, und sie endet nie. Du bist stark, denk an dein Leben, sagte sie.

Mein Leben?

Ja, was denn sonst. Schreibe mir, Doris, ich werde mich über jede Silbe recht herzendlich freuen.

Damit entließ sie mich, und ich dachte: Kein Wort auf Französisch, mein Schicksal hat ihr das Französisch ausgetrieben.

Und dann wurde Constanze schwanger. Als sie im dritten Monat war, erfuhren wir davon. Für mich ein Schock, ein Schlag ins Gesicht, aber es war ja zu erwarten gewesen. Obwohl. Hatte ich nicht im Stillen auf ein eigenes Kind gehofft?

Eines Abends im April 1848, es war nach der verlorenen Schlacht bei Bau, trafen sich unsere Väter in einer der vielen Husumer Kellerkneipen. Bei einem Glas Punsch steckten sie die Köpfe zusammen. Lange diskutierten sie nicht, denn alles war klar: Sie muss weg. Er darf nicht weg. Sie darf nicht hierbleiben. Er muss hierbleiben. Seine Familie, sein Amt, sein Ruf als Anwalt fordern das. Ich hatte keine Wahl, ich hatte zu schlucken. Es waren die Väter, die bestimmten.

Das ist alles ungut, sagte mein Vater, der ein weiches Wesen hatte.

Die Sache ist nicht länger tragbar, sagte Johann Casimir.

Sie ist ein anständiges Mädchen!

Alles muss seine Ordnung haben. Auch das Anständige.

Das ist wohl so. Aber sie ist doch meine Tochter.

Tut nichts, die Dame wird verbannt, sagte Vater Storm in seiner gewohnten rabiaten Art.

Als ich abends im Bett lag, kam jemand in mein Zimmer – ganz leise, als dürfe er es nicht. Ich blinzelte, und da sah ich, dass es mein Vater war. Er dachte, ich schliefe, und ich tat auch so. Vorsichtig setzte er sich an mein Bett und sah mich immerfort an, seufzte, wie wenn ihm ein großer Stein auf der Brust läge, ging wieder hinaus, langsam und müde.

Am nächsten Morgen rief er mich in sein Arbeitszimmer und war so gut zu mir, wie er noch niemals zu mir gewesen war und wie auch Väter nie zu ihren Söhnen sind. Er strich mir über den Kopf und zog mich ganz dicht an sich heran, sagte dann mit einer merkwürdig gebrochenen Stimme, mit Räuspern und Hand-vorm-Mund und gesenktem Blick: Das geht nicht ...

Da war ich es, die den Kopf senkte. Ich sah nichts und hörte auch nicht, wie mein Vater aufstand und das Zimmer verließ.

Auch meinen Storm sah ich nicht. Er saß zu Hause und dichtete sein Gedicht «Die Stunde schlug»:

> O fasse Mut, und fliehe nicht,
> Bevor wir ganz getrunken!

Das waren zwei Verse, die aus einer unserer Liebesbegegnungen hervorgegangen waren. Er hatte es gut, er durfte dichten. Ich musste gehen, er nicht.

Diesen Frühling erlebte ich nur schemenhaft. Weiß von Maiglöckchen lag der Rasen. Gelb von Löwenzahn lag der Schlossgarten. Viel mehr Frühling kriegte ich nicht in die Augen und weiter ins Herz.

Vater sagte: Wir müssen jetzt alle tapfer sein. Es ist gut für uns alle, auch für dich ist es das Beste, mein Kind. Dann sagte er: Ich hab was für dich, und legte eine Holzschachtel auf den Tisch.

Für mich?

Ja, für dich.

Ich nahm die Schachtel in die Hand. Sie war schwer. Ich klappte den Schließhaken um und hob den Deckel. Da sah ich ein neues, modernes französisches Wetterglas, konstruiert von Lucien Vidie, Vater hatte es sich aus Frankreich schicken lassen.

Wertvoll, wertvoll, sagte Vater. Du wirst es während deiner Zeit da draußen im Lande, wie er sich ausdrückte, vielleicht brauchen können und schätzen lernen.

In den Tagen darauf machte ich zwei Abschiedsbesuche, mehr brachte ich nicht fertig. Zuerst war ich bei Cile in der Hohlen Gasse. Sie wusste es bereits.

Ich weiß gar nicht, was ich sagen soll, sagte sie. Mir geht es gerade nur schlecht. Sie war nicht mehr blass im Gesicht, sondern rot.

Du glühst ja, sagte ich.

Ich merke aber nichts. Ach, Doris, wenn du unterwegs bist, dann lege ein gutes Wort beim lieben Gott für mich ein und überall da, wo du sonst Gelegenheit hast.

Ich versprach es. Keine Umarmung. Wie sollte diese feuerrote Magerkrähe mich in den Arm nehmen? Wie sollte ich sie umarmen können? Als ich mich abwendete, um die Steintreppe hinunterzugehen, kamen mir endlich die Tränen, weil ich hätte sagen wollen: Bete du lieber für mich.

Dann besuchte ich Tante Marie. Don Pedro, der Papagei, sagte wie üblich: Kumm röwer. Er wusste also noch nichts. Auch Tante Marie wusste noch nichts.

Ja, mein Kind, was soll ich sagen. Ich glaube, es ist wirklich das Beste für dich. Sie nahm mich in den Arm. Es ist doch alles …

Endlich nahm mich jemand in den Arm. Hier konnte ich in aller Ruhe weinen. Ich roch ihr Kölnisch Wasser. Sie führte mich zum frisch gepolsterten, mit geblümtem englischem Stoff bezogenen Ohrensessel. Dann trank ich ihren köstlichen englischen Tee in einer der dünnwandigen Tassen, die ich nicht fallen ließ, sondern auf die Untertasse setzte, um weiter zu weinen.

Hör mal, sagte sie. Ich werde immer für dich da sein. Du kannst mich jederzeit – ach, du. Die kommenden Jahre sind schnell vorbei. Die Zukunft eilt sehr, so ist das mit der Zeit. Ernst und mit Sorgemiene im Gesicht fügte sie hinzu: La vie est un combat. Du bist noch jung, und du bist eine Kämpferin.

Ach, bin ich nicht.

Man sieht es dir nur nicht an.

Tante Marie musste es wissen, hatte sie selber doch mit einem schweren Schicksal zu kämpfen gehabt.

# Der Abschied

Dann, eines Morgens im Mai, war es so weit. Am Abend zuvor waren dicke Hagelkörner gefallen, die Maisonne hatte davon nichts übrig gelassen. Thomas kam mit den beiden Rappen vorm Wiener Wagen aus der Hohlen Gasse. Vater und er trugen meine Aussteuertruhe mit Kleidern, Bettwäsche und Porzellan, auch eine Hutschachtel von Lisette Israel war dabei. Vorsicht, Porzellan, sagte Vater zu Thomas, dann setzten sie das gute Stück auf den hinteren Gepäckträger und banden es mit drei Lederriemen fest. Mutter stand neben der Haustür mit ihren Händen unter der Schürze, die Lippen fest aufeinander. Nun musste sie doch weinen. Ich sah Tränen über den Mund laufen, weiter übers Kinn, und von da tropften sie auf die Erde. Die Gottesdienste, die sie besucht hatte, hatten nichts genützt.

Inzwischen wusste jeder Bescheid. Die Dame wird verbannt, so hieß es, schien mir, in ganz Husum. Mir aber war, als geschähe mir großes Unrecht. Wo war Storm? Hatte er mir nicht alles eingebrockt? In meiner Handtasche lag schön schwer das Abschiedsgeschenk meines Vaters. Wenigstens ein kleiner Trost, dachte ich.

In Segeberg bist du auch politisch besser aufgehoben, sagte mein Vater jetzt.

Ja, Holstein war weiter weg von Dänemark als Schleswig. Politisch, politisch – was interessierte mich das schon, wenn mich die Liebe regierte.

Storm hatte mich in einem Brief bei seinem Schwiegervater Ernst Esmarch angekündigt: Doris ist sehr wohl und rüstet eifrig ihre Reisegarderobe. Dieses nette Jensen-Kind wird euch eine Freude sein.

Ungeheuerlich, dass man mich ausgerechnet zu Constanzes Eltern bringen würde. Es sei nur Durchgangsstation, hatte mein Vater gesagt. Praktische Erwägungen hätten den Ausschlag gegeben, denn man habe schon die Fühler ausgestreckt. Thomas, fahr bloß schnell los, das dachte ich, damit ich schnell wegkam und nicht weinen musste. Ich musste dann aber doch weinen, weil es dauerte.

Als die Kutsche losfuhr, winkte mir niemand, keiner wollte mein Elend sehen. Ich wollte auch das Elend der anderen nicht sehen. Eine Gestalt aber lief dahinten im Garten um die Kinderbank und um den Apfelbaum herum, fahrig, dünnes Haar, schlotternde Hose, Unterarme, Hände. Umschlang den Apfelbaum. Später schrieb mir Storm, das sei er gewesen. Er habe sich noch ins Gras geworfen und gedacht: Hoffentlich hat sie das Tagebuch mitgenommen.

Und Constanze, tanzte sie in der Neustadt durch Haus und Hof? Stieß sie ein Siegesgeheul hervor? Nein, sicher nicht, das hätte ihr nicht gestanden. Ich sah sie stumm in ihrer Küche sitzen mit Steingesicht und mit gefalteten Händen über dem schwellenden Bauch.

Ich weiß nicht mehr, ob ich allein im Wagen saß. Großmutter Mummy neben mir? Meinetwegen, aber sie war doch schon tot! Sie saß trotzdem neben mir. Wohl stellvertretend für Tante Marie, deren letzter Trost mir nicht alle Last von der Seele genommen hatte. Das Leben ist ein Kampf, darauf hatte sie gezielt. Hüte dich vor der Verwilderung des Geistes und des Herzens, hatte sie mir noch hinterhergerufen.

Ach, Großmutter, ich fühle mich so schwach und unnütz. Das Leben ist so ungerecht.

Das fühlst du nur, Doris. Die Zeit heilt Wunden.

Glaube ich nicht.

So ist es aber. Werde mir bloß nicht schmal und blass.

Blass und schmal, das war ich schon. Auf meine Geradität aber ließ ich nichts kommen, daran durfte Großmutter Mummy niemals zweifeln. Tatsächlich, es war noch so etwas wie Stolz in mir.

*Zwei*

# Segeberg

In Rendsburg setzte mich Thomas am Bahnhof ab. Der Zug nach Neumünster ging um vierzehn Uhr. Wiedersehen, Thomas. Der musste noch die Pferde ausspannen und füttern und die Truhe zur Gepäckabfertigung bringen.

Von Storm hatte ich eine Anweisung zu beachten: Geh nicht auf die Gleise, es ist so außerordentlich gefährlich, ich wäre neulich beinahe überfahren worden. Er hatte mich auch gewarnt vor den Neumünster'schen Gasthofshöhlen: Bloß da nicht hineingehen, wenn du dort bist. Im Übrigen brauchst du ein Damenabteil.

Ich saß dann tatsächlich in einem Damenabteil, fühlte mich nach den Stunden mit Pferd und Wagen wie gerädert. Aber immer noch besser als diese engen Coupés, die Storm für junge Damen ungeeignet fand. Er hegte die Befürchtung, eine Frau könnte den Blicken eines Mannes ausgesetzt sein, davor müsse sie sich in Acht nehmen. Nein, du musst unbedingt in ein passliches Damencoupé, so hatte er mich ermahnt. Mantel und Plaid also lang über die Knie, das von Schwester Friederike überreichte Ohrkissen an meinem Ohr.

Halte und heb mich, lieber Gott. Jetzt verlangte es mich doch nach meinem Barometer. Ich nahm es aus dem Kästchen und klopfte dreimal an das Glas. Der Zeiger tendierte nach Bon Temps – zumindest darüber konnte ich mich freuen.

Von der Nichtigkeit des Irdischen wollte ich mich nicht unterkriegen lassen. Doris, dafür hast du schon viel zu viel erlebt. Die Aussicht auf ein Nichts aus Rauch und Staub ließ ich nicht gelten, sie ist mir nach wie vor zu trostlos. Sollte mein Ende etwa Dunkelheit und Leere sein?

Ich wollte ein Leben voller Licht. Dahinein legte ich die Hoffnung, daran glaubte ich, und davon wollte ich mir nichts abhandeln lassen. Freilich wollte ich auch gehorsam sein und bleiben, wo der Herrgott mich hingesetzt hatte. Dankbar sein auf meinem Lebensstuhl, nicht mehr, nicht weniger. Storm hin, Storm her.

Die Anspannung und Erschöpfung forderten ihren Tribut. Kaum war eine Viertelstunde Fahrt vergangen, da fielen mir die Augen zu. Diese klappernden und schlagenden Eisenräder unter mir und diese rasende Schnelligkeit – wer begreift das schon. Sie fuhren mich in einen Traum, der sich wie eine Glasglocke über die holsteinische Landschaft legte und Rendsburg und Segeberg mit einschloss.

Wer Träume kennt, meint, ein Traum reiche nur sehr entfernt an die Wirklichkeit heran. Andererseits wurde mir im Laufe meines Lebens klar, dass alles wie ein Traum ist und nur geschriebene Dinge die Möglichkeit haben, wirklich zu sein. Manchmal verbiegt ein Traum die Wirklichkeit um ein Gewaltiges. Verbiegt er dabei auch die Wahrheit? Nein, die Wahrheit lässt sich nicht verbiegen, aber nicht alle Menschen wissen das.

(Mai 1848, Tagebuch) Heute habe ich während der Zugfahrt etwas Unseliges geträumt. Es fing an mit einem schönen

Wunsch, der in Erfüllung ging: Ich war schwanger, hatte einen dicken Bauch. Zwar plagten mich Sodbrennen und andere Schwangerschaftsbeschwerden, aber lieben, schwanger werden und ein Kind zur Welt bringen, das war für mich die Ewigkeit. Die umwehte mich jetzt. Seltsam: Auch von der Ewigkeit kann dir ein Traum das komplette Ganze einträufeln.

Bist du Erstgebärende?, fragte mich die Oberhebamme.

Sie duzte mich? Sah ich etwa aus wie ein Kind? Sie war meiner Mutter wie aus dem Gesicht geschnitten und ließ ein Hm-hm-hm vernehmen.

Erwartungsfroh, aber auch ein wenig besorgt, blickte ich dem Geburtsgeschehen entgegen. Ein Kind in mir, das zappelte und trat – dieses Auf und Ab des Bauches, dieses Wulsten und Schrumpfen, dieses Ziehen und Krampfen waren die Wehen.

Wenig später kam ein Junge zur Welt, über und über besudelt mit Kindspech. Wir nannten ihn Johannes.

Unser Kind, Theodor, sagte ich.

Storm hielt mir die Hand. Wie tapfer du warst, Kindchen, sagte er und streichelte meine kleinen weißen Hände.

Genau neun Monate waren vergangen, seitdem wir in der Freudenkammer des herzoglichen Lusthauses im Immenstedter Forst beisammen gewesen waren.

Die Sturzgeburt war die Sensation in den ehrwürdigen Hallen der Entbindungsanstalt, die eigentlich das Segeberger Rathaus war. Über dem Dach kreuzten Schwalben durch die Mailuft. Die Söhne des Bürgermeisters versuchten, diese Jäger der Lüfte mit Lehmkugeln aus dem Pusterohr totzuschießen. Es gelang ihnen aber nicht.

Wo ist Constanze?, fragte ich mich. Nur ihr Vater war zu

sehen mit außergewöhnlich breiten und übertrieben schwarzen Augenbrauen.

Da nahm ich das Kind und rannte weg, hinaus aus der Entbindungsanstalt, die das Segeberger Rathaus war. Ich rannte und rannte und blieb erst stehen am Ufer eines Sees. Er lag im Sonnensilber, die Glocken der Segeberger Kirche läuteten, und unser Johannes, der jetzt ein schöner blasser Knabe war, stand am Ufer und trällerte ein Lied:

> Die Unterirdischen, die mich necken,
> die Unterirdischen, die mich wecken,
> die Unterirdischen in ihrem Verlies
> locken mich ins Paradies.

Da färbte sich der See zigeunerblutrot, und die Unterirdischen zogen Johannes in den See. Wir Eltern hörten und sahen alles und ließen es geschehen. Warum? Wir liebten uns gerade, wir hatten das schon oft getan. Jetzt war Johannes tot.

Man holte ihn aus dem See, er hatte eine weiße Wasserlilie im Mund, das war der Bescheid: Euer Sohn ist bei den Unterirdischen angekommen.

Man fuhr mich an den Rand der Welt. Ich saß zwischen zwei Scharfrichtern, die mich von Amts wegen aus vollem Herzen hassten. Sie hat ihr Kind ertrinken lassen, sagte der eine zum anderen, und beide prüften wie auf Kommando mit der Daumenspitze, wie scharf die Klingen ihrer Schwerter waren. Zu meiner Schuld, ein uneheliches Kind zu haben, hatte sich eine weitere Schuld gesellt. Im schwachen Schein des zunehmenden Mondes wurde das Urteil verlesen: Die Beschuldigte sei des Landes auf ewig zu verweisen. Sie solle auf das Schwert beider Scharfrichter schwören, die Herzogtümer Schleswig und Holstein nie wieder zu betreten. Ja, mit Gottes Hilfe.

Erst jetzt erkannte ich, wer die beiden Scharfrichter waren.

Anhalten und absitzen, befahl Scharfrichter Johann Casimir Storm.

Er stieg vom Wagen, Scharfrichter Ernst Esmarch stieg mit mir hinterher. Dann, auf einer Brücke, unten rauschte ein unbekannter Fluss, tat ich unter Tränen meinen Schwur.

SCHARFRICHTER STORM Frau Wandersmann, steh sie noch ein wenig still an diesem Ort.

SCHARFRICHTER ESMARCH Bet sie ein Vaterunser und setz dann ihre Reise fort.

Als ich wieder erwachte, zitterte ich am ganzen Körper. Sagen wir mal so: Das eigene Herz ist ein strenger Richter, der Traum hatte mir das gezeigt. Ich hätte am See besser aufpassen müssen, die Unterirdischen hätten meinen Sohn nicht kriegen dürfen. Als Frau und Mutter hatte ich versagt. (Ende Tagebuch)

Es gab aber noch eine weitere Lehre: Der Mann bleibt unbescholten, blickt er doch mehr in die Weite und übersieht dabei manches. Weder gebührte Storm die Anklagebank, noch gehörte er verbannt. Schon gar nicht musste er aufs Schwert schwören. Ich sage das aus der Distanz eines langen Menschenlebens. Und nebenbei: Er war verheiratet und hatte für eine größer werdende Familie zu sorgen, musste sich noch festigen in seinem Ruf als aufstrebender Husumer Advokat. Wer, wenn nicht ich, hätte das alles sehen und begreifen sollen.

Der Zug erreichte Neumünster, ich stieg aus und blinzelte in die Sonne. Die Esmarchs hatten Fuhrmann Kehr geschickt.

Sie sind Mamsell Jensen?, so kam er auf mich zu und begrüßte mich. Er packte meine Aussteuertruhe und verlud sie, die Fahrt nach Segeberg dauerte vier Stunden.

Ernst Esmarch, Storms Schwiegervater, war ein wichtiger Mann in Segeberg, das wusste ich. Als Bürgermeister stellte er etwas dar, und als Jurist hatte er sich in den Herzogtümern und bei der dänischen Obrigkeit einen Namen gemacht. Er kam aus einer gebildeten und angesehenen Familie, sein Vater Hieronymus war Mitglied des Göttinger Hainbundes gewesen und befreundet mit Johann Heinrich Voß, dem Homer-Übersetzer aus Eutin.

Begrüßt haben mich in Segeberg aber zuerst die Schwalben, die um das Bürgermeisterhaus herumflogen, und drei quirlige Esmarch-Kinder, die vor dem Haus spielten: die Töchter Lotte, Phiete und Lolo. Ich sah darin ein günstiges Omen.

Das Bürgermeisterhaus, das noch heute steht, ist ein doppelstöckiger, großer weißer Kasten. In der oberen Etage befindet sich der Rathaussaal mit dem Kronleuchter, unter dem Storm und Constanze getraut wurden. Als ich die Treppe zum Eingang hochstieg, öffnete sich die Tür, und Elsabe Esmarch, Constanzes Mutter, lächelte mich vielsagend an.

Sie musste früher eine schöne Frau gewesen sein, bei ihr entdeckte ich viel Ähnlichkeit mit Storms Mutter Lucie: weiches Gesicht, schmale Lippen, gute Augen und Mittelscheitel, das war Storms Lieblingstante Elsabe, sie hatte zehn Kinder zur Welt gebracht. Sie gab mir die Hand und hieß mich willkommen:

Wir wollen uns doch gegenseitig das Leben nicht schwer machen, Mamsell Jensen, sagte sie.

Vielen Dank, dass ich kommen darf, sagte ich.

Was wussten die Esmarchs von mir? Ich fragte nichts, das hatte ich mir vorgenommen. Auch die Esmarchs fragten nichts, sie behandelten mich aber freundlich. War das echt? Ich war mir sicher: Sie wussten alles. Vater Storm wird seinem alten Freund doch alles mit der gebotenen Deutlichkeit zur Kenntnis gebracht haben, glaubte ich. Waren die beiden nicht am Ende in meinem Traum aufgetaucht, hatten sie mich nicht brutal der Stadt und des Landes verwiesen?

(Juni 1848, Tagebuch) Bei Mutter Elsabe liegen Lachen und Weinen nahe beieinander. Vater Ernst macht immer gute Miene, trägt stets ein Lächeln im Gesicht. Er ist sehr ausgeglichen und verlässlich. Von beiden höre ich kein böses Wort.

Ich helfe hier im Haushalt. Letzten Sonntag bin ich nach dem Gottesdienst allein zum Ihlsee gegangen, habe ihn einmal umrundet. Meine Tage bei den Esmarchs waren auf unbestimmte Zeit berechnet, doch gestern kam Post von zu Hause. Vater schrieb: Wir halten in Liebe an dir fest. Mutter fügte an: Liebes Kind, es muss gegangen sein. Man hat einen Platz für dich gefunden, in Grubendorf soll Pastor Plagemann dich in seine Obhut nehmen. Wir Eltern zahlen für dich das Kostgeld. (Ende Tagebuch)

# Grubendorf

Monate waren vergangen. Wenn ich mir nicht so manches eingebläut hätte, wie anders hätte ich die folgende schwere Zeit überstehen können. Man hatte mich zwar in die Fremde geschickt, aber ich fühlte mich nicht alleingelassen. Von Husum aus hielten meine Eltern ihre Hand über mich. Was macht wohl unsere Doris, fragten sie sich abends vor dem Einschlafen. Storms Vater Johann Casimir und seine Mutter Lucie bestanden weiterhin darauf: Es musste sein, es ist für uns alle das Beste. Also war es wohl auch für mich das Beste. Lucie schmückte das womöglich noch aus: Wollen wir doch alle guten Mutes sein und nicht die Hoffnung verlieren.

Von Cile sah und hörte ich nichts. Hatte sie sich in Luft aufgelöst? War sie ein nichts wiegender Luftgeist geworden oder mit zarten, durchsichtigen Flügeln als Elfe auf dem Weg in den Himmel? Constanze stillte in aller Ruhe ihr Kind, das Ende 1848 zur Welt gekommen war, Hans, sie würde ihn noch lange stillen. Und Storm? Er hüllte sich in Schweigen, kein Brief, kein Gruß, der mich von ihm erreichte. Ich vertraute fest darauf, dass die Stunde der Wiedervereinigung schlagen würde, er hatte es mir versprochen. Er brauchte Muße und Zeit fürs Dichten und Denken, Dichter brauchen Ruhe und Einsamkeit, sonst sieht's mit dem Dichten man was kümmerlich aus. Mit seinem «Oktoberlied» – der Nebel steigt, es fällt das Laub – hatte er gerade vierundzwanzig unsterbliche Verse geschaffen, davon wusste ich aber noch nichts.

Tante Marie sah ich in ihrem geblümten Sessel sitzen, Tee trinkend aus einer der dünnwandigen Tassen. Auf ihrem Schoß lag ein Schneidebrett aus der Küche, auf dem Schneidebrett lag Briefpapier, auf der Kommode standen Tinte und ein Federhalter mit einer neuen Stahlfeder vom Hamburger Stahlfederproduzenten Niemeyer. Damit schrieb sie mir einen Brief an meine neue Adresse: Pastor Petrus Plagemann in Grubendorf bei Lübeck. Wenn du deine Strumpf und Kleider selber flicken kannst, so dinge keinen Schneider, das war ihre allerneueste praktische Empfehlung.

Hier, bei den Plagemanns, waltete ein strenger Tagesablauf. Um sechs Uhr aufstehen, um sieben Uhr dreißig Andacht und Ermahnung, um zwölf Uhr Andacht und Mittagessen, abends um acht Andacht mit Gesang und Generalbuße für die Sünden des verflossenen Tages. Ich konnte mich nur schwer an den Zeitplan gewöhnen. Manchmal kam ich zu spät zur Andacht, manchmal zu spät zur Generalbuße. Ich weiß selber nicht, warum, aber es war so.

Ich hatte in Haus und Hof zu wirtschaften. Sonntags durfte ich meine Hände in den Schoß legen, sonst gab es heidenmäßig viel zu tun. Jeden Tag mit dem Leuwagen über den Fußboden, dann feudeln und Staub wischen, einmal in der Woche große Wäsche, Wäsche aufhängen, abnehmen, legen, bügeln. Im Sommer harkte ich ein Zickzackmuster auf den Hof, im Winter 1849/50 schaufelte ich Schnee. Das war nicht das Schlechteste. Kochen tat Frau Pastor selber.

Auch im Hause Plagemann war ich das gefallene Mädchen –

ein kohlrabenschwarzes Schaf, nicht das Lamm Gottes. Wie viele auch den Bräutigam erwarten, die meisten Lampen sind erloschen, wenn er endlich kommt, zitierte der Pastor aus der heiligen Schrift, und ich sah mich umherwandeln mit einem großen roten E wie Ehebruch, das Petrine Plagemann, die Frau Pastor, mir unsichtbar an den Ausgehmantel genäht hatte. Auf Ehebruch stand bei Strenggläubigen in Amerika die Todesstrafe, sie liefen mit dem Stigma herum, und jeder wusste, was los war. Ich hatte davon in der Zeitung gelesen und sagte mir: Dann trage es in Gottes Namen. Ich trug es zwar nicht, aber mir war so, als trüge ich es, denn wenn Besuch kam, verbannte mich der Pastor auf mein Zimmer. Niemand sollte von meinem unsittlichen Lebenswandel angesteckt werden. Dort oben hätte ich fluchen können, dass es ein Loch in den Himmel reißt. Ich fluche aber nicht.

Höre, meine Tochter, sagte er mit einer nicht geheuer klingenden Feierlichkeit, es hätte dir doch auch ein uneheliches Kind werden können.

Kannte er etwa meinen Traum?

Wer tüchtig betet, dem wird gegeben, sagte er.

Und ich sagte mir abends beim Büßen: Ja, du hast einem verheirateten Mann die Cour gemacht, hast ihm fast ein Kind angedreht. Der Weg zur Hölle ist eine nagelneue, schön ausgebaute Kunststraße, so eine wie von Husum nach Flensburg. Darauf kannst du als ein Noch-weniger-als-ein-Nichts wandeln und verlorengehen.

Ich konnte das alles nur schwer begreifen. Gewiss war mir Schweres aufgegeben – selbst mit meinen nicht gerade schwachen Kräften, Geradität hin, Geradität her, war es mühsam zu schleppen. Offenbar aber schleppte ich es.

Plagemann ging in nur drei Minuten leichten, schnellen Schrittes vom Pastorat zur Kirche, die dem heiligen Georg, dem Heiligen für Reise und Rast, geweiht war. Neben dem Pastorat stand der Lindenhof mit der Durchfahrt für reisende Gäste, ich konnte die vielen Wagen ein- und ausfahren sehen. Wenn mein Fenster offen stand, dann kam der Pferdegeruch zu mir herauf ins Zimmer, und ich dachte an Husum und unsere Kaltblüter Max und Lisa und an Asmus Paulsen, unseren Kutscher. An Cile, meine kranke Freundin, an Anker Erichsen, den Hegereiter in Immenstedt, und an Gustav Hasse, seinen Adlatus, dachte ich auch.

Frau Pastor war noch nicht alt. Sie sah bloß aus wie eine alte spindeldürre Jungfer, kleidete sich wie in Dauertrauer und hielt sich schlecht. Von Geradität sah ich bei ihr nichts. Manchmal holte sie ihren großen Koffer vom Boden, beugte sich darüber, nahm den sonderbarsten Kram in die Hand und breitete ihn um sich aus. Nie aber zog sie etwas anderes an, nie trug sie anderes als Schwarz, und Schwarzseherei schien ihr die Hauptsache zu sein. Vielleicht konnte sie mir deswegen nicht in die Augen kucken. Sie trank viel Kaffee, am liebsten mit einem Schuss frischer Sahne, und lutschte dazu Kandiszucker.

Schräg gegenüber bei Höker Hans Hansen – man nannte ihn nur Hans Höker – kaufte sie Jamaika-Rum zum Einreiben. Die Näherin Hedwig Heddergott hatte mir das verraten, sie wohnte am anderen Ende des Dorfes und war mit den Hökersleuten gut bekannt, auch mit den Pastorsleuten, denn zweimal in der Woche wurde sie von Plagemann besucht. Sie sei enorm tiefsinnig veranlagt, hörte ich ihn sagen, und er glaube, mit Gottes Hilfe, also mit Andacht, Buße und Gebet, sei ihr aus dem Tiefsinn herauszuhelfen.

Jamaika-Rum zum Einreiben also, sagte Hans Höker, als ich für Frau Pastor bei ihm einholte und nebenbei die bestellte Flasche Jamaika-Rum mitnehmen sollte. Er sah mich an, taxierte mich. Er legte seinen Kopf schief und nickte mehrere Male, dann wiegte er ihn mit verneinender Gebärde. Die dicke Warze oben links auf der Stirn glänzte. Soso, Jungfer Jensen, zum Einreiben.

Hans Höker hatte es gern, wenn es anderen Leuten nicht besonders gut ging, das hatte ich gehört. Ich drehte mich flugs um und eilte Richtung Ladentür. Ich wollte nicht weiter zuhören, dann aber doch.

Zum Einreiben?, rief er mir hinterher. Das wird man bloß inwendig eingerieben. Nichts für ungut, Jungfer Jensen.

Man kann das Leben nicht üben. Es kommt und geht. Dauernd passiert etwas, immer muss man was machen. Das Jetzt, Hier und Heute erwischt uns aus heiterem Himmel, und wir stehen Hals über Kopf da. Ich kann davon ein Lied singen mit meiner Geschichte, konnte es schon als Kind – Kind und Hals über Kopf, das kennt jeder.

Sonntags saß ich oben in meinem Zimmer und sah aus dem Fenster. Mein Barometer lag im verschließbaren Fach meiner Nachttischschublade. Wenn ich es aufschloss, sah ich, wie das Wetter werden würde.

Woher weißt du das immer?, wollte der Pastor wissen. Nachdem ich ihm das Wetter dreimal hintereinander für den nächsten Tag richtig vorhergesagt hatte, war dieses schöne Instrument für ihn ein Teufelswerk. Sofort her mit dem tollen Ding, sagte er. Zerstören und vor der Friedhofsmauer tief vergraben wollte er es. Ruhen sollte es bei den Selbstmördern, Verbrechern.

Ich sagte: Mein Vater zahlt ein Heidenkostgeld. Dann verlasse ich auf der Stelle dieses Haus.

Er gab klein bei.

Die Sonntagsarbeit lag auf meinem Schoß, meine Socken lagen in Griffnähe auf der Spreedecke des Bettes, sie roch nach frisch gewaschen. Der Blick aus dem Fenster auf die Straße, die links nach Segeberg und rechts nach Lübeck führte, entsprach etwa der Sicht aus meinem Zimmer im Husumer Elternhaus auf die Norderstraße, die nach Schleswig führt. Hier aber ging der Pastor seines Wegs, nach rechts, zum anderen Ortsende von Grubendorf, wo die arme Näherin mit ihrem Tiefsinn wohnte.

Zu ihr ging auch ich, um mein Instrument in Sicherheit zu bringen. Heimlich hatte ich in meiner Freizeit ein Jäckchen und ein Paar Strümpfe gestrickt für ihr neugeborenes Kind, einen Knaben namens Paul. Wickelte beides mit dem Barometer in Papier, brachte alles vorbei, als Frau Pastor oben in ihrem Schlafzimmer betete, weil ihr Mann unterwegs zur Synode nach Lübeck war.

Ich wollte nur schnell, sagte ich zu Hedwig Heddergott.

Das Kleine ist mir gerade gestern erst an Brechruhr gestorben, sagte sie traurig, da kann man nur hadern mit dem lieben Gott.

Auch du hast nicht aufgepasst, dachte ich. Waltete ein und dasselbe Schicksal über uns Frauen? Plagemann hatte ihr bei seinen mittäglichen Besuchen ein Kind angedreht, so stand es mit ihm und Hedwig Heddergott. Und Frau Pastor rieb sich oben in ihrem Schlafzimmer inwendig ein mit Jamaika-Rum. Kein Traum – die Näherin musste weg von hier. Auch sie war verdammt in die Verbannung.

Hier darf ich nicht bleiben, sagte sie. Die Männer, da ist kein Verlass drauf.

Ich bin nicht bei ihr gewesen, hatte Plagemann stets seiner Frau Petrine geschworen, gereizt und in einem Ton, den der Mensch zu singen beginnt, wenn ihm die Wahrheit vorgehalten wird. Dann, im Laufe zunehmender Bedrängnis, bekannte er: Er habe bei ihr nur unserem Herrgott dienen wollen, mit Gebet und Buße seine Hilfe herbeigerufen. Die Abendandacht hier im Pastorenhaus diene unserem Herrgott weiter, er bete mit uns für die arme Näherin.

Nach einer extralangen Gebetsstunde konnte Frau Pastor mir mit Gottes Hilfe zum ersten Mal in die Augen sehen und sagte: Es ist nicht apart, wenn der Mann seine Frau betrügt. Doris, wusstest du denn nichts davon?

Jetzt sah ich, dass diese Frau schlimmer dran war als ich. Plagemanns, Grubendorf und Holstein würden mir nicht länger Heimat sein.

(Oktober 1849, Tagebuch) Ohne mein Wissen hat der Pastor eine Anzeige aufgegeben: Strenge, liebevolle Obhut gesucht für Mädchen aus gutem Hause, so steht es, von ihm unterstrichen, im Itzehoer Wochenblatt. Ich sah es, als ich auf seinem Schreibtisch Staub wischte, und dachte: Die Zeit hier neigt sich dem Ende zu. Jetzt ist Geradität gefragt.

Gestern rauschte ein gewaltiger Nachtregen nieder. Und ich lag mittendrin. (Ende Tagebuch)

Als Plagemann von der Synode aus Lübeck zurückkehrte, sagte er zu seiner Frau: Liebe Petrine, wir werden versetzt. Jedem Anfang wohnt ein neuer Segen inne.

Ich dachte: Aus diesen Worten könnte Storm ein schönes Gedicht machen.

Ehefrau Petrine lächelte ein schwarzes Lächeln. Ja, mit Gottes Hilfe, sagte sie mit schwerer Zunge und abgewendetem Blick.

Beinahe wäre mir mein Glaube abhandengekommen. Dagegen musste ich mich wappnen. Ich sagte mir:

> Wenn es auch schwer fällt beziehungsweise fallen tut,
> Mach, Herr Gott, Schuld und Sünden gut.

Ich bin ein schlechter Mensch, das sagte ich nicht. Das dachte ich aber, als ich über meiner Handarbeit saß und im Auftrag von Frau Pastor die Anfangsbuchstaben ihres und ihres Mannes Namens in ein paar Taschentücher stickte: PP und noch mal PP. Petrine Plagemann und Petrus Plagemann. Viermal P, das war einfach. Sollen sie zum Abschied ihre vier P haben, sonst nichts, sagte ich mir. Das Leben, Gott steh mir bei, ist doch eine fatale Einrichtung. So war mir zumute von dem Elend, das ich hier miterleben musste. Mit meinem eigenen gab es zwei davon.

Endlich schrieb ich Anker Erichsen. Längst war der Brief in Gedanken fertig gewesen: ob ich nicht bei ihm unterkommen und für Haus und Hof sorgen könnte, auf das Geld käme es mir nicht an. Lange hatte ich das vor mir her geschoben. Nicht nach Storm verlangte mich jetzt, das war zu kompliziert und zu falsch in meiner jetzigen Lage. Der Hegereiter, er und niemand anders, winkte mir zu mit seiner Künstlerhand, die auch mit Axt und Baum umzugehen wusste. Hing bei ihm nicht der Spiegel, in den ich meine Blicke versenkt hatte? Und: Gab es da nicht Bücher und Noten, Violine und Musik, das Lusthaus und die Erinnerung an Herzogin Elisabeth?

Der Abschied von den Pastorsleuten kam überraschend schnell.

Plagemann sagte: Wir gehen ohne Groll. Warum sollten wir auch.

Frau Plagemann sah mir zum zweiten Mal in die Augen und sagte: Die erste Liebe, mein gutes Kind, die hat ja meistens keinen Bestand.

Geh mir los, was weißt du schon von der ersten Liebe, dachte ich und wurde wütend.

In ihren Gesichtern bemerkte ich eine zentnerschwere Last. Kein Glaubensbekenntnis, kein Gotteswort, kein Wort unseres Erlösers Jesus Christus, unseres Herrn, kam von ihren Lippen. Da war auch kein Amtsbruder, der mit seiner Rechten für sie das Kreuz geschlagen hätte, um sie zu segnen. Ohne geistliche Handreichung standen sie wie entblößt da, in Schwarz gekleidet, beide unter einer schwarzen Filzkappe und unter grauem Himmel.

Es gibt Menschen, die haben immer einen Fuß auf der Erde. Dieser Pastor jedenfalls. Er griff in seine Aktentasche und holte ein Buch hervor; es war der Einsiedlerkalender für das Jahr 1850, ich hatte ihn auf seinem Schreibtisch liegen sehen.

Von uns beiden, sagte er und überreichte mir das gebrauchte gute Stück. Haben wir doch den Eindruck, so fuhr er fort, dass es mit deiner Zeit- und Kalenderwirtschaft noch etwas mau bestellt ist. Er lächelte halb süßlich, halb säuerlich und predigte mir unter Gottes freiem Himmel: Dagegen sind A wie Almanach und B wie Bibel die Mittel, die uns der Herrgott an die Hand gegeben hat.

Dann fuhr der Stuhlwagen vor. Ein Kutscher, zwei Pferde vier Korbsessel hoch auf dem gelben Wagen – das wohlfeilste

Transportmittel damals, aber ungemütlich. Sie stiegen auf, die Köpfe mit den gerade gerückten Filzkappen behütet, so saßen die beiden nun in ihren Sitzen. Ich sehe das noch heute, auch die beiden Taschen, die jeder auf dem Schoß hatte. Sie winkten nicht.

Ich ging zurück ins Pastorat. Keiner da, alle ausgeflogen. Als ich die Haustür hinter mir geschlossen hatte und den Flur betrat, fing ich an, eine Mischung aus Kotillon und Ländler zu tanzen. Ich sang und summte mir dazu eine Melodie. Endlich allein und doch nicht gottverlassen. Ich tanzte durch Küche, Wohnzimmer und Arbeitszimmer, wischte mit dem Zeigefinger ein wenig Staub vom Schreibtisch, tanzte die Treppe hoch, tanzte ins Schlafzimmer der Plagemanns, berührte beim Tanzen eine leere Flasche Jamaika-Rum; sie fiel um und kullerte unters Bett. Ich ließ sie kullern und tanzte weiter, bis ich in meinem Zimmer anlangte. Dort umfing mich plötzlich eine solche Leere, dass ich zu weinen und zu schluchzen begann und mich aufs Bett warf. Das Warum ist einfach zu beantworten: Ich vermisste Theodor, meinen Storm.

# Gut Eichthal

Anker Erichsen hatte mir geschrieben: Ja, komm nur, bis Ende August bin ich allerdings noch auf Dienstreise in Kopenhagen – aber dann. Ich freue mich sehr. Also hatte ich die Truhe mit meiner gesammelten Aussteuer dem Segeberger Fuhrmann Kehr zum Weitertransport übergeben.

Schneller als gedacht kam auch ich mit meinem kleinen Gepäck zu einem Stuhlwagen. Da wurde ich durchgeschüttelt und durchgerüttelt, hatte Zeit, mir Gedanken zu machen, während der Kutscher mir Spitziges über seinen Rücken nach hinten rief – unterm Rock, da stößt der Bock, und Ähnliches. Ich ließ mich davon nicht erröten und fragte: Warum beispielsweise ist der Zweifel an der Gerechtigkeit berechtigt – gibt es etwa keine? Der Kutscher nahm das persönlich und war sofort still.

Nach diesem reinigenden Gewitter erschien mir das vorbeifliegende Land lieblicher und lieblicher. Ich kam durch nie gesehene Landschaften, bereiste den vielgepriesenen Dänischen Wohld, dann das nicht minder gepriesene Schwansen, das von Schwänen überflogen und bewohnt wird und fast eine Insel ist. Beim Anblick fliegender Schwäne habe ich mich seitdem immer gefragt: Wie lang mag wohl der Schwanenhals sein? Ich weiß es immer noch nicht.

Auf Schwansen, dem Land der langgezogenen Hügel, verbrachte ich im Juli 1850 schöne Tage auf dem adeligen Gut Eichthal, wo der Herr des Hauses die Feier seines 75. Geburtstags einfädelte und wo der Champagner schon jetzt in Strömen floss. Ich hatte mich dort als Küchenhilfe engagieren lassen. Bei den jahrhundertealten Eichen pflückte ich Himbeeren, oder ich hörte bei der Arbeit in der Gutsküche den Lärm und vorzeitigen Jubel und Trubel der überpünktlich angereisten Gäste, sah sie eine tiefe Verbeugung über dem Eichthaler Teich machen, um sich selber, die Seerosen und die Frösche zu grüßen. Es klang mir alles wie die Ouvertüre zu einer Oper, auch wie vorauseilender Schlachtenlärm. Macht, was ihr wollt, sagte ich mir, unterbrach meine Küchenarbeit und tat einen Gang durch die Scheune, wo das frisch eingelagerte Heu duftete und dampfte. In der Eichthaler Holländerei duftete es völlig anders, wohltuend säuerlich – der Schweizer und seine Milchmädchen gaben mir eine Ahnung von gesegneter Milchwirtschaft, von Ordnung und Sauberkeit, von frischer Butter und wie man Käse in Reih und Glied legt und reifen lässt.

Am Ende meines dreiwöchigen Aufenthaltes bot mir der Herr des Hauses an, mich in seiner englischen Stanhope Gig irgendwohin zu fahren. Rosebud hieß der Apfelschimmel, der vorgespannt worden war.

Und wo soll es hingehen, Mamsell Jensen?, fragte er.

Nach Solsbüll, bitte, sagte ich.

Es war der Morgen des 24. Juli 1850, ein drückend heißer Tag, die Hundstage hatten begonnen. Ich erinnere mich an das Datum auch deswegen so genau, weil da jenes gewaltige Ringen in der Schlacht von Idstedt anhob und so unglücklich für uns Schleswig-Holsteiner ausgehen sollte.

Zum Solsbüller Markt also, antwortete der Herr des Hauses.

Das war jenseits der Schlei, wo ich mir in einem der Schankzelte eine Beschäftigung suchen wollte.

Zum Heiratsmarkt also, sagte er lachend. Da will Mamsell Jensen sich wohl den Richtigen angeln.

Ich sagte nichts, ließ ihn im Ungewissen, stand ich selber doch noch nicht im ganz Gewissen. Das schien der feinfühlige Herr von Eichthal zu bemerken, denn er bedachte mich während der Kutschfahrt mit der ausgesuchten Höflichkeit eines Gentlemans.

Was für ein Wetter, rief er unverbindlich aus.

Und wie beiläufig kam ich auf das Barometer zu sprechen, denn selten ist ein Landmann, der dieses für die Witterungskunde unentbehrliche Instrument nicht besäße. Was mich nun überraschte: Der Herr von Eichthal hatte keins.

Bis nach Schwansen, sagte er, sei dieses Instrument noch nicht vorgedrungen.

Ich erklärte ihm die Ursache des Fallens und Steigens. Kurz gesagt, die vermehrte oder verminderte Schwere der Luft sei dafür verantwortlich. Und schon wisse man etwas übers Wetter.

Ja, sagte er, interessant.

Beim Barometer, so fuhr ich fort, komme es darauf an, den geringsten Veränderungen Beachtung zu schenken. Man merke sich: Niemals den Wind außer Acht lassen.

Der Herr von Eichthal nickte sehr lange und schwieg. Dann sagte er entschlossen: Er wolle sich drum kümmern und: Mehr kann ich dazu im Moment nicht beisteuern.

Wir fuhren an marschierenden und schon halb verdurs

teten Soldaten vorbei, alle auf dem Weg zur Schlacht. Nass von Schweiß, sahen sie mit hilfesuchenden Soldatenblicken aus der ungereinigten Seele. Gut für den Winter gekleidet, aber nicht für diesen Sommer. Außerdem schleppten sie viel zu schweres Gepäck auf dem Buckel. Hatten denn die Herren Offiziere kein Barometer dabei, wenn sie ihre Schlachtpläne entwarfen? Dieser furchtbare Durst! Aber wer sich jetzt den Bauch voll Wasser schlug, dem ging es eher schlecht. Storms Bruder Otto, der schon den Feldzug nach Fredericia mitgemacht hatte, wusste aus eigener Erfahrung, man soll eine Kruste Brot in den Mund stecken und langsam zergehen lassen, das sei das beste Mittel gegen Durst. Hier aber zogen unsere Soldaten knallrot und halbtot in den Kampf. Schon bevor es richtig losging, gab es zwanzig Tote, alle vor Durst gestorben am Straßenrand. Einer von ihnen war übrigens der Sohn des Böttchermeisters Basch aus Husum.

In Missunde an der Schlei hielten wir.

Hier hört meine Welt auf, sagte der Herr von Eichthal. Jetzt müssen Sie zu Fuß weiter, Mamsell Jensen.

Ich sagte auf Wiedersehen und bedankte mich.

Der Herr von Eichthal rief mir noch hinterher: Was immer Sie vorhaben, ich wünsche nur das Beste. Dieses noch: Sie kommen jenseits der Schlei in ein völlig anderes Land. Eine Landschaft mit Höhen und Tiefen in chaotischem Wechsel.

Er meinte das Land am Meerbusen, der immer so schläfrig daliegt wie eine Meerjungfer in hundert- und tausendjähriger Verzauberung. Er meinte die vielsagenden Hügel. Mit den guten Wünschen ging ich über die von unseren Pontonnieren gebaute Brücke ans andere Ufer. Von da war es noch eine Meile bis zum Solsbüller Markt.

# Solsbüll

Auch in Solsbüll, zwei Meilen weiter östlich, freute man sich auf den berühmten jahrhundertealten Solsbüller Markt, der drei Tage dauerte. Man wallfahrte dorthin mit demselben Pflichtgefühl wie die Juden zum Passahfest in Jerusalem. Jedes Haus war eine Schenke und jede Schenke ein Tanzboden. Männer und Frauen, Jung und Alt konnten zu Hause der Versuchung nicht widerstehen und sagten sich: Geh zum Solsbüller Markt, dann kommst du dichter ans Leben. Da wurde geschmachtet, geliebäugelt, geseufzt und getändelt. Man scherpelte miteinander und warf sich zwischendurch Anzüglichkeiten an den Kopf. Schon am frühen Nachmittag griffen Marktbesucher nach dicken weißen Flocken aus Bierschaum, weil sie Schneeflocken sahen in der Annahme, es sei Winter. Andere stach der Hafer; sie suchten sich ein Opfer und boxten los. Wieder andere wurden von Schnaps und Bier ganz schwermütig und ließen die Ohren hängen.

Gleich nach der schlimmen Schlacht von Idstedt am 25. Juli 1850 ging der Markt los mit dem typisch schlechten Wetter und mit dem Pferdemarkt. Regenschauer platzten herein, Wind fuhr in die Buden, über die Karussells und durch die Zelte.

Zum ersten Mal sah ich eine Schar heimgekehrter deutscher Krieger aus Amerika. Sie waren als Wilde verkleidet, tätowiert und bemalt. Ich hätte nicht sagen können, dass diese Wilden abscheulich aussahen, und doch offenbarte sich in ihnen eine Art Rückfall ins Tierische.

Dagegen waren die jüdischen Pferdehändler vom alten Schrot und Korn. Sie hielten tapfer der Witterung stand, ihre schwere lederne Geldkatze hing ihnen am Hals; sie wühlten mit ihren Pferdehändlerfingern in den Speziestalern.

Großer Andrang herrschte bei der diesjährigen Marktsensation, dem Dampfkarussell aus England. Aus einer Pfeife kamen Dampf und Pfiffe, eine Menschenschlange hatte sich vor dem Kassenhäuschen gebildet, jeder wollte dieses unbekannte Abenteuer erleben. Man saß auf einem Schwan oder auf einem Bären, man ritt auf einem feuerspeienden Drachen oder auf einer Kanone, man fuhr in einer Kutsche, und alles drehte sich im Kreis.

Ich hatte mich bei der Familie Goos als Serviermädchen beworben, bediente die Marktbesucher im Goos'schen Schankzelt, über dem der blau-weiß-rote Wimpel wehte. Kaffee und Kuchen, Bier und Schnaps, Bowle und Punsch gingen über den Tresen und auf mein Tablett. Ich servierte, was bestellt worden war, und arbeitete für Lohn und Trinkgeld.

Unser Schankzelt war alle Tage bis auf den letzten Platz besetzt. So sei es jedes Jahr, sagte mir Großvater Gottfried Goos, der Patriarch mit seinem gemütlichen Bauch und der stets brennenden Havannazigarre. Die vielen Gäste kamen nicht nur deswegen ins Zelt, weil sie das typisch schlechte Jahrmarktswetter hineintrieb, sondern auch der gute Name der Familie Goos spielte eine Rolle. Da geht es reell zu, da bekommt man was für sein Geld, so hieß es.

Ein weiteres Zugpferd war die Musik. Ich erlebte das fabelhafte Fritz-Hansen-Quartett – Hansen selber am Klavier, dazu blies einer Klarinette, einer fiedelte auf der Geige, und ein Vierter schlug Trommel und Triangel. Die Musik bescherte Stimmung und Schwung. Wer wollte, begab sich aufs Tanzparkett und schwang das Tanzbein.

Unter meinen Gästen befand sich auch der Entrepreneur, Hofbesitzer und Kriegsveteran Ludwig von Qualen, der reich geworden war, nachdem er seinen Hof verpachtet hatte. Er wischte sich Bierschaum aus dem Vollbart und sagte zu mir:

Ja, vor dem Gefecht schwingen die Soldaten noch gern das Tanzbein. Und im Biwak wird gesungen und gespielt.

Ich fragte: Tanzen denn Soldaten miteinander, Herr von Qualen?

Er antwortete: Meine allerliebste Mamsell, nicht wenige machen da die Dame. Und nebenbei – im Krieg schreiben die Soldaten viele Briefe an ihre Liebsten, das ist das Gute am Krieg, wenn Sie wissen, was ich meine. Und vom Essen und Trinken können Soldaten nie genug kriegen. Trotzdem ist Kämpfen für sie das Wichtigste. Man will doch nicht umsonst sein Pulver zusammengetragen haben, es muss auch knallen! Er ließ ein knallendes Lachen heraus, stand dann auf und sagte mit bebenden Nasenflügeln und respektvoller Verbeugung: Als es hieß, die Schlacht beginnt, da haben die Soldaten in Idstedt noch riesige Kochkessel mit brodelnder Reissuppe einfach umgestoßen! Aber jetzt, du kleine dünne Mamsell, bringen Sie mir doch noch eins von den köstlichen Bieren aus Flensburg.

Wirklich und wahrhaftig, dieser Markt hatte seinen eigenen Zauber. Und mehr noch, in den Wolken von Tabaksqualm entdeckte ich einen mir bekannten Kopf. Ich sah zunächst nur Schädel, Blondhaar und Wirbel von hinten – einen Mann, der vor einem Becher Kaffee und einem Stück Kuchen saß. Ich werd verrückt, dachte ich. Es war Gustav Hasse, mein fast gleichaltriger Jugendfreund aus den Sommertagen beim Hegereiter in Immenstedt.

Ja, Doris, sagte er in seinem Brandenburgisch, mehr leise als laut und wenig erstaunt, nachdem ich ihn begrüßt hatte.

Gustav, sagte ich, das kann doch nicht wahr sein. Was für ein Zufall. Kommt denn die ganze Welt aus nah und fern hierher? Du mit deinem Kaffee und Kuchen.

Er war wieder einmal drei Monate beim Hegereiter gewesen. Dänische Soldaten hatten ihn auf der Rückreise nördlich von Idstedt ergriffen, im Dorfe Böklund, wo er bei Kätner Johannes Carstensen auf dem Heuboden übernachtet hatte. Dessen Kühe brachen aus, als die dänischen Soldaten in den Stall kamen. Die Kühe steckten mit ihrem Gebrüll die Kühe auf den Koppeln an, die brachen ebenfalls aus und sprangen über Zaun und Knick. Kühe, Kälber und Soldaten liefen wild durcheinander – zum Glück konnte man nicht schießen.

Es hatte nichts genützt, dass Gustav gesagt hatte: Ich bin kein Schleswig-Holsteiner und auch kein Däne, ich bin Preuße. Er musste Totengräber werden. Zusammen mit Carstensen begrub er auf dem Friedhof sechsundfünfzig Gefallene neben einem Hünengrab – tote Dänen und tote Schleswig-Holsteiner in ihren verschiedenen Uniformen nebeneinander und übereinander. Zuerst legte Carstensen einen Schleswig-Holsteiner neben einen Dänen ins Massengrab, dann rief er auf Plattdeutsch: Kön'n I ju nu verdrägen? Leise und gespensterhaft hatten die Böklunder Kirchenglocken und alle

Kirchenglocken in den Dörfern um Idstedt herum zu klingen und zu summen begonnen, angestimmt vom fernen Donner der Geschütze und vom Rattern und Knattern der Gewehre.

Gustav verstummte. Die verlorene Schlacht hatte auf ihn keinen günstigen Eindruck gemacht. Nach dem Totengräberdienst war er per Verwundetentransport nach Bommerlund-Krug verfrachtet worden – die Dänen nutzten diese Gaststätte am Ochsenweg als Feldlazarett.

Tote nummeriert, Verwundete operiert, Gefangene sortiert, das hörte ich noch bei ihm heraus. In der Gaststube von Bommerlund, wo Ärzte in blutgetränkten Kitteln mit Sägen und Messern ein und aus gingen, sah er einen Haufen abgetrennter Arme und Beine.

Ich schluckte, riss die Augen auf und sagte: O Gott, wie furchtbar. Hier und da brachen die Schausteller schon Zelte ab und demontierten Karussells. O Gott, ich musste wieder an die Arbeit, Goos wartete bestimmt schon. Gustav verdiente sich mit dem Auf- und Abbauen des Dampfkarussells seine Taler, wollte sich damit durchschlagen bis nach Joachimsthal. Vorher wollten wir noch ein paar freie Stunden gemeinsam verbringen.

Gustav hatte die Gegend etwas erkundet. Er führte mich zum frischen Wasser der Heiligen Quelle, die abseits in der Stille unter hohen Bäumen lag.

Die sei überhaupt der Grund gewesen für den Markt, sagte er. Sie wirke Wunder und ziehe Neugierige an. Ein Schluck heiliges Wasser, und der Kranke werde gesund, so habe es schon vor tausend Jahren geheißen, und schließlich habe man zum Dank eine Kirche gebaut. Sie sei Apostel Jakobus dem Älteren, dem Schutzpatron der Wallfahrer, geweiht worden und stehe heute noch. So – peu à peu – habe sich der Markt entwickelt.

Er ließ einen dünnen Strahl Quellwasser in seine linke Hand plätschern und trank. Dann gingen wir weiter, kamen am Thorsberger Moor vorbei, wo tausend Jahre alte Schätze noch auf ihre Ausgrabung warteten, waren bald auf der nördlichen Höhe des Heidbergwegs und blickten ins Tal der Solsbüller Au. Die Roggenfelder hatten sich während der Markttage von Blaugrau nach Korngrüngelb verfärbt, die Halme standen an diesem Sommerabend gerade und still. Hoch über dem Roggen ankerten schneeweiße Wolkenhaufen. Wie auf Stillgestanden kommandierte Soldatentrupps rührten sie sich nicht vom Fleck.

Ein schmaler Fußsteig führte durch die Kornfelder ins Tal. Dort unten sahen wir etwas Absonderliches, und zwar den Heidberg. Diesen mit wilden Rosen bewachsenen Sandhügel hatte die letzte Eiszeit liegen gelassen. Es dufteten tausend Sträucher wilder Rosen.

Der Lärm vom Markt war verflogen, hinter uns kam es leise aus der Solsbüller Au. Das machten wohl die kleinen Wellen, die sich jetzt meldeten und schwatzten und klatschten und einem fernen Ufer zustrebten. Fledermäuse flogen im Zickzack über uns.

Man muss eine Mütze werfen, wenn man sie fangen will, sagte Gustav.

Irgendwo ganz in der Nähe saß ein Ziegenmelker-Männchen und ließ seinen eigentümlichen Liebesgesang hören.

Wie ein Spinnrad, wenn es schnurrt. Hörst du es, Doris? Er hob seinen Zeigefinger.

Ja. Kennst du dich aus mit Vögeln?

Nein, aber eines weiß ich: Ziegenmelker sind hässlich, struppige Viecher. Am Boden sehen sie aus wie ein vergammeltes Stück Holz. Er zog seine Taschenuhr hervor und sagte: Ich muss zurück zu meinen Leuten.

Wir verließen diesen stillen Platz und gingen wieder Richtung Marktplatz. Warum ich jetzt plötzlich an Storm denken musste, weiß ich nicht mehr. Ich fragte Gustav: Hast du beim Hegereiter was von Storm gesehen oder gehört?

Gesehen hatte Gustav ihn nicht, aber der Hegereiter habe sich ein paarmal mit Storm wegen der Erbschaftssache in Husum getroffen.

Er war sicherlich in Familie und Beruf versunken, umsorgt von Constanze. Bei dem Gedanken an sie spürte ich mein Herz, da hatte sich wieder einmal Eifersucht eingenistet. Ob Storm auch mal einen Gedanken an mich verschwendete?

# Waldwinkel
# Immenstedt I

Hu, es ist Sommer, hörte ich Storm sagen, als ich mich unter der Septembersonne 1850 dem Hegereiterhaus näherte. Ich war in Treia an der Treene aus dem Wochenwagen gestiegen, der zwischen Husum und Schleswig verkehrte, und ging nun einen Weg, den ich noch nicht kannte, näherte mich zum ersten Mal dem Hegereiterhaus von Osten her. Bald sah ich die Stirnseite des Hegereiterhauses, der Schornstein hell von der Sonne beleuchtet – überall Sonne, dachte ich, sogar Sonne auf den Drachenköpfen der Wasserrinnen, die Anker Erichsen unweit des alten Lustschlosses ausgegraben und in seiner Werkstatt wieder so hergerichtet hatte, dass sie wie neu aussahen. Sie ragten nun unterhalb des Daches Richtung Wald, ich sah die Reste einstiger Vergoldung schimmern.

Der Hegereiter hatte inzwischen eine Mauer vor sein Haus setzen lassen, darin das Hoftor, das er in diesen aufgeregten Kriegszeiten jeden Abend mit einem Riegel versperrte und mit einem Schlüssel abschloss. Jetzt stand es weit offen, extra für mich zur Begrüßung, sagte ich mir.

Bin im Wald, so lautete die Nachricht auf einem Stück Zeitungsrand, das er an der Haustür befestigt hatte. Gleich fühlte ich mich wie zu Hause. Ich erkannte seine Schrift, ich wusste, was mich hinter der Tür erwartete: mein Koffer und meine Truhe, die schon hergefahren worden waren. Ich sah mich schon vor dem Spiegel stehen, sah die Bücher, die Noten, den Notenständer und die Geige im Wohnzimmer, am Fenster den grünen Ohrensessel.

Ich ging zur Gartenlaube, wo ich schon als Kind Tee getrunken hatte und wo er meinem und Theodors Liebesgeheimnis auf die Schliche gekommen war. Auf die Schliche gekommen? Längst hatte er es gewusst.

In der Laube war das Versteck für den Haustürschlüssel. Ich holte ihn aber nicht, sondern setzte mich in den großen verstellbaren Lehnstuhl, der in der rechten Armlehne eine nur von unten zu öffnende Schublade hatte; dort war das Versteck. Den Stuhl hatte sich Erichsen von Gustav aus Zirbelkiefernholz bauen lassen, den Baum dafür hatten die beiden gemeinsam ausgesucht in der Zirbelkiefernschonung am Nordrand des Forstes. Ein paar Feierabendstunden hatte Gustav gebraucht, bis er mit seiner geschickten Tischlerhand den Stuhl zu dem gemacht hatte, was er nun war: Erichsens geliebte Ruhestätte für den Mittagsschlaf im Sommer.

Nun aber lag ich dort, war vor Erschöpfung und Müdigkeit mit meiner Reisetasche auf dem Bauch schnell eingeschlafen. Ich erwachte erst, als eine Stimme nach mir rief. Ein kleiner Schreck durchfuhr mich, der schnell verflog, denn es rief die von Kindheit an vertraute Hegereiterstimme.

Wer einmal war unter meinem Dache, dem wird es ein Leichtes sein, sich vollständig bei mir einzunisten, so begrüßte er mich, und Leo, sein neuer Hund, begrüßte mich mit Gebell. Das mächtige Tier mit seinem schwarzgelben Hundekopf und den schönen braunen Augen wedelte heftig mit dem Schwanz und leckte mir die Hand. Er hat dich schon von weitem gerochen, sagte Erichsen.

Danke für eure Begrüßung, sagte ich, was für ein gutes Tier!

Also, da oben ist dein Zimmer, du kennst dich ja aus, sagte er, nachdem wir ins Haus gegangen waren. Wir gingen am Spiegel vorbei, dann sah ich die neue Kuckucksuhr, die er sich aus dem Schwarzwald hatte kommen lassen. Ein kleiner Kunstvogel saß darin und rief unter Flügelschlagen sein Kuckuck. Die Wohnung war tapeziert worden, im Wohnzimmer hatte er violett blühenden Mohn auf dunkelblauem Grund an die Wände geklebt.

Du bist sicher müde, sagte Erichsen.

Schlafen, ja schlafen. Ein Bett mit hohem Kopf- und niedrigerem Fußteil, eine Kommode, ein Nachttisch, ein Regal mit Büchern, alles Mahagoni, ein Haken neben der Tür für mein Barometer und neben dem Haken ein Spiegel. Mein Tagebuch legte ich in die Nachttischschublade. Was sollte ich mit dem Kalender von den Plagemanns veranstalten? Wie es sich in so einem Fall gehört: Er kam auf den Nachttisch, und jeden Morgen wollte ich kurz reinsehen.

Ich kniete mich vor den Koffer hin, kramte zwischen meinen Habseligkeiten und räumte sie in die leeren Schubladen der Kommode. Nebenbei verzehrte ich ein paar Butterbrötchen aus meiner Reisetasche, erfrischte mich ein wenig, kleidete mich, so gut es ging, an und strich mit den flachen Händen über den Stoff.

Aber die gute Stimmung hielt nicht lange. Zukunftssorgen drückten mich. Würde der Hegereiter mit meiner Arbeit in Haus und Hof auch zufrieden sein? Was ging in Storms Kopf vor? Hatte er überhaupt noch Gedanken für mich? Ich fühlte mich abgeschnitten und alleingelassen.

Mädchen, sagte der Hegereiter, als ich am nächsten Morgen immer noch ein unglückliches Gesicht machte, mach nicht so ein unglückliches Gesicht.

Ich weiß schon, antwortete ich, aber was soll ich dagegen tun?

Die erfindungsreiche Liebe wird überall ihr Recht behaupten, sagte er und zwinkerte mir zu.

Er saß in seinem Einspänner, Heinrich, der dicke Belgier, der Weg- und Waldgefährte, stand brav im Geschirr. Erichsen wollte in Geschäftssachen nach Husum reisen, wollte auch Storm in dessen Advokatur besuchen und seine Erbschaftsangelegenheit abschließen. Nach kurzem Überlegen sagte er:

Was anderes, Doris, schreibst du eigentlich Tagebuch?

Warum fragst du? Ich wollte Zeit gewinnen, weil mich die Frage überraschte und ich keine passende Antwort im Kopf parat hatte. Dann aber sagte ich: Ja.

Die Peitsche knallte, und er fuhr los. Ich stand noch eine Weile da an diesem Spätsommertag, mit leeren Händen blickte ich Fahrer, Pferd und Wagen nach. Er fuhr Richtung Feddersburg, über die schon abgeblühte Heide.

Ich drehte mich um und ging hinters Haus. Im Bienenhof hatte Erichsen einen steinernen Brunnen aufgemauert. Levkojen, Reseden blühten noch, blütenübersäte Heckenrosen wuchsen über den Brunnenrand, reichten mit ihren Ranken bis ans Wasser. An den Bienenkörben herrschte ein Kommen und Gehen, ein Summen und Brummen. Hier war das Paradies auf Erden.

Und wo ist deines?, fragte ich mich.

Ist es nicht schön, ohne Kosten kleine Einnahmen zu haben?, hörte ich Erichsen wie zum Troste sagen, und: Alles blüht und summt nur für dich. Seine Bienen lieferten Wald- und Blütenhonig; aus Viöl und Immenstedt kamen die Honigkäufer, und er selber fuhr dann und wann zum Husumer Wochenmarkt, um den Honig zu verkaufen.

Als Erstes hielt ich fest: Die Imkerei wird zu deinen Aufgaben hier zählen, auch der Gemüsegarten und der Blumengarten. Das Essen war zu kochen, in der Wohnung musste gefegt, gefeudelt und Staub gewischt werden. Alle vierzehn Tage musste ein Wäschetag eingeplant werden. Im Frühling wollte ich Gemüsebeete anlegen und Kartoffeln setzen. Im Sommer wollte ich Kirschen und Erdbeeren pflücken und Marmelade einkochen. Im Winter wollte ich spinnen und sticken. Ich wollte meine Malutensilien hier wieder auspacken und malen. Außerdem wollte ich dem Hegereiter bei seinem Herbarium helfen, auch mit ihm auf Erkundung gehen, ausgerüstet mit einer Botanisiertrommel für Blüten, Blätter und Gräser. Und das war sicherlich noch längst nicht alles.

Als der Hegereiter von seiner Geschäftsreise zurückkam, bestellte er mir Grüße von Storm. Er könne mir nicht schreiben, er stecke in beruflichen Nöten – Storm hatte, zusammen mit einhundertfünfzig anderen Husumern, eine Protestschrift gegen die dänische Obrigkeit unterschrieben, stand unter Beobachtung und machte sich Sorgen um seine Familie, denn Constanze war wieder schwanger und erwartete im kommenden Januar ihr zweites Kind. Ich solle mich aber getrost auf ihn verlassen.

Was soll ich dazu sagen? Mehr brachte ich nicht heraus, entschuldigte mich und ging nach oben.

(Oktober 1850, Tagebuch) Letzte Spätsommertage, das Barometer steht seit Tagen auf schön. E. war in Husum und spricht von der Indolenz und Dummheit der dänischen Behörden. Er hat mir Grüße von Theodor mitgebracht. Auch das Wochenblatt brachte er mit, darin wird berichtet vom Friedrichstädter Bombardement durch unsere Truppen. Sogar hier beim Hegereiter habe ich den Kanonendonner gehört. Zerschossene Häuser sind von Gesindel geplündert worden. Ein Vater trug sein totes Kind aus der Stadt. Verwundete, auch Kinder, Frauen, Greise sind nach Husum geflüchtet. In Andersens Pastorat ist ein Lazarett eingerichtet worden. Theodor hat das Elend mit eigenen Augen gesehen. Der Winter steht auch mir grauenhaft bevor, schrieb er an E., und sicher meinte er damit: Werde ich wohl Doris sehen können? Ich hier in der Einöde vom Hegereiterhaus kann von Glück sagen, ich warte auf ihn. (Ende Tagebuch)

Warten und noch mal warten und seine Pflicht tun. Vom Warten wissen alle Schifferfrauen an der Küste und auf den Inseln und Halligen ein Lied zu singen – sie warten auf ihre Männer, Söhne und Geliebten, üben sich in der Demut gegenüber dem Unbedeutenden. Sie backen Brot, sie waschen Wäsche, sie melken Kühe, sie spinnen Wolle, sie pflücken Blumen; sonntags gehen sie im Sonntagsstaat zum Gottesdienst. Im tiefsten Sinne warten sie auf Gott. Kraft, Schutz und Seligkeit, diese drei sollen ihn herbeirufen.

Warten vergeht so wenig wie das Leben, so sprach der Hegereiter manchmal. Diese Ermunterung hörte sich zwar gut an, sie nützte mir aber nichts.

Wenn ich niedergeschlagen war, zog es mich in die Lohdiele des Forsthauses, wo die Werkzeuge lagen, die Gustav benutzt hatte, zuletzt für die Anfertigung des Liegestuhls: verschiedene Sägen und Hobel, große und kleine Hämmer, Zangen und Stecheisen, Hobelbank und Klemmbock, Leimtopf und Leimofen. Auf dem festgestampften Lehmboden lagen Hobelspäne und Bretter.

Jetzt, da von Gustav weit und breit nichts mehr zu sehen war, breitete sich in dem nach Leim und Holz riechenden Raum – auch eine Prise Pferdegeruch vom dicken Belgier war dabei, der seinen Stall nebenan hatte – eine angenehme Stille aus: Stille des Raumes und der Werkzeuge, Stille der Lohdielenluft, Stille der Fenster, Stille der Zimmerdecke, Stille der Erinnerung.

Mit Stille fing auch der Spätherbst an. Im Immenhof herrschte aber noch Flugbetrieb, denn die Näscherbienen kamen. Wenn Feld, Wald und Wiesen keinen Nektar mehr hergeben, folgen einige Bienen dem Honiggeruch fremder Stöcke, dringen ein, um sich dort schadlos zu halten. Zwar werden die Diebe an den Fluglöchern von den Wachen zurückgetrieben, aber manchmal gelingt es doch, diese zu täuschen, und dann kehren die kleinen Räuber, mit Honig beladen, in den eigenen Stock zurück.

Törichtes Herz, sagte ich halblaut, als ich in der Lohdiele stand. Ich sah die alte, mit rotem Leinenstoff überzogene Chaiselongue unterm Fenster. Erichsen hatte sie aus dem Wohnzimmer verbannt, weil er dort Platz für sein größer gewordenes Herbarium brauchte. Hier stand ein Tisch davor, eine Vase mit verwelkten Rosen schmückte den Tisch. Rosen – Storms Lieblingsblumen. Alles nur Erinnerung, also längst verschwunden? Alles gar nicht mehr das, was es einst gewesen war? Aber ich sah es doch, es war zum Greifen nah.

Sehnsucht packte mich. Ich vertraute fest darauf, dass ich Storm wiedersehen würde, ja ich wusste, er würde kommen. Verlässlichkeit – das war für ihn eine Sache auf Leben und Tod. Das konnte ich seinen Gedichten ablesen, die er mir, nur mir gewidmet hatte, wie dieses hier, das er einem Brief an Erichsen beigelegt hatte: Wohl rief ich sanft dich an mein Herz ... Sollte ich da nicht Vertrauen haben, wenn er in den letzten vier Versen schrieb:

> Und wenn dein letztes Kissen einst
> Beglänzt ein Abendsonnenstrahl,
> Es ist die Sonne jenes Tags,
> Da ich dich küßte zum ersten Mal.

Der Herbst ging zu Ende, der Winter kam, langsam verstrich auch der trübe Winter. Die Schneeglöckchen waren verblüht, der Frühling nahte, wir hatten erste schöne Tage. Ich saß im Immenhof und hielt mein Gesicht in die Sonne.

(März 1851, Tagebuch) Die Bienen – E. sagt: meine Mädels – fliegen schon ein und aus. An den Fluglöchern haben die Wachen Posten bezogen. Die Bienen besuchen jetzt die Weidenkätzchen, mit ihren Blumenstaub-Höschen kommen sie aus dem Feld zurück.

E. ist auf Dienstreise in Friedrichstadt gewesen. Die Tage der Angst und des Schreckens sind dort vorüber. Wer sich je über die regelmäßige Bauart dieses Städtchens gefreut hat, wird nun mit Wehmut und Trauer erfüllt. Schreckliche Verwüstungen sind durch das Bombardement der Stadt im Herbst 1850 zu beklagen. Sechs Tage dauerte der Beschuss. Der Turm der reformierten Kirche ist eingestürzt, die Vorstadt liegt in

Trümmern und Ruinen. Da, wo die Kanonenkugeln nicht getroffen haben, hat der Brand gewütet. Überall fragt man sich, ob und wann die Brandkassengelder ausgezahlt werden. Die Mobilienassekuranzen sind nicht verpflichtet, für durch Krieg verursachte Brandschäden aufzukommen, also müssen Möbel, Haus- und Küchengeräte Stück für Stück aus eigenen Mitteln ersetzt werden.

Die Storms haben Zuwachs bekommen: einen netten, gestreckten und dabei feingrätigen Burschen, wie Theodor an E. schrieb. Grüße für mich dabei. Ich möge Geduld mit allem haben und nicht das Vertrauen verlieren. (Ende Tagebuch)

Wann immer Erichsen es neben seiner Hegereiterarbeit ermöglichen konnte – mal hatte er Holzauktionen vorzubereiten, mal waren Waldfrevel aufzuklären und Holzdiebe zu verfolgen –, ging ich mit ihm hinaus in die Natur, zur Wiesenmulde, wo wir im Frühling Bärlauch, im Sommer Schwedischen Hartriegel und im Herbst Herbstzeitlose fanden. Manchmal marschierten wir zur Zirbelkiefernschonung, wo er nach Holz für neue Möbel Ausschau hielt, oder zur Taterkuhle, die Erichsen auf ihre geologische Beschaffenheit hin untersuchte. Vom Liebeslager, das Storm und ich hier gehabt hatten, verriet ich nichts. Freunde können sich alles sagen, sie müssen es aber nicht, das sei der tiefe Grund von Freundschaft, sagte er. Nie könne etwas so falsch sein, dass die Freundschaft dafür nicht eine Verzeihung parat habe.

In der Feddersburg stärkten wir uns mit Sauerfleisch und Bratkartoffeln. Wir hörten das Neueste vom Stammtisch, ließen den Wirt berichten aus Husum: Elf junge Frauen hätten Blumen ins Grab eines schleswig-holsteinischen Kriegers geworfen. Dafür hätten sie mehrere Tage ins Gefängnis gemusst. Dort hätten sie zwar Tränen vergossen, aber wenn der dänische Aufseher gekommen sei, dann hätten sie die Zähne zusammengebissen und ihren Stolz gezeigt.

(Juli 1851, Tagebuch) Die Bienen hatten ihre hohe Zeit. Draußen in der Natur haben sie genug Nahrung gefunden, jetzt fangen sie an, sich den Wintervorrat anzulegen.

Es gab ein interessantes Phänomen am Himmel zu beobachten, eine totale Sonnenfinsternis, nachmittags um zwanzig Minuten nach drei. Der Mond schiebe sich vor die Sonne, sagte E., in ganz Europa und in halb Asien und Nordamerika sei das zu sehen – da solle mal einer sagen, in Nordfrieslands Einöde sei nichts los. Das Spektakel dauerte bei uns fast zwei Stunden. E. hat mir ein Stück Fensterglas über der Flamme unserer Öllampe geschwärzt, sodass ich, ohne meine Augen zu beschädigen, die Finsternis beobachten konnte. Wir saßen draußen im Immenhof und aßen sein Sommerlieblingsgericht: rote Grütze mit Milch und Zwieback.

Die Natur dachte wohl, es würde Nacht, tatsächlich wurde es sehr dunkel. Die Vögel hörten auf zu singen, die Bienen kehrten vorzeitig zurück und flogen nicht mehr aus. Leo, der Hund, suchte die Nähe seines Herrn und wich nicht von dessen Seite. E. sagte, eine Sonnenfinsternis sei kein Wunder, sondern etwas völlig Normales. (Ende Tagebuch)

Im November brachen die Herbststürme los. Husum hatte Hochwasser, die Flut kam bis über die halbe Schiffbrücke. Ich saß am Fenster des Musik- und Bibliothekzimmers und malte auf braunes Papier eine Rispe, vielleicht war es auch ein Blütenstängel. Erichsen stand neben mir und blickte wie verzaubert auf meine Hand, die schon Storm so verzaubert hatte.

Ja, die Hand, dieses uralte Ding, mit dem wir schon sprechen konnten, als der Mund noch kein Wort hervorbrachte, sagte er.

Ich sah ihn fragend an.

Er zog eines der Bücher aus dem obersten Regal hervor. Gregor von Nyssa. Lies nur, sagte er.

Ich nahm das Buch und las, und da stand, im Wortsinn, was Erichsen gesagt hatte.

So vergingen die Tage. Ich bemerkte es nie, wenn er schon wieder aufgebrochen war, mit seinem Leo, in den Immenstedter Forst zu seinen Bäumen. Da gingen sie, der Herr, der mir von Kindesbeinen an vertraut war, und der Hund, der mich angewedelt und meine Hand geleckt hatte und mir aus der Hand fraß.

Sagen wir mal so: Erichsen liebte das Harte an meinem Wesen und das Herbe in meinem Gesicht, das Storm gleichermaßen beirrte und anzog. Er mochte meine Selbständigkeit, die Storm beunruhigte. Erichsen witterte sogar etwas Feindseliges an mir, das ihn mehr fesselte als abschreckte: Geliebte Feindin, sagte er manchmal.

Jeden Sonntag ging ich zum Gottesdienst in die Kirche von Viöl. Das schwarzgelbe Hundetier begleitete mich bis zur Gartenpforte, blieb dann stehen, sah mir nach, als wenn es mir gute Wünsche mit auf den Weg geben wollte. Bei Wind und Wetter ging ich durch das Tal der Arlau, überquerte den kleinen Fluss auf einer alten Brücke, sah auf die mannshohe Böschung; ich musste daran denken, dass ich mir einmal vorgenommen hatte, eines Sommertages mit bloßen Füßen den Bachgrund entlangzugehen. Gustav hatte das gemacht, ich habe es nie geschafft.

Auf den Morgen folgte der Tag, dann der Abend, nachts

rief ein Waldkauz aus dem Wald. Wind hauste in den Tannen. Im April jagten schwere dunkle Regenwolken aus England heran. Ich hatte keine Angst, denn Leo wachte. Erichsen war vertieft in seine Aktenfaszikel. Ich las in den Aufzeichnungen Gregors von Nyssa und verließ mich auf mein Barometer, war damit auch für den Hegereiter nicht ohne Bedeutung. Er hatte die neue Kuckucksuhr schon wieder abgeschafft, hatte sie in eine Ausgabe des Itzehoer Wochenblatts gewickelt und oben auf dem Spitzboden in einer Kiste deponiert.

Bist du eigentlich furchtsam?, fragte er mich eines Abends, sah von den Akten auf und richtete seinen Blick ins Nirgendwo.

Ich weiß nicht, sagte ich. Dann fügte ich hinzu: Es ist schon spät, gute Nacht, Erichsen, ich geh nach oben in meine Kammer. Mir fiel zum ersten Mal auf, dass ich den Hegereiter mit seinem Nachnamen anredete. Ich hatte es schon immer getan, auch schon als Kind, das war so Brauch in Husum.

# Waldwinkel
# Immenstedt II

Vier Jahre waren vergangen seit Storms und meiner Begegnung in der Taterkuhle. Hatte er sich verändert? War sein Haar dünner geworden? Wurde seine Nase immer noch rot, wenn er sich aufregte? Die blauen Augen würden geblieben sein. Er war Vater zweier Söhne geworden, Hans und Ernst. Prägt das einen Menschen? Band Constanze ihn immer fester an sich? Kam er nicht mehr von ihr los? Und hatte er mit ihr über uns gesprochen, hatte ihr alles von vorn bis hinten erzählt?

Ach, Unsinn, sie wusste doch eh alles.

(Februar 1852, Tagebuch) Vater hat eine Anzeige in der Zeitung aufgegeben: Der schöne Offenbacher Wagen soll verkauft werden. Welche Erinnerungen hängen doch daran: Als Kind hörte ich, wenn der Wagen in Bewegung gesetzt wurde und durchs Haus dröhnte, schnell lief ich die Treppe runter und zur Haustür hinaus, kriegte noch einen letzten Zipfel zu fassen: Asmus Paulsen, unser Kutscher, mit Max und Lisa, den beiden Pferden, auf der Fahrt zum Hegereiter nach Immenstedt.

Vater geht es schlecht. Er muss sein Holzgeschäft aufgeben und mit Mutter nach Bokhorst zu Rieke und Johannes ziehen. Das sind wohl meine letzten Weihnachten, hatte er mir in seinem Weihnachtsbrief geschrieben. Und Mutter hatte hinzugefügt: Mein Leid ist groß, aber es muss gegangen sein.

Was die Pflege der Bienen anlangt, habe ich Folgendes gelernt: Es ist ein Irrtum zu glauben, im Winter sollten sie am besten in der Sonne stehen, damit auch der letzte Strahl Wintersonne sie wärmt. Sonnenschein lockt die Bienen nämlich heraus, und dann gehen sie sämtlich zugrunde. Die Hauptsache ist also, unsere fleißigen Honiglieferanten auch im Winter im Schatten zu halten. (Ende Tagebuch)

Und schon waren die Bienen bei der Frühjahrsarbeit. Der Garten war so grün, so grün, und die Vögel sangen unaufhörlich in den von Regenwasser tropfenden Büschen. Die Wolken hatten sich verzogen oder aufgelöst, denn die Sonne stach wieder vom Himmel. Es wurde Mai, und eines Tages kam Erichsen mit überraschenden Nachrichten aus Husum wieder.

Er hatte Storm getroffen und war mit ihm nach Feierabend zu Trinas Wirtshaus nach Hockensbüll marschiert – während der Eisheiligen hatte die Natur jämmerlich gefroren, jetzt blühte alles umso mehr. Draußen vor der Wirtshaustür tranken sie Trinas beliebte Maibowle. Storm berichtete von seiner Schwester Cile, die ich schon fast aus den Augen verloren hatte – eine Ewigkeit schien vergangen, seit wir als Kinder gemeinsam nach Immenstedt ausgefahren waren. Die Arlau, der Wald, das Hegereiterhaus, das Picknick und Gustav Hasse, barfuß in der Arlau – es war einmal, ein Märchen.

Bei uns in der Familie ist der Skandal eingekehrt, so habe Storm angefangen.

Ich zuckte zusammen, weil ich sofort Storm und mich im Kopf hatte und dachte: Was ist denn nun schon wieder los.

Der Skandal betraf aber nicht uns, sondern Cile und einen jungen dänischen Gerichtsoffizier, Sohn des berühmten dänischen Physikers Ørstedt. Die beiden hatten ein Techtelmechtel angefangen, Cile war schwanger geworden, und Storm hatte das Verhältnis entdeckt.

Wie das denn?, fragte ich den Hegereiter neugierig.

Die näheren Umstände kenne er nicht, aber Storm habe sich empört über den ertappten Dänen und sofort Vater Johann Casimir Meldung erstattet.

Ich dachte: Sitzt du denn nicht selber im Glashaus, und zwar zusammen mit mir? Surtout pas trop de zèle, Theodor!

Die Sache ging ihren Weg. Der alte Storm packte sie an. Hochzeit sollte innerhalb der nächsten zwei Wochen gehalten werden, aber der junge Däne verschwand bei Nacht und Nebel, um, wie Storm sagte, bei seiner Familie Zuflucht zu suchen.

Johann Casimir reiste hinterher, begleitet von Tochter Cäcilie und Agnes Wommelsdorff, der Gesellschafterin von Lucie Storm. In Flensburg bestiegen die drei an einem Donnerstag, mittags um zwölf, das Dampfschiff «Caroline Amalie» und reisten nach Kopenhagen. Dort wurden die beiden dann doch getraut.

Eines aber müsse man ihnen zugutehalten, habe Storm gesagt: Mutter Ørstedt sei sehr zärtlich gegen Cile gewesen, habe allerdings ihren Sohn, der offenbar ein Muttersöhnchen sei, für ein Jahr auf Reisen geschickt, statt ihn tüchtig an die Kandare zu nehmen. O ja, Zerstreuung statt Arbeit, der moralische Missgriff der Gesellschaft schlechthin – so habe sich Storm abschließend geäußert.

Was er da noch nicht wissen konnte, war dies: Aus dem Eheleben, das für Cile nach Ablauf dieses Jahres folgen sollte, wurde nichts, denn der junge Ehemann wollte oder konnte nichts mit ihrer zarten Seele anfangen, und das Kind ging heim – welch schweres Schicksal hatte Cile, und wie leicht war dagegen alles, was mir noch zu tragen aufgegeben war.

(Juli 1852, Tagebuch) Vor einem Monat ist Vater in Hanerau gestorben. Mutter, Rieke und Johannes waren bei ihm. Nun hat auch dieses Leben Ruh. Ich werde das Liebevolle und sein warmes Herz vermissen, auch seine Schwächen. Ruhe sanft. Zur Beerdigung konnte ich nicht reisen, eine hartnäckige Sommerinfluenza hatte mich ans Bett gefesselt. E. versorgte mich mit Hühnerbrühe, Honigbrot und einem Pulver, das er beim Apotheker in Husum besorgt hatte. Es sollte das Schwitzen befördern, denn durch Schwitzen treibt man das Fieber ja hinaus. Der treue E. fuhr dann alleine zur Beerdigung, sozusagen an meiner statt. Er brachte mir einen Brief von Mutter mit: Was hab ich bloß verbrochen, dass der liebe Gott mir nun auch das noch auferlegt. Aber es muss gegangen sein, schrieb sie.

Inzwischen bin ich gesund. Es ist ein knochentrockener Sommer, wie es lange keinen gab, ich lebe ganz im Garten. Ein Riesenrosensommer, sagte E. In Husum hat es gewaltig gebrannt, nachdem ein Blitz in die Kirche eingeschlagen war. Wir haben den dunklen Rauch fern am Horizont gesehen. (Ende Tagebuch)

Und dann geschah das lang Ersehnte: ein erstes Wiedersehen mit Storm. Er war an der Feddersburg aus dem Wochenwagen gestiegen und hatte sich erst mal Eierpfannkuchen und Tee mit viel Zucker bestellt, um sich zu stärken. Während er aß, ließ er sich vom Wirt die neuesten Nachrichten erzählen. Der junge Fedders war nach der Liebesgeschichte mit Tater-Mariechen immer noch ohne Frau, wollte auch immer ohne bleiben. Er hatte ja eine schöne Erinnerung: seine Blutbuche mit den zigeunerblutroten Blättern. Sein Vater war gestorben, und seine Mutter saß am Kachelofen, ihrem Stammplatz, und horchte mit ihrem Hörrohr in die Gaststube.

In einen Försteranzug gekleidet – später machte er sich auch als Handwerksbursche mit einem Rucksack auf den Weg –, marschierte Storm unerkannt den Weg über die Taterkuhle zum Hegereiterhaus. An unserer alten Liebesstätte verweilte er oben an der Kante und versank in Erinnerungen an unser Schäferstündchen; eine knappe Stunde darauf war er hier bei mir.

Ich hatte mich in Erichsens Arbeitszimmer in seinem Lehnstuhl ausgeruht und mit geschlossenen Augen an das Bevorstehende gedacht. Würde ich ihn begrüßen mit: Je t'ai attendu? Oder mit: Ich freue mich so? Welches Gesicht würde er machen? Ich war gespannt auf seine Stimme. Sprach er das «S» weiterhin scharf, so wie die Dänen es tun?

Voll Ungeduld erfrischte ich mich mit dem Brunnenwasser im Bienenhof und besah mich im Spiegel. Ganz passabel: herb das Gesicht, kerb das Holz, derb das Trotzdem – der Zauberspruch des Hegereiters, wie extra für mich erdacht. Dann schnitt ich einen Strauß von den stark duftenden Heckenrosen ab, warf die verwelkten auf den Kompost, steckte die frischen in die Vase und stellte sie auf den Tisch in der Lohdiele. Rosenduft mischte sich nun mit dem Holz- und Leimgeruch und dem Aroma von Hobelbank, Werkzeug und Pferdestall.

Und dann stand er vor mir, was für ein Moment. Mein Herz schlug deutlicher als sonst, ich spürte Wärme im Gesicht und fühlte nach meinen hektischen Flecken. Wir schlossen uns in die Arme, hielten einander fest. Arm in Arm machten wir einen Gang durch den Garten – er wollte am Jelängerjelieber und an den Rosen riechen, und ich wollte ihm zeigen, wie gut ich die Kartoffeln gehäufelt hatte und wie schön die Pflaumen heranreiften. Er musste auch einen Blick auf die Bienen im Immenhof werfen, ihm imponierte deren Fleiß. Ja, die Bienen, damit war es im Sommer ein Leichtes, denn sie ernährten und erhielten sich von selbst.

Was ist mit dem Brand in Husum?, fragte ich ihn. Ich war längst durch den Hegereiter auf dem Laufenden, aber ich fragte trotzdem nach.

Storm antwortete einsilbig: Nur das Vorderhaus in der Hohlen Gasse sei ein wenig in Mitleidenschaft gezogen worden. Sein Haus in der Neustadt sei unversehrt geblieben, auch unser Haus in der Norderstraße, wo mein Bruder Friedrich im September eine Weinhandlung und eine Kellerwirtschaft zu eröffnen beabsichtigte, sei vom Feuer nicht berührt worden. Im Übrigen sei er genau während der fraglichen Zeit in Kiel auf Verwandtenbesuch gewesen.

So machten wir uns wieder vertraut. Aus kraus wurde wieder glatt, Spannung entspannte sich, Verwirrtheit entwirrte sich, aus Scheu wurde Zutrauen, aus Ungelenk wurde Geschick, vor allem aber: Storms rote Nase kriegte wieder ihre Wald-und-Wiesen-Couleur.

Als wir in das Halbdunkel der Lohdiele traten, fühlte er sich erinnert an Theaterwerkstatt und Bühne – Theater war ihm doch Lebenselixier und Balsam zugleich. Damit konnte er sich verschwinden machen und ein anderer sein, einer, den er noch nicht kannte. Andersherum aber auch: So konnte er sich selber spielen. Er hatte sich längst überlegt, was gespielt werden würde: Er wollte den Ruf des fast vergessenen schleswig-holsteinischen Freischärlers aufpolieren.

Leise und beschwörend begann er, mich in seinen Bann zu ziehen. Er räusperte sich und sprach: Die Stunden des Mittagszaubers sind noch nicht vorüber. Draußen ist es still und glühheiß. Vor dem großen Fenster ist der Laden geschlossen, das kleine Fenster hat die Regie verhängt. Es ist dämmrig und schattig hier – komm, Geliebte!

Er zog mich zu sich auf die Chaiselongue, und ich sagte: Dies ist die Stunde der Liebe, die Stunde zum Nichtstun und Zeitvertreiben.

Er nickte. Wie habe ich dich vermisst! Es stehen Rosen auf dem Tisch. Du glaubst nicht, wie zärtlich es macht, in diese halbgeöffneten Kelche zu sehen. Komm, wir sind allein, ganz allein.

Oh, wie du das sagst! Das macht wiederum mich ganz zärtlich.

Komm, Geliebte, gib mir deine kleinen weißen Hände.

Geliebter, zieh mir die Strümpfe aus. Wie kühl das ist und wie frei das macht.

Du weißt, es gibt nichts Gefährlicheres als deinen nackten Fuß. Wie oft hat er mir den Kopf verdreht, wenn noch der weiße Strumpf ihn verhüllte.

Ich weiß es genau. Und du weißt genau, dass ich Kleider eigentlich nicht leiden kann. Ich streif dies hier ab.

Streif dein Kleid ab, schnell weg mit der grauen Lüge.

Storm saß auf dem roten Sofa und schaute mir zu, und ich spielte die Tochter armer Eltern, keine Kleidung, keine Schule, nur Zither und Musik.

Da fiel ein Strahl Sonnenlicht durch einen Spalt im Fenstervorhang auf die Rosen.

Oh, die Rosen, rief ich, wie sie leuchten. Anker Erichsen hätte seine helle Freude daran.

Anker Erichsen?, fragte Storm zurück.

Ja! Wie eifrig stickte ich doch in mein Stickzeug, wenn er mir dabei auf die Hände sah.

Kaum war der Name Anker Erichsen gefallen, da verwandelte Storm sich zurück.

Anker Erichsen blickte auf deine Hände, sagst du?

Ja. Wir spielen hier doch nur Theater.

Das hättest du nicht sagen dürfen, hörte ich es scharf aus seinem Mund.

So wie er, zusammen mit mir, im Liebeswahn gewesen war, so war er nun im Eifersuchtswahn, dem nahen Verwandten. Ich dachte an den von unseren Altvordern geprägten und mir von Tante Marie überlieferten Spruch: Eifersucht ist eine Leidenschaft, die mit Eifer sucht, was Leiden schafft.

Schnell warf ich mir mein graues Kleid über und eilte zur Tür. Schon war ich zur Lohdiele hinaus, sprang barfuß vorbei am Königreich der Bienen, lief auf dem mir noch aus Kinderzeiten bekannten Pfad und erreichte den Forst mit seinen mysteriösen Abendschatten. Storm kam mir keuchend hinterher.

Halt, Doris, rief er. Bleib stehen!

Nein, dachte ich, so nicht.

Die Dämmerung legte ein Stück Dunkelheit auf das andere. In der Dämmerstunde gilt für das gesprochene Wort: Es erhält doppeltes Gewicht, denn der Geist wird stark, wenn das Panorama schwindet. War in Storms Rufen nicht so etwas wie Kapitulation und Friedensangebot? Ich blieb am erstbes ten Baum stehen, hörte den Wald rauschen, lehnte mich an den Stamm. Ich sah auf meine Füße, sie waren grasgrün.

Inzwischen hatte sich Storm vor mir aufgebaut. Er sagte: Du hast dich ihm dargeboten. Du hast mir mit deinem doppelten Spiel Hörner aufgesetzt, mich zum Hahnrei gemacht und der Lächerlichkeit preisgegeben.

Ich hielt seine Worte kaum aus. Dass mir aber alles wie ein Messer durch die Seele geschnitten hätte, wäre gelogen gewesen. Ich ließ ihn also sagen, was er sagen musste, und antwortete: Was alterierst du dich so. Du hintergehst mich mit Constanze.

Bedenke, sie ist meine Frau, das ist ein Höllenunterschied.

Und was bin ich für dich?

Die Hölle, das bist du für mich!

Theodor, dir siedet ja das Blut in den Adern. Und ich dachte: So wird man, wenn man im Zorn steckt und sich über die eigene Ohnmacht was vorlügen will.

Ich dachte auch an Madame Frisé und ihre Geradität, an ihre Abschiedsworte: Es war uns immer ein Bedürfnis, unsere Töchter so zu erziehen, dass sie mit klarem Blick in die Welt schauen. Ich dachte an Tante Marie und ihr Französisch: Surtout pas trop de zèle! Ich dachte an Mutters Spruch: Es muss gegangen sein, und dachte an Vaters liebevolle Worte: Du armes Kind. Und nicht zuletzt dachte ich an unseren Freund und Schutzheiligen Anker Erichsen, an seine Worte: Für wen blühen die Blumen, Doris? Die Rosen und Reseden, die Levkojen und Nelken? Für wen summen die Bienen, für wen rauscht der Wald? Nur für dich.

Storm hatte wohl meine Gedanken gelesen, er wurde

zahm und still. Dann sagte er: Doris, so kann es mit uns nicht weitergehen.

Folge mir, sagte ich.

Er folgte. Das Weib soll untertan sein dem Mann, und der Mann soll Vater und Mutter verlassen und seinem Weibe anhangen. So war es bei uns nicht. Er kannte sich hier nicht aus. Ich aber war waldkundig und kannte jeden Steig und Steg, hob meinen Fuß vor jeder Baumwurzel, niederhängende Zweige bog ich zurück, damit wir unversehrt blieben. Es war dunkel, der Wald sang ein Lied. Weiter und weiter drangen wir vor, bis wir zu der Lichtung kamen, wo früher das Lusthaus der Herzogin gestanden hatte.

Er kannte sich wieder aus, hier waren wir vor etwa fünf Jahren schon mal gewesen. Die Nacht war augustwarm und sommerhell. Schnell fanden wir, was wir suchten: die Freudenkammer, vielmehr das, was von ihr übrig geblieben war. Und in der Freudenkammer erschufen wir uns neu.

Später, als wir die Sprache wiedergefunden hatten, sagte Storm: Ich kann nicht begreifen, wie ich dir so ungut gewesen sein konnte. Verzeih mir, Doris. Liebe mich immer und immer, und erzähl mir was vom Tod.

Ihn quälte das ewige Rätsel Tod, und wieder einmal war er auf der Suche nach des Rätsels Lösung. Ich überlegte nicht lange, denn die Geschichte von meiner sterbenden Großmutter Mummy kannte er noch nicht.

## Fünftes Après:
## Großmutter Mummys Tod

Es war Anfang Januar 1842, als Großmutter Mummy sich zur Abreise in die Ewigkeit rüstete. Ganz still wie ein Dieb hatte sich der Tod gleich nach Silvester ins Haus geschlichen. Mehr und mehr schlief sie. Weniger und weniger wurde sie. Leiser und leiser sprach sie. Mal schneller, mal langsamer atmete sie. Irgendwas pfiff in ihrer Lunge und kam heraus.

Sie sagte: Hörst du es auch? Da singt was. Sie lachte, wie Sterbende manchmal noch kurz vor dem Tod lachen. So singt der Tod, ich weiß es genau, sagte sie. Trotz allem las sie noch täglich das Königlich Privilegierte Wochenblatt in ihrem Lehnstuhl am Fenster.

Du wirst die Zeitung noch ganz auflesen, und kein Krümel wird dann mehr übrig sein, sagte meine Mutter.

Meine Großmutter Mummy blickte von der Zeitung auf und rief mit schwacher Stimme: Wie ist denn das bloß mööchlich! Ein fast neuer Mantel ist zwischen der Feddersburg und Immenstedt verlorengegangen. Abzugeben gegen gediegenen Finderlohn bei Anker Erichsen, dem Hegereiter. Nach dieser Zeitungsmeldung fiel sie in ihren Zehnminutenschlaf und träumte wohl wieder den Traum von einer Seefahrt.

Das Dampfschiff «König Christian VIII.» fuhr inzwischen

regelmäßig von Husum nach Hamburg und Altona und zurück. Da wollte sie mitfahren, denn die Kajüten der ersten und zweiten Klasse waren enorm verbessert worden. In der Rubrik Angekommene und abgegangene Passagiere las sie, wer abgefahren und wer hergekommen war. Sie kannte einige von den Demoiselles und Madames, die da namentlich erwähnt waren, sie wollte endlich selber auch einmal dabei sein. Einmal von Husum nach Altona und wieder zurück – diesen Traum träumte sie.

Möge der Herrgott mir zu Lebzeiten den noch erfüllen, sprach sie, mittlerweile wieder erwacht, in ihrem Lehnstuhl.

Aber umsonst. Es war absehbar, dass sie uns nicht mehr lebend davonkommen würde. Meine Mutter richtete ihr das Sterbezimmer ein, oben unterm Giebel, mit Blick aus den Fenstern auf die Norderstraße. Es könnte alles sehr schnell gehen, sagte sie, ohne die Miene zu verziehen.

Es waren helle Januartage, auch milde, wie ein Gruß vom Frühling waren sie. So kann das Wetter im Januar tatsächlich sein. Großmutter Mummy durfte nicht allein gelassen werden. Rieke und ich verbrachten abwechselnd die Tage und Nächte bei ihr. Ich war vierzehn, Rieke sechzehn.

Ihr seid groß, bald geht ihr hinaus ins Leben, meinten Vater und Mutter. Wer einmal einen Sterbenden in den Tod begleitet hat, der ist erwachsen geworden.

Im Sterbezimmer standen die Fenster weit auf. Die weißen durchsichtigen Vorhänge hingen still und glatt herunter. Ich achtete darauf, dass Großmutters Füße frei von jeder Zudecke waren und sich in der frischen Luft wohlfühlen konnten. Immer wieder las ich ihr aus alten Zeitungen vor, Berichte von vergangenen Jahr aus sommerlichen Tagen, die sie erheitern und womöglich noch gesund machen konnten:

Seine Majestät König Christian VIII. hatte Wyk auf Föhr morgens kurz nach fünf Uhr verlassen und mit dem Dampfboot «Eider» die Tour durch die Schmaltiefe, die offene See und die Hever zu nehmen geruht.

Weiter, weiter, sprach Großmutter Mummy mit dünner Stimme.

Friedrichstadt, Tönning, Heide, Meldorf, Hohenwestedt, Neumünster und Plön wollte der König besuchen. Auch List auf Sylt, wo Allerhöchstdieselben während des schönsten Wetters nachmittags um vier gelandet waren. Um zehn Uhr abends wurde ihm ein in Sylter Sprache verfasstes Gedicht unter Musikbegleitung von der Sylter Mannschaft, die nur aus Seeleuten bestand, vorgetragen. In Husum wollte der König bei schönstem Sommerwetter eintreffen, um dort den Tag zu verbringen.

Bis zum Sommer halte ich noch durch, sagte Großmutter und fieberte mit ihrer Influenza dem August entgegen.

Jungfrauen und Kinder streuten dem König auf seiner Besuchsreise Blumen. In Husum wurden schon festliche Anstalten zum Empfang des geliebten Landesherrn getroffen.

Weiter, weiter, rief Großmutter Mummy aus ihren Kissen.

Aber als ich die Nachricht über die unmittelbar vorm Abschluss stehenden Vorarbeiten für den Bau der Kunststraße zwischen Flensburg und Husum vorlas, klagte sie:

Meine Füße, meine Füße.

Aus irgendeinem Grund hatte sich die Zudecke über ihre Füße gelegt. Ich handelte schnell. Schon lagen ihre Füße wieder frei, und sie atmete leichter. Vielleicht träumte sie gerade von einem Fußmarsch als Kind. Immer Sommer. Immer dem König und der hohen Gesellschaft hinterher. Dabei schien ihr aber doch die Puste auszugehen. Ich hörte sie weniger und weniger atmen. Manchmal waren lange Pausen zwischen zwei Atemzügen. Einmal meinte ich, ihr Wie-ist-denn-das-bloß-mööchlich herauszuhören, und das Mööchlich verhauchte sie, als wollte sie damit ihrem Leben endlich den Punkt setzen.

Ich stand auf, um in ihre Augen zu sehen. Sie sah ins Nirgendwo, nicht zu mir. Du musst einem Toten die Lider über die Augäpfel drücken, bevor sie sich nicht mehr bewegen lassen. Das wusste ich damals schon, auch das gehörte zum Unterschiedlernen. Ich drückte ein Lid hinunter, dann das zweite. Beide Lider fuhren wie unter Federspannung langsam zurück, und ich sah wieder in die geöffneten Augen. Graublaublass, kein stechendes Blau. Einen gebrochenen Blick konnte ich nicht erkennen, obwohl ich auch davon schon gehört hatte.

Gebrochen ist dein Blick, wenn man nicht mehr rauskucken kann. Und das sieht man dann.

Großmutter Mummy lebte also, und mit fester Stimme sagte sie noch einmal: Meine Füße. Mit den Füßen war aber alles in Ordnung, sie lagen frei, umgeben von Licht und Luft. Sie wollte das also nur bekräftigen. Auf keinen Fall wollte sie ihr Leben beschließen mit: Wie ist denn das bloß mööchlich.

Wer wie ich einen sterbenden Menschen erlebt hat, merkt, wie einsam man selber ist. Da stehen dann zwei Einsamkeiten nebeneinander, die vom Sterbenden und die von dir. Eine Einsamkeit kommt zur andern. Das summiert sich. Wenn du in deiner Einsamkeit die Einsamkeit des Sterbenden spürst dann bemerkst du auch nicht diejenigen, die mit ihrer Nervosität um dich herum sind.

Als an ihrem Gesicht das Ende abzulesen war und das Sterbezimmer sich mit der Familie füllte, nahm ich meinen Stuhl und setzte mich ans untere Ende ihres Bettes, saß bei ihren Füßen. Und las laut einige Verse, die das Wochenblatt für den König gedichtet hatte, vielleicht hörte sie noch zu:

> Denn wo der Fuß des Königs weilet,
> Muss Segen allerorten sein.
> Die Wunde, blutend, wird geheilet –
> Wo Jammer war, kehrt Freude ein.

Großmutter Mummy schwieg.

Les yeux sont fermés, hörte ich Tante Marie in ihrem Husumer Französisch sagen.

Das stärkte mich und half mir weiter. Ich war erleichtert, dass Großmutter Mummys Augenlider ihren Platz nun ein für alle Mal gefunden hatten.

# Waldwinkel
## Immenstedt III

Nach Storms Besuch hatte sich eine neue Trauer bei mir eingeschlichen. Und das kam so:

Als ich mit meiner Erzählung von Großmutter Mummys Sterben fertig gewesen war, hatten wir geschwiegen und uns angesehen. Wer sich so geliebt hat wie wir beide, der kann im Blick des anderen ruhen.

Dann hatte er die Stille unterbrochen. Er fragte: Was werden wohl meine letzten Worte sein?

Ja, welche wohl? Ich legte meinen Kopf in die Hände, als müsste ich ihn festhalten. Damals kannte ich seine letzten Worte noch nicht, aber heute kenne ich sie. Ich war ja dabei, als er starb und sagte: Gedanken, Gedanken.

Wieder schwiegen wir. Unsere Pulse hatten sich beruhigt, Friede regierte uns. Zuversicht erfüllte mich, dass alles noch irgendwie gut werden würde, Vertrauen in alles Kommende, ein Glück, das sich nicht benennen ließ.

Storm mochte ähnlich empfunden haben, sein Gesicht verriet es mir. Dann aber sagte er: Ich muss. Constanze erwartet mich.

Ich wendete mich ab, schluckte und sagte kein Wort, auch kein Wort zum Abschied – doch, nur dieses eine, kurze: Geh

Dann ging er und ließ mich mit meinen Tränen allein.

Ich sagte mir: Wer sich lange dem Leid hingibt, gewöhnt sich daran und glaubt, es sei schon immer so gewesen. Lerne zu leiden, ohne zu klagen, diesen Spruch hatte Tante Marie parat für Menschen, die sich mit Leid überhäuft sahen und ihr Klagelied dazu sangen. Denn der Brunnen des Selbstmitleids ist tief.

Aber schon kam wieder alles anders.

(November 1852, Tagebuch) Nie stille steht die Zeit. Jetzt, wo alle Welt vom Tischrücken erzählt – die Sache kommt als table moving aus Amerika – und die Zeitung bereits mehrfach darüber berichtet hat, wird mir vom Schicksal beschieden: Die schönen Tage im Waldwinkel von Immenstedt sind gezählt. Das Hegereiterrevier wird laut Verfügung des Königlichen Husumer Amtshauses aufgelöst, das Hegereiterhaus steht zum Verkauf. Interessenten für das gesamte Anwesen können sofort besichtigen: Wohnhaus mit Wirtschaftsteil, Dienstländereien und Bienenhof. Heinrich, der dicke Belgier, soll in königlichem Besitz bleiben und wird woanders seinen Dienst tun müssen. E. lässt sich nicht aus der Bahn werfen. Er hat es kommen sehen, will nun den Hegereiterberuf an den Nagel hängen. Wie schon lange geplant, wird er nach Hallig Gröde ziehen, sich dort seinen Wissenschaften und seiner Musik widmen und nebenbei Schafe züchten. (Ende Tagebuch)

Unaufhaltsam neigte sich das Jahr dem Ende zu. Meine Bienen hatte ich schon durch den Herbst gebracht. Einen späten, schwachen Schwarm, der aus Zeitmangel keinen Wintervorrat hatte einsammeln können, fütterten wir zusätzlich mit vollen Honigfladen. Erichsen schaute voraus. Im nächsten Sommer wollte er auf der Hallig Fuß gefasst haben, zwei Bienenvölker sollten mit ihm dort Fuß fassen, Hallig-

Honig sollte es geben, und in der klaren Nordseeluft wollte er dem Drohnengeheimnis auf die Schliche kommen. Warum werden Unmengen von Drohnen jedes Jahr von den Arbeitsbienen umgebracht? An dieser Frage hatte er gehörig zu beißen. Man sagte, sie würden gebraucht zur Befruchtung der Königin; noch niemand hatte es gesehen.

Hier, in Immenstedt, begann er, seine Bücher zu katalogisieren, notierte jeden Titel in ein Verzeichnis. Er sortierte die Noten und zeichnete mit Bleistift auf Papier einen Organisationsplan, aus dem man ersehen konnte, wann welche Maßnahmen zu ergreifen waren. Sobald der Käufer der Hegereiterei gefunden wäre und der Auszugstermin feststünde, sollte alles reibungslos abgewickelt werden können.

Ich ließ mich von ihm anstecken, kümmerte mich zuerst um das Herbarium. Sah, ob die Sammlung vollständig war, prüfte Blüte, Blatt, Spross und Wurzeln, legte alles in eine Holzkiste, die der Tischler in Viöl extra angefertigt hatte.

Und was ist mit mir?, das fragte ich mich im Stillen. Ich wagte nicht, es laut auszusprechen, Erichsen sollte es nicht hören. Er hatte mir noch kein einziges Wort gegönnt, keinen Hinweis, keinen Trost, obwohl ich den gut hätte gebrauchen können, denn nach meiner Zeit hier erwartete mich sicher kein einfaches Los.

Warum er schwieg, sollte ich bald merken: Er tat es absichtlich, um mich zu provozieren. Ich fing an, meine Sache selber in die Hand zu nehmen, und beschloss, beim nächstbesten Besuch in Husum meinen Bruder Friedrich aufzusuchen und ihn um Rat zu fragen. Als ob Erichsen das gerochen hätte, denn er sagte: Wir fahren nach Husum und sehen uns mal ein Tischrücken an.

Ja, sagte ich, und wir übernachten bei meinem Bruder.

Gesagt, getan. In Husum stellten wir Heinrich, den dicken Belgier, in eine der Boxen, in denen Max und Lisa früher gestanden hatten, und Friedrich kam mit zum Tischrücken. Sophie, meine Schwägerin, wollte sich um die Kellerwirtschaft und um das Pferd kümmern.

Schon bald saßen wir in Madame Caspersens abgedunkeltem Saal. Sieben Personen beiderlei Geschlechts an einem runden Mahagonitisch, unsere Kleider durften sich nicht berühren. Auf Geheiß des aus Hamburg angereisten Spökenkiekers legte jeder seine Hände so auf den Tisch, dass der kleine Finger der rechten Hand auf dem der linken Hand des Nachbarn ruhte. In dieser Stellung verweilten wir zirka dreißig Minuten. Stille, kein Wort durfte gesprochen werden. Irgendwann hätte der Tisch sich in Bewegung setzen müssen; erst langsam, dann schneller und schneller, wie schon in Hamburg geschehen, wo er sich im Kreise gedreht oder zu tanzen begonnen haben sollte. In Frankfurt wiederum, so hieß es, hatte ein Tisch geknarrt und geschart. Ähnliches war per Referat von durchaus glaubwürdigen Leuten aus München berichtet worden, wo im Hauptbahnhof, Wartesaal zweiter Klasse, ein Tisch aus massivem Eschenholz sich vor seinen ungläubigen Zuschauern scharf geneigt und schnell von seinem Platz entfernt hatte.

Aber dieses alte vierbeinige Mahagonimöbelstück in Husum verweigerte jede Bewegung wie ein störrischer Gaul – keine Schräglage, kein Tanz, kein Knarren, kein Scharren, kein Knurren und Murren. Der Spökenkieker, eine brennende Kerze in der linken Hand, legte den Zeigefinger seiner Rechten an den Mund und flüsterte:

Absolute Stille, meine Herrschaften. Gleich haben wir Motion, jeden Augenblick kann es passieren.

Nichts passierte, keine Motion, kein Tischrücken, auch nicht nach einer weiteren Pause, in der man eine Stecknadel hätte fallen hören können. Da sagte Erichsen in die Totenstille:

Mal was ganz anderes, eine Anekdote aus Solsbüll.

Alle schauten auf und hörten zu, denn damit hatte niemand gerechnet.

In Solsbüll, berichtete Erichsen nun, habe der Kommandeur der dort stationierten dänischen Truppen einen Dreizehnjährigen verhaften lassen, weil er auf der Straße das Schleswig-Holstein-Lied gepfiffen habe. Zwei seiner Sergeanten sei dann befohlen worden, ihn in die Schule zu schleppen, um ihn dort, vor den Augen des Lehrers und der Mitschüler, durchzuprügeln. Jeden Stockhieb habe der Kommandeur mit seinem Offiziersstock begleitet, einem Schaustück aus Edelholz mit einem verzierten Silberfuß. Im Gleichtakt habe er den auf das Lehrerpult geschlagen. Dann habe er den Lehrer noch ermahnt: Er möge die ihm anvertrauten Kinder zu blindem Gehorsam erziehen, denn die nächste Generation werde dänisch, diese deutsche tauge nichts.

Erichsen schwieg. Dann sagte er: Das wollte ich hier in der Runde mal bekanntgeben.

Es stand auch schon in der Zeitung, sagte mein Bruder.

Warten Sie, das wird ein Nachspiel haben, rief der Spökenkieker, und Licht von einer Petroleumlampe erhellte den Raum.

Sieben an einem Tisch: Erichsen, wir zwei Jensens und vier mir unbekannte Männer und Frauen. Erichsen spitzte die Lippen und pfiff ein paar Takte des Schleswig-Holstein-Liedes. Wir erhoben uns, nicht gerade enttäuscht, wie ich fand, denn er hatte den Abend gerettet. Wir zogen unsere Mäntel an, verließen Madame Caspersens Etablissement, und eine milde Novembernacht empfing uns.

Ich bin gespannt, ob wir noch Gäste sitzen haben, sagte mein Bruder.

Heinrich, der dicke Belgier, wieherte, als er hörte, dass Sophie uns die Haustür öffnete. Sie hatte die Kellerwirtschaft geschlossen, nachdem der letzte Gast sein Glas Wein getrunken hatte. Dann fiel sie mit der Tür ins Haus:

Ich hab's, sagte sie zu mir. Du gehst zu meiner Schwester Meta nach Fobeslet. Gleich morgen will ich ihr schreiben.

So sollte es kommen. Ganz oben im Norden unseres Herzogtums lag das Gut Fobeslet, Besitzer war Georg Lorenzen, und der war verheiratet mit Sophies Schwester Meta. Aber erst mal ging die Sache mit dem Tischrücken weiter. Auf dem Rückweg nach Immenstedt kehrten Erichsen und ich in der Feddersburg ein, wo wir dem Wirt vom Tischrücken und dem, was dabei sonst noch passiert war, erzählten.

Diese Leute kommen mir nicht ins Haus, sagte Fedders. Er meinte die Spökenkieker und fügte hinzu: Man sagt, die haben sich der neuen Obrigkeit verdingt und ziehen als Spione durchs Land. Ein Spökenkieker schaue noch dem raffiniertesten Falschspieler hinter die Kulissen.

Ein Reisender aus Sachsen, der wieder einmal auf der Durchreise war, saß an seinem gewohnten Platz mit einem Glas Bier. Er spitzte die Ohren, nahm mit der kleinen Messingzange ein glühendes Stück Kohle aus dem vor ihm stehenden Becken, legte es auf seine soeben gestopfte Pfeife und sagte: Es wird eine Saat gesät werden, die Dänemark eine blutige und tränenreiche Ernte bringen wird.

Oha, wer Wind sät, wird Sturm ernten, sagte Fedders.

Es glüht und glimmt schon unter der Asche, antwortete der Reisende. Zu Erichsen gewandt, sagte er: Passen Sie bloß auf, dass es Ihnen nicht so ergeht wie Ihrem Kollegen, dem Hegereiter Bracklow, der wurde in Ketten nach Schleswig ins Gefängnis geführt. Alle Verhaftslokale, nicht nur das in Schleswig, sind überfüllt. Die Dänen treiben's sans comparaison.

Oha, sagte Fedders, wer Wind sät ...

Tatsächlich standen am nächsten Morgen zwei Gendarmen vor unserer Haustür und verhafteten Erichsen.

Momang, sagte er zu den Wachtmeistern und bat mich noch, für das Pferd und für die Bienen zu sorgen. Doris, mach dir keine Sorgen. Ich bin bald wieder da, verlass dich drauf.

Ich machte mir trotzdem Sorgen, das war ja das Natürlichste von der Welt. Ich hatte Angst um ihn und Angst um mich, auch das fand ich natürlich. Schon drei Tage später stand er wieder vor der Haustür, unversehrt.

Die haben mich gut behandelt, sagte er.

Und warum bist du schon wieder hier?, fragte ich.

Erichsen hatte den Grafen Holk von Holkenis eingeschaltet, bei dem er als junger Mann den Hegereiterberuf erlernt hatte. Der Graf war bekannt am dänischen Königshof und wurde hin und wieder mit diplomatischen Missionen beauftragt. In Flensburg hatte er ein gutes Wort für Erichsen eingelegt, sodass der unbehelligt zurückkehren konnte.

Anderswo wüteten die Gendarmen noch schlimmer. Das wusste er aus einem Brief von Storm, der hatte von der rücksichtslosen Herrschaft der dänischen Obrigkeit berichtet. In Ostenfeld, drei Meilen von Immenstedt entfernt, waren zwei Bauern die Knochen im Leib zerschlagen worden. Storm vertrat die beiden als Anwalt, und fortan bespitzelten ihn die Husumer Behörden.

Auch bei Storm stand das Thema Aufbruch und Umzug ganz obenan. Seitdem der dänische König seine Bestallung zum Rechtsanwalt nicht bestätigt hatte, streckte er seine Fühler aus und sah sich nach einem neuen Posten um. In Buxtehude bewarb er sich als Bürgermeister – Schlag ins Wasser; beim Herzog von Sachsen-Gotha ersuchte er um eine Stelle als Jurist – noch ein Schlag ins Wasser.

Uns allen wird hier so langsam die Luft abgedreht, sagte Erichsen.

(Juli 1853, Tagebuch) Ich stehe unmittelbar vor der Abreise. Meine Truhe ist schon mit dem Wochenwagen abgegangen und in den hohen Norden unseres Herzogtums unterwegs. Das Kästchen mit den Saftfarben für die Weihnachtspuppen, Pinsel und Zeichenstifte, auch die Blumenmalereien, die ich angefertigt und in Segeberg und Grubendorf unter strengem Verschluss gehalten habe, gehen mit.

Was mich wohl in Fobeslet erwartet? Von Bruder und Schwägerin höre ich nur Gutes. Und was soll ich auch noch hier. E. wird seine Wirkungsstätte zum 1. September verlassen, dann zieht der Käufer ein. In Husum mag ich mich kaum blicken lassen. Storm oder Constanze in die Arme zu laufen ist eine schlimme Vorstellung. Bei Friedrich und Sophie bleiben? Das will ich nicht. Mutter, Rieke und Johannes sind in Bokhorst, weit weg.

Storm wird nun wohl nach Preußen gehen, nach Potsdam.

Das dritte Kind, der Knabe Karl, ist geboren worden. Es sieht ganz nach einer heilen, glücklichen Familie aus. Ich weiß es aber besser: Mein Geliebter geht nicht allein deswegen von Husum weg, weil er als Rechtsanwalt nicht mehr frei arbeiten kann und die Dänen ihm im Nacken sitzen – er könnte ja in der Advokatur seines Vaters arbeiten und hätte dann sein Auskommen. Er geht auch unseretwegen. Es konnte nicht verborgen bleiben, dass er mich auch hier beim Hegereiter besucht hat. (Ende Tagebuch)

Später, viel später, hat er darüber Rechenschaft abgelegt und alles seinem Freund Brinkmann in einem Brief gebeichtet: Gewiss ist, schrieb er, dass ein Verhältnis der erschütterndsten Leidenschaft zwischen uns entstand, das in seiner Hingebung, seinem Kampf und seinen Rückfällen jahrelang dauerte und viel Leid um sich verbreitete, Constanze und uns. Ich frage mich: Kann man es besser sagen?

Es sollte also endgültig Schluss sein, vorbei, aus, Ende. Der lastende und wachsende Druck unseres verbotenen Liebesverhältnisses hatte ihm zunehmend zu schaffen gemacht. Constanze wusste ja alles und trug ihren Liebeskummer tapfer – noch heute, Gott steh mir bei, ziehe ich vor ihr den Hut. Sie hielt mannhaft dagegen, und zwar mit einem gewaltigen Gewicht, das Storm nur knapp parieren konnte.

Als Erichsen und ich am dritten Jahrestag der Schlacht von Idstedt unter der schön in Schuss gekommenen Blutbuche im Garten der Feddersburg saßen, um uns beim Wirt zu verabschieden, war die Gaststube geschlossen. Die dänische Obrigkeit beging diesen Tag überall mit Regimentsmusik und dem Lied vom Tapfern Landsoldaten, die Jugend zog hinterdrein und hatte ihren Spaß. Befohlen war von den dänischen

Behörden, dass die Gastwirte ihre Lokale öffneten, Essen und Trinken anboten, Musik und Tanz veranstalteten; einige Gastwirte aber machten nicht mit. Fedders hatte seinen Leuten drei Tage Urlaub verordnet, und an der Wirtshaustür stand zu lesen: Wegen Krankheit geschlossen.

Nun aber saß er mit uns bei frisch gebrühtem Tee und Kuchen von vorgestern unter seinem Lieblingsbaum – Tater-Mariechen sollte von hier aus ihren Segen geben.

So, und ihr geht auf Reisen, sagte er.

Kein gesprochenes Wort folgte, aber auch so war schon alles Wesentliche gesagt. Von Storm und mir wusste er, und er hielt, so gut es ging, seine schützende Hand über uns.

Die junge Dame soll ganz hoch in den Norden, sagte Erichsen nach einer Weile und zeigte auf mich.

Ja, das hab ich schon gehört, sagte Fedders, das hat sich rumgesprochen, und, zu Erichsen gewandt: Denn man viel Glück mit deinen Bienen auf der Hallig. Wenn das man gut geht.

Wer nicht wagt, der nicht gewinnt, sagte Erichsen mit seinem unverbesserlichen Blick nach vorn. Das hatte er mir vorgelebt, und ich hatte es tief in mich aufgenommen.

Zurück in Immenstedt, streiften wir noch einmal durch unsere geliebte Natur, und ich wäre der glücklichste Mensch gewesen, wenn nicht der Abschied von allem, was mir hier lieb und teuer geworden war, bevorgestanden hätte.

Abschiede vertrage ich gar nicht gut, sagte Erichsen. Lass uns so tun, als ob der Abschiedstag ein ganz normaler Tag wäre.

Sieh an, auch er hatte eine schwache Seite und überspielte sie. Er wollte am Abschiedstag morgens wie üblich mit Leo in den Wald gehen. Mein Fuhrwerk würde vorfahren, ich würde einsteigen und fertig.

Dann war der Tag gekommen. Ich kochte ihm noch seinen Haferbrei zum Frühstück.

Dein Haferbrei ist unverzeihlich gut, sagte er und zwinkerte mir zu.

Ich hatte schon kapiert. Keinen Bissen konnte ich schlucken an diesem Morgen. Wir sprachen noch allerhand Belangloses.

Dann aber sagte er: Dein Barometer – und vergiss nicht: Es ist immer das Beste, geliebt zu werden.

Das war das Wichtigste, was da gesagt wurde. Sonderbar, wie man von den Worten eines anderen abhängig sein kann. Dann war er auch schon draußen, ich sah ihn mit Leo verschwinden, winkte nicht nach, weil ich keine Kraft im rechten Arm hatte, auch keine im linken. Überhaupt war ich kraftlos und so blutleer, dass mir schwarz vor Augen wurde.

Erst als ich ein Klopfen an der Tür hörte, erwachte ich wieder. Der Wagen war gekommen.

Einen Moment noch, sagte ich zum Fuhrmann. Und während er mein kleines Gepäck auflud, lief ich zum Spiegel.

Hast du hier etwas gelernt?, lautete die Frage.

Ich sah mich an und sagte: Ja, gelernt hab ich einiges, und ich dachte an die Bienen, ans Herbarium und so weiter.

Bist du also klüger geworden?

Ich weiß nicht, antwortete ich, aber eines weiß ich genau: Ich bin immer noch dieselbe. Ich machte eine Pause und betrachtete mein Spiegelbild, Augen, Nase, Mund und Kinn, dann sagte ich: Immer noch diese Herbheit im Gesicht.

Der Fuhrmann rief. Ich sagte dem Spiegel auf Wiedersehen, stieg ein, die Pferde zogen an. Ich blickte mich nicht um. Du musst die ganze Schuld entrichten, dieser Storm-Vers kam mir jetzt in den Sinn. Du musst, gewiss, du musst. Ja, Storm hatte mir seine Liebe geschenkt, in Wort und Tat, und von Erichsen hatte ich das Zuhause, aber die Schuld, die trug nur ich.

# Fobeslet

Luftdruck ist doch überall, dachte ich, als ich an einem Sommertag 1853 während der Erntezeit über die Felder von Fobeslet bei Kolding sah. Ein Schwan mit blendend weißen Schwingen flog rasch in der Luft dahin. Ich folgte ihm mit den Augen. Er war wohl unterwegs zum Seerosensee, und mir kam der schon zu Zeiten der Erzväter übliche Gedanke, das Leben habe man sich als Reise vorzustellen. Aber was sollte ich antworten auf die Frage: Warum bist du gerade hierhergereist? Die Antwort ist eine lange Geschichte, die mir manchmal Leid, manchmal nur Kopfschmerzen machte. Aber ich war nie glücklich im Schweigen gewesen, bin auch nie gern ausgewichen. Der Hegereiter hatte mich scherzhafterweise Mein Plappermaul genannt.

(September 1853, Tagebuch) Als ich in Fobeslet ankam, erwarteten mich an der Haustür ein rotblonder, schlanker Bauersmann in einem blau gefärbten Rock aus Leinen, Georg Lorenzen, und seine ebenfalls schlanke Frau Meta in einem blau gestreiften Leinenkleid. Sie trug eine blendend weiße Haube und ein weißes Leinentuch um die Schultern und ist einen Kopf kleiner als er. Lorenzen entstammt einer Dynastie von Getreidemüllern, die es zu Wohlstand und Ansehen gebracht haben, auch zu diesem Gut hier, das sein Großvater aus dem Bankrott erworben hat. Die Begrüßung war freundlich und warmherzig, ich wurde sofort in den Gartensaal zum Tee gebeten.

Nun kommen Sie, Mamsell Jensen, jetzt müssen Sie sich erst mal stärken, ja, das müssen Sie, so sprach Lorenzen. Die beiden sind kinderlos, mich kennen sie aus den Briefen von Sophie. Ob sie auch von meinem Schicksal wissen, weiß ich nicht. Ich werde nicht anfangen, davon zu erzählen. (Ende Tagebuch)

Über Gegend und Wetter um Fobeslet herum ist nicht viel zu sagen, beides erschien mir nicht unbekannt, steckten darin doch Solsbüll und auch Nordfriesland: der Sommer grün, der Winter grau, ein ungezählte Male sich abwechselndes landschaftliches Auf und Ab, Hügel und Tal, Straßen und Knicks. Heide und Geest grenzten an wertvollen Ackerboden. Der Wald von Fobeslet, der den Immenstedter Forst um ein Vielfaches übertraf, muss für unsere Altvordern eine bedeutsame Gegend gewesen sein. Man sah es an den Grabungen, die der König veranlasst hatte. Auch Pastor Petersen aus Holkeby bei Glücksburg, ein passionierter Laie archäologischer Grabungen und großer Sammler, tauchte hier regelmäßig auf. Er war ein Freund der Familie und logierte während seiner archäologischen Beschäftigung bei den Lorenzens. Und zog an einem Strick mit dem König, der ebenfalls ein leidenschaftlicher Ausgräber und Sammler war.

Das Gut Fobeslet kam mir unvergleichlich groß vor, es hatte etwas von einem Dorf. Durch eine Lindenallee fuhr man hinein, links und rechts strohgedeckte Katen, in denen die Kätner und Arbeiter wohnten. Dort befand sich auch, ein wenig zurückgesetzt, die Holländerei, das Herz der Milchwirtschaft, umstellt von hohen, schattenspendenden Pappeln. Dann passierte man das Torhaus, den mittleren Teil der Scheune. Jetzt befand man sich am Rand eines mit Feldsteinen gepflasterten Hofes, in der Mitte ein kreisrunder, von Findlingen eingeschlossener Rasen. Die Ställe für Kühe und Schafe, Hühner und anderes Federvieh lagen zu beiden Seiten des Hofes, hinter dem Kuhstall hatten Düngergrube und Misthaufen ihren Platz. Da war man schon fast in der freien Natur.

Das Herrenhaus lag dem Torhaus direkt gegenüber. Es war weiß gestrichen und mit Schiefer aus England gedeckt. Jeweils sechs hohe Fenster hatte schon Lorenzens Großvater zu beiden Seiten der blau-weiß-rot gestrichenen Eingangstür ins Mauerwerk setzen lassen. Alles schien mir schön und sauber.

Hinter dem Herrenhaus war der Obst- und Gemüsegarten, den man vom Gartensaal aus durch eine doppelte Glastür betrat. Dort hatte Lorenzen sein Bienenhaus. Auf einer Anhöhe, am Rande des Gartens, unweit einer großen Eberesche, stand der Pavillon, in dem wir an manchem Sommerabend saßen. Von hier sahen wir ins Land, wenn die Hitze uns tagsüber ganz wunderlich gemacht hatte. Metas Rosen dufteten. Meine Sorgenkinder, sagte sie, denn frühmorgens und spätabends kamen Rehe und fraßen die Blüten ab. Metas Freundlichkeit und Lächeln: unvergesslich. Hat es je ein freundlicheres Lächeln gegeben als das Lächeln dieser Frau?

Nie im Leben hätte ich gedacht, dass ich einmal so viel Weizen sehen würde. Weizen über Weizen stand auf endlos sich dehnenden Feldern. Aber, Doris, sage ich mir jetzt, so riesig sind die Felder nun auch wieder nicht gewesen. Der Herr von Fobeslet, Georg Lorenzen, hatte mir etwas Wichtiges beigebracht: Du musst überall und immer Abstriche machen, dann liegst du in etwa richtig. Und doch: Dehnten sich die Weizenfelder nicht bis zum Horizont, bis nach Kolding, der großen Stadt am Ende der Koldinger Förde, berührten sie nicht dort den Himmel, und: Wie viele Knaben und Männer schnitten mit ihren Sensen das Korn? Wie viele Mädchen und Frauen banden die Garben und stellten sie zu Hocken auf? Wie viele von all denen waren deutsch redende Knechte und Jungen, Mägde und Mädchen aus Posen, von Gesindeagenten angeworben und in der Zeitung annonciert?

Meta Lorenzen hatte mir die Kammer unterm Giebel über dem Haupteingang zugedacht. Dort richtete ich mich ein: Das Barometer hing an einem Handtuchhaken neben der Tür, mein Tagebuch lag in der Nachttischschublade.

In der ersten Zeit nach dem Abschied vom Hegereiter weinte ich jede Nacht im Traum; mein Kopfkissen war feucht von Tränen. Ich weinte, weil ich von meiner Familie in Husum träumte, von gemeinsamen Geburtstagsfesten, von Storm in der Taterkuhle und von Constanze in Potsdam, die dort Bäume rüttelte und schüttelte, und die Bäume warfen schöne Kleider herab. Aber auch manches Düstere sah ich im Traum: eine Teetasse mit vergiftetem Tee, einen Teller mit vergiftetem Apfelkuchen, ein Gedicht mit vergifteter Überschrift. Alles kam ins Kopfkissen.

Ob Storm und ich wohl jemals wieder in näherer Verbindung leben würden? Warum sollte er mit seiner Familie wieder zurückkehren in unser kleines Husum? In Potsdam erlebten sie die weite Welt, hatte mir Rieke geschrieben, sie bewegten sich unter Poeten und Künstlern, sogar Eichendorff hätten sie getroffen. Das war doch etwas unendlich Großes.

Merkwürdig, aber ich hing an Constanze. Mir war, als hätten wir uns beim Abschied in den Armen gelegen, und Storm hätte dazu geweint. Als ich das vor meinem geistigen Auge sah, wurde mir doppelt elend.

Frevelst du nicht?, fragte mich die innere Stimme.

Was meinst du damit?, fragte ich zurück.

Ist es denn recht, darfst du die Ehefrau deines Geliebten mögen oder gar lieben?

Ist es denn nicht recht?

Du bist wohl nicht ganz klug. Dein schlechtes Gewissen treibt dich noch in den Wahnsinn.

Da wurde ich unsicher und wusste nicht weiter, weder aufs Geratewohl noch aufs Ungeratewohl. Nur das wusste ich: Vor meinen Schritten öffnete sich ein Grab. In meiner Not klopfte ich an mein Barometer, sah nach dem Wetter und kam zu diesem Schluss: Du mit deinen Empfindeleien. Mögest du in den altgewohnten Bahnen wandeln und dort dein Glück finden, du musst nur warten können. Warten worauf? Ich wusste es nicht. Es lag an der Entfernung, der in Meilen gemessenen, sagte ich mir als Trost. Nie war ich so weit weg von zu Hause gewesen, auch von Storm nicht, denn zwischen Fobeslet und Potsdam lag eine Distanz von über hundert Meilen, das waren achthundert Kilometer. Ich hier oben im Norden und Potsdam da unten im Süden – da musste ich sehen, wo ich blieb.

So verging das erste Jahr. Im Winter fielen die Schneeflocken nicht anders als in Husum. Im Frühling brachen die Schneeglöckchen aus dem Schnee wie in Immenstedt. Es wurde mir schwer, hier oben Fuß zu fassen, das Heimweh wollte nicht vergehen. Die Lorenzens waren gute Leute, wie gern hätte ich mich bei ihnen wie zu Hause gefühlt.

(September 1854, Tagebuch) Meta hatte von Anfang an die Absicht, mich in der Milchwirtschaft zu beschäftigen, und das kam so: Marie Nowak, die bisherige Meierin, musste Hals über Kopf abreisen. Ihr Vater, drei erwachsene Brüder, eine Schwägerin und ein Schwesterkind waren innerhalb von drei Tagen an der Cholera auf Maasholm gestorben; auf der Insel in der Schlei gab es insgesamt vierzehn Cholera-Tote, sechs davon aus ihrer Familie – zu grässlich für die Nowaks.

Hinzu kommt: Lorenzen hat eines von den zehn Meiereimädchen wegen einer nicht gemeldeten Schwangerschaft, die sie dann doch nicht mehr verheimlichen konnte, nach Hause geschickt. Nun fehlt hier eine Kraft. Ich soll einspringen, und Meta wird das Geschäft der Meierin übernehmen. Ihre Hauptarbeit wird im Milchkeller sein; der atmet Sauberkeit und Frische und ist das eigentliche Staatszimmer der Herrschaften. Dort heißt es, zum richtigen Zeitpunkt und kunstgerecht den Rahm von der Milch zu nehmen, sonst wird es nichts mit Butter und Käse. (Ende Tagebuch)

Solange die Kühe während der warmen Jahreszeit draußen weideten, standen wir Meiereimädchen nachts um zwei Uhr auf und zogen unsere Melkschürze und die Holzklotzen an. Da war es ja noch dunkel. Dann fuhr der Meiereiknecht uns mit dem Melkwagen hinaus auf die Weide, wo hundertfünfzig Kühe auf uns warteten. Die anderen Meiereimädchen kamen aus Schweden, einige aus Polen und sonst woher, kriegten ihr Gottesgeld auf die Hand. Sie waren ein halbes Jahr da, dann gingen sie schon wieder, kaum konnte ich mir ihre Namen merken. Aber die Namen meiner fünfzehn Kühe, die ich zu melken hatte, vergaß ich nicht. Ich rief sie, und brav trotteten sie aus der Dunkelheit herbei.

Wie oft rückten wir bei Regen und Kälte aus mit Eimern und Tragejoch, wie oft kriegten wir im Herbst eisige Finger beim Melken, wie oft wurde ich dabei nass bis auf die Haut. Ich wusste es schon am Abend zuvor, weil ich jeden Abend auf mein Barometer sah. Fobeslet im Regen – das steht mir vor Augen als ein sehr klares Bild. Wo waren die schönen Sommer meiner Kinderzeit in Husum, das dachte ich, wenn die Milch in meinem Melkeimer schäumte und der Regen mir in die Augen lief. Manchmal drückte mich bleierne Morgenmüdigkeit, dann lehnte ich meinen Kopf gegen die Kuh, spürte ihr weiches Fell, kriegte etwas von ihrer Wärme ab, vergaß zu melken und schlief ein. Dann träumte ich, an einem schönen Sommertag knietief und barfuß im Arlauwasser zu waten – links und rechts die hohe Böschung, vor mir, unsichtbar in der Ferne, die spiegelglatte Nordsee, über mir der Himmel, hinter mir der königliche Forst und das Hegereiterhaus. Ich musste mich der gewaltigen Brandung meiner Gefühle erwehren, die schäumte wie die sich mit scharfem Strahl in den Eimer ergießende Milch. Das hatte wohl auch der Meiereiknecht mitgekriegt, der hier draußen die Verantwortung trug. Er fasste mich an der Schulter, rüttelte mich wieder wach und rief: Komm, Mädchen, im Milchkeller wartet weitere Arbeit für dich.

Und ob. Dort mussten wir die Milch durchs Sieb gießen und in die Holzschüsseln füllen, nachmittags dasselbe noch einmal, damit Meta den Rahm schöpfen konnte. Auch das brachte sie mir bei, und bald durfte ich sie in ihrem Amt vertreten, bis ich es vollständig übernahm.

Besonders viel Freude bereitete mir aber das Melken. Ich hatte ja vorher keine Ahnung gehabt. Zuerst musst du lernen, mit der Kuh in ein friedliches Verhältnis zu kommen. Man schmeichelt ihr auf verschiedene Art und reicht ihr vor dem Melken eine Portion leckeres Futter oder eine Handvoll Salz, damit sie sich keine Unarten angewöhnt. Ruhe und Ausdauer sind Pflicht, denn mit Schnelligkeit ist es beim Melken nicht getan. Selbst wenn die Milch nur noch in Tropfen fließt – nicht einschlafen, nicht aufhören, sondern ausmelken, schließlich ist der letzte Tropfen um das Doppelte butterreicher als der erste. Also hat das Ausmelken viel größeren Wert als die Zeit, welche durch unnötiges Eilen gewonnen wird. So wurde ich zum ersten Mal bekannt gemacht mit Lorenzens Philosophie vom Weniger-ist-mehr. Im Übrigen: Das erfolgreiche Milchgeschäft braucht Reinlichkeit, Reinlichkeit und noch mal Reinlichkeit. Sie ist das absolute Hauptdingnis und fängt schon beim Melken an: Wer das Euter nicht vorher abwäscht, hat im Milchgeschäft nichts zu suchen.

Ja, meine Milchmädchen, das sind junge Dinger, sagte ich nun als Meierin von Fobeslet. Sauber und adrett gekleidet mussten sie sein, darauf hatte ich zu achten. Ich verordnete halblange Ärmel und eine strapazierfähige Schürze aus Holsteiner Leinen, die Meta bei der Tuch- und Kleiderfabrik Sager & Söhne in Neumünster anfertigen ließ. Gesundheit, Jugend und Kraft strahlten die Mädchen nicht unbedingt aus, denn abends, nach dem Abendbrot, waren sie müde. Manchmal saß ich noch mit ihnen in der Gesindestube der Holländerei, wo wir stickten und nähten. Im Winter wurden Flachs und Wolle gesponnen, und während wir spannen, erzählten wir uns Geschichten – ich von der Nordsee, sie aus Schweden und Posen. Um neun Uhr war Bettzeit, fünf Stunden Schlaf waren nicht viel. Und alle hatten Heimweh, genau wie ich.

Einen Namen hab ich doch behalten, den von Ida aus

Posen. Eines Abends saß sie mit halbnackten Armen in der Gesindestube und strickte, und unser Meiereiknecht verliebte sich in sie. Schon war sie schwanger. Die beiden heirateten im Sommer 1855, Gott sei Dank mit dem Segen der Herrschaft, und zogen in eine der Katen draußen vor dem Torhaus. Im Herbst wurde ein Knabe geboren, im Winter, bei Eis und Schnee, wurde er auf den Namen Knud Maria getauft, Ida wollte das so. Ihr Sohn sollte auch nach ihrer Mutter heißen, aber in erster Linie den Namen seines Vaters tragen. Sie war gut dran, sie hatte einen Mann und ein Kind. Dass auch ich einmal einen Mann und ein Kind haben würde, daran hätte ich nicht im Traum gedacht.

(Februar 1856, Tagebuch) Wir sind alle sehr erkältet und kommen nicht so recht gegen den grimmigen Wintermann an. Der Gartensaal ist ein einziger Eispalast. Wir halten uns in der Küche und im Esszimmer auf, da wird tüchtig geheizt mit Torf aus dem nahebei liegenden Schwanen-Moor und mit Kohle aus England. Wir wärmen die Betten vor mit heißen, in Zeitungspapier gewickelten Ziegelsteinen und gehen mit Wollmütze und Wärmflasche ins Bett.

Es liegen vier bis fünf Fuß Schnee. Alle mussten ran und die Wege freischaufeln. Die Milch im Milchkeller ist gefroren. Macht nichts, so hält sie sich länger. Lorenzen fährt mit dem Pferdeschlitten nach Vamdrup, liefert dort Butter und Käse bei seinen Geschäftspartnern aus. Das geht im Eiltempo, schneller als die schnellste Diligence rutscht der Schlitten die zwei Meilen über den Schnee. Die Pferde scheinen das zu mögen. Sie wiehern nicht schlecht, und ihr Atem dampft aus den Nüstern. Auch den Kühen im Kuhstall dampft der Atem ums Maul, und doch ist es dort angenehm warm. Jetzt beginnt das Melken morgens um vier. Wir melken nur einmal am Tag. Die Kühe geben weniger Milch, aber immer noch mehr Wärme als der Küchenherd und der große Kachelofen im Esszimmer. (Ende Tagebuch)

Ich habe noch nie so viele Schneeglöckchen gesehen wie in Fobeslet. Sie schossen im Obstgarten in dicken Kissen aus der Erde, dann schossen die Märzbecher hinterher mit ebensolchen Polstern. Die Frühlingssonne schien durch mein Kammerfenster und wärmte schon.

An einem solchen Frühlingssonnentag nach dem Sonntagsgottesdienst schrieb ich einen Brief an Storm, den einzigen, den ich von dort an ihn geschrieben habe: Möchtest du, lieber Theodor, noch viele glückliche Jahre mit ihr erleben, freier von Sorgen als in den letzten Jahren, in denen wir doch manche trübe ernste Stunde hatten. Ich habe den lieben Gott gebeten, euch zu bewahren, lieber Theodor. Das Böse und Bittere zeigt sich vornehmlich dann, wenn Unglück waltet, es hält sich fern in glücklichen Lebenslagen. Was mich betrifft, so liegt das ganze Leben ja noch vor mir, und trotzdem sehe ich augenblicklich alles ohne einen Reiz, nur Sorge, Entsagung und Schmerz. Ich darf und will aber nicht klagen, denn mit welch anderen Augen betrachtet man die Welt, wenn man, im Unterschied zu mir, mit Nahrungssorgen zu kämpfen hat.

Keine Antwort. Die Verbindung nach Husum hielt sich dagegen schlecht und recht, Schwägerin Sophie schrieb mir hin und wieder einen Brief, das war ein kleiner Trost. Und endlich hörte ich auch mal wieder von Cile. Sophie war Weihnachten in der Hohlen Gasse gewesen und hatte sie besucht. Sie schrieb, Cile habe sich nach den schweren Schicksalsschlägen sehr zu ihrem Vorteil verändert. Ihr ganzes Leben sei tätiger, sie suche sich auf alle Arten zu beschäftigen, sie zeichne und lese, nähe und spinne, und das tue ihr auch wirklich not, da ja die Arbeit, ich weiß es zu gut, das beste Mittel gegen Tiefsinn und Grillen im Menschenleben sei. Ihre Stimmung sei ausgeglichener, sei sie früher doch die eine Stunde so, die andere Stunde so gewesen.

Kein Trost war der Tratsch, der Agnes Wommelsdorff betraf, die Gesellschafterin von Storms Mutter Lucie. Die Wommelsdorff hatte sich mit ihr überworfen, man wusste nicht, warum. Keinen Fuß mehr über Madame Storms Schwelle, habe sie gesagt. Was musste eigentlich passieren, damit man sich mit Lucie überwarf? Sie machte doch immer gutes Wetter und hoffte auf den lieben Gott.

Über mich hatte sich die Wommelsdorff so geäußert: Doris Jensen ist zwar seelengut, aber von schwachem Charakter. Wie mich das kränkte. Warum sagt sie das, fragte ich mich, und: Was willst du noch in Husum, wo man so schlecht über dich redet? Ich ging mit finsterer Miene meinen Pflichten nach, schöpfte im Milchkeller den Rahm ab und dachte: Was willst du hier in Fobeslet? Was willst du überhaupt auf der Welt?

Lorenzen muss mir mein Weltuntergangsgesicht angesehen haben und dachte wohl, ich hätte wieder mal mein schlimmes Heimweh, denn er sagte mit einem aufmunternden Augenzwinkern: Zu schade, dass man nicht per Telegraph von hier nach da befördert werden kann.

Ich sah ihn erstaunt an.

Meine junge schöne Do, sagte er, das sind so Zukunftsträume. Das werden wir bestimmt nicht mehr erleben!

Schmerz und Scherz beiseite, er hatte den Nagel auf den Kopf getroffen. Ja, dieser Lorenzen war munter unterwegs in Haus und Hof, Wald und Flur, er machte den fidelen Ton. Aber, Gott steh mir bei, mitten in der größten Heiterkeit befiel mich beim Abendbrot doch wieder die Traurigkeit. Es ist toter hier als auf den Eisbergen von Grönland, dachte ich und fragte dann, ob ich aufstehen dürfe, ging zum Seerosensee und sah einen Schwan im Wasser. Er schwamm mir entgegen mit seinem gebogenen Hals, ich warf ihm altes Brot vor den Schnabel, er schnappte sich den Brocken.

Ich wusste nämlich, Storm hatte sich noch weiter entfernt von mir, er war nach Heiligenstadt in Thüringen versetzt worden, und seine Familie hatte sich um die Tochter Lisbeth vergrößert. Ich fragte den Schwan:

Ist das alles auch wirklich wahr?

Er verstand und schwamm mir ein Ja ins Wasser.

Immerhin hatte das Schicksal mir die zwei Lorenzens aufs Servierbrett gelegt und gesagt: Nimm. Also dankte ich unserem Himmelsvater, dass ich nach dem Glück, das ich beim Hegereiter hatte finden dürfen, noch einmal in seiner wunderbaren Macht geborgen war. Ich fing an, mein Leben nun doch unter dem Vorzeichen einer Reise zu sehen, und begriff die bisher durchlaufenen Stationen als meine Universitäten.

# Schloss Holkenis

«General de Meza» hieß das Schiff, ein Raddampfer. Er hatte mich vor vier Jahren nach Holkenis gebracht, er sollte mich jetzt, im Oktober 1861, auch von hier fortbringen. Ich saß bei meinem Findling am Strand, und während ich auf das Schiff wartete, blätterte ich durch mein Tagebuch, strich mit den Fingern Sand von den Seiten und blickte über die Förde – drüben das andere Ufer mit den beiden Kirchtürmen von Broacker, hier der Fähranleger von Holkenis, der lag im Bereich des Adelssitzes von Graf Holk. Sein klassizistisches Herrenhaus stand auf einer Anhöhe hinter mir.

Herrensitze lassen ja oft zu wünschen übrig, dieser Holk'sche aber nicht. Vier Säulen bildeten wie bei einem griechischen Tempel sein Portal. Wenn ich mich am Strand umdrehte, dann schimmerte es oben weiß. Von da, von der Gartenterrasse aus, sah man ebenfalls den Fähranleger und die an- und abfahrenden Dampfschiffe nach Kopenhagen, Kolding oder Flensburg. Die Förde mit ihren Haken, Buchten und Steilküsten lag dem Herrenhaus zu Füßen wie ein weites Feld.

Seit dem Vortag schon bedeckte feines Grau den Himmel. Kein Sturm, nur Stille, kein Wind, nur Ruhe. Die Herbstluft war warm und schwer, süßlich vom Seetang, in dem abgestorbene Muscheln, Krebse und Seesterne vor sich hin faulten und den Duft vom Leben nach dem Tod verströmten. Ich mochte diesen Duft, typisch Strand, und sog ihn ein.

In liebevoller Rückschau auf meine Erlebnisse saß ich hier nicht. Vielmehr: Du musst deine Geschichten einigermaßen ins Lot bringen – damit rief ich mich zur Ordnung. Wer kennt nicht so eine Stimmung. Ich setzte mich aufrecht hin, und es war wie: Geh in der Zeit zurück, komme noch mal an. Und beim Noch-mal-Ankommen war es wie: Du atmest die Luft von damals, 1857, du siehst mit den Augen von damals, du hörst mit den Ohren von damals, du bist vier Jahre jünger. Die achtundzwanzigjährige blonde Frau, die gerade aus Fobeslet angekommen ist, die war ich jetzt nicht mehr, in mein Haar hatten sich graue Strähnen geschmuggelt.

(April 1857, Tagebuch) Lorenzen und Meta haben mich auf einer ihrer Butter- und Käsefahrten am Hafen abgesetzt. Die «General de Meza» lag zur Abfahrt bereit. Meine Aussteuertruhe war schon an Bord gehievt worden. Darin lag das Barometer sicher zwischen Kleidern und Wäsche. Wir drei standen in der Aprilsonne. Kein herzzerreißender Abschied, wie es in Kriegszeiten der Fall ist, sondern Lorenzen sagte:

Wir werden uns nie aus den Augen verlieren, das werden wir nicht.

Ja, sagte ich, Gott schenke uns ein Wiedersehen.

Meta umarmte mich mit einem plötzlichen Schluchzer, küsste mich und weinte. Es war wohl das Weinen um ihre Schwester Sophie, meine Schwägerin, die vor einem halben Jahr gestorben war.

Auch ich ließ nun meine Tränen los. Alles kam mal wieder zusammen. Sollte dieser Abschied etwa doch einer auf Nimmerwiedersehen sein?

Lorenzen wollte dieser Stimmung ein Ende machen, nahm sein Jagdgewehr, das er auf Geschäftsfahrten stets mitführte, hielt es senkrecht in die Luft, drückte ab und schoss uns einen Salut. So kannte ich ihn gar nicht.

Ich ging an Bord und winkte meinen Wohltätern das Lebewohl. Schon rief Kapitän Juhl seine Befehle zur Weiterfahrt in den Maschinenraum, und mit ein paar schweren Schlägen des großen Schaufelrades löste sich das Schiff von der Landungsbrücke. Es ging auf Kurs, steuerte durch die Koldinger Förde, wendete den Bug nach Süden in den Kleinen Belt, fuhr dann via Hadersleben, Apenrade und Sonderburg auf Flensburg zu, machte aber vorher noch an der Brücke von Holkenis fest; dort musste ich aussteigen. (Ende Tagebuch)

Damals konnte ich noch nicht wissen, dass die Fahrt mit der «General de Meza» mir einmal Bekanntschaft mit Theodor Fontanes Büchern bescheren würde. Später aber, als ich die Bücher gelesen hatte, wurden mir die Augen geöffnet. Der dänische General de Meza hatte sich in der Schlacht von Idstedt mit seinem Schneid hervorgetan, nachdem ein anderer General von schleswig-holsteinischen Scharfschützen aus einem Hinterhalt erschossen worden war. Er übernahm dessen Kommando, bewährte sich glänzend und trug entscheidend zum Sieg der Dänen bei.

Was aber war mit Fontane – warum interessierte er sich für diesen Mann? Fontane liebte Kunst und Militär, Soldaten und Künstler gleichermaßen, und de Meza war keiner von den Kommisskopfkriegern und dummen Draufgängern, sondern einer, dem neben seiner militärischen Begabung auch Künstlerblut in den Adern rollte: Er war ein ausgezeichneter Klavierspieler, er komponierte, schriftstellerte und zeichnete. Dänemark hat keinen besseren Soldaten, meinte Fontane. Nach Idstedt war sein Name denn auch in aller Munde, sogar den Raddampfer hatte man nach ihm benannt. Allerdings hatte de Meza auch seine komischen Seiten: Er war empfindlich gegen Straßenlärm, vertrug Kälte und Zugluft nicht, soll schon gefroren und gezittert haben, wenn die Kommodenschublade im Nebenzimmer offen stand.

Beherzigenswert für mich und wichtig in meinem Reiseleben aber sollte das werden: Der Raddampfer brachte mich wie unter einem Deckmantel dorthin, wo Fontane ein paar Jahre später Land und Leute für seinen Roman «Unwiederbringlich» auskundschaften sollte. In Holkenis und um Holkenis herum trieb er seine Studien, ja schrieb alles auf, was er über die Familie des Grafen Holk und das prächtige gräfliche Anwesen herausfinden konnte. Die Ostsee und das zauberhafte Glücksburg mit dem Wasserschloss lagen vor der Haustür, Flensburg war nicht weit.

Nebenbei gesagt: Nach Husum zog mich aus Fobeslet rein gar nichts. Bruder Friedrich hatte nach dem Tod seiner Sophie unser altes Haus in der Norderstraße verkauft und war mit Tochter Anna umgezogen nach Neumünster. Weinkeller, Lagerschuppen, Pferdestall und Garten: Es war einmal. Agnes Wommelsdorff hatte Husum ebenfalls den Rücken gekehrt und war zu ihrem Bruder nach Amerika ausgewandert, nach Independence in Iowa. Nachrichten aus Husum kamen jetzt von meiner Schwester Rieke, zuerst noch aus Bokhorst bei Hademarschen, später dann aus Hademarschen selber, wo ihr Johannes Storm für die zahlreich gewordene Familie ein großes Haus gebaut und den Holzhandel wegen des zu erwartenden Eisenbahnbaus hinverlegt hatte.

Es war jedenfalls Rieke, die mir im April 1858 berichtete, dass Storm inzwischen am Kreisgericht Heiligenstadt in Thüringen Richter war. Regelmäßig schickte er Briefe nach Hause.

Von Cile schrieb sie Folgendes: Johannes war in der Hohlen Gasse. Die große Sorge dort ist Cile. Mit ihrem Befinden geht es rapide auf ein schlimmes Ende zu. Mutter Lucie verzweifelt daran, dass das Schicksal ihr nun die dritte und letzte Tochter nehmen will. Cile ist von einem Dämon besessen und kann nicht mehr an Gott glauben. In lichten Momenten fragt sie: Bin ich anders als andere Menschen? In trüben Momenten sitzt sie geistesabwesend und in Gedanken versunken, leidet an Gliederzucken. Mit gelösten Haaren und ohne Mantel geht sie im Hofe auf und ab oder im Kreis. Sie kommt nur ins Haus, um sich Brausepulver zu erbitten, sagt: Ich werd verrückt, vielleicht bin ich es schon. Sie ist voller ängstlicher Ideen und voller Misstrauen. Hausarzt Dr. Wülfke hat erst Schlaftropfen verschrieben, dann hat er sie in die Irrenanstalt eingewiesen. Er hofft, dass sie bald in die Station der ruhigen Irren überwechseln kann. Also hat Johannes sie nach Schleswig gebracht. Der Irrenarzt in Schleswig meint, schuld an Ciles Befinden sei die Wasserkur im österreichischen Schlesien gewesen, beim Wasserpapst Prießnitz in Gräfenberg. Eine Heilung davon sei aber nicht aussichtslos, das Übel sei Ciles Unterleib. Wülfke glaubt nicht daran und sagt, sie sei schon immer zart und nervenschwach gewesen, die Anlage dazu habe sie von Anfang an gehabt.

Das musste ich erst mal sacken lassen. Arme Cile. Ich machte mir Sorgen um sie. Zu helfen war ihr wohl nicht. Du musst den armen Stackel unbedingt besuchen, das nahm ich mir damals vor. Da hatte ich selbst es ja wohl besser, in die sem Winkel an der Ostsee, einen besonders schönen Flecken hatte ich erwischt – wenn ich nach Süden schaute, lag mir das Solsbüller Land zu Füßen.

Der Grund, warum ich ausgerechnet hier in Holkenis strandete, war übrigens Pastor Petersen. Wir kannten uns ja noch aus Fobeslet, wo er seiner archäologischen Leidenschaft mit Schaufel und Spitzkelle, Pickel und Pinsel nachgegangen war. Nun brauchte er einen Ersatz für seine Enkelin Elisabeth, die ihm, seit dem Tod seiner Frau vor zwei Jahren, den Haushalt geführt und seine archäologische Sammlung betreut hatte. Und ich war bereit gewesen, dieses Enkeltochter-Amt zu übernehmen.

Inzwischen war Petersen ein betagter alter Herr, so um die achtzig, Klaus-Julius hieß er. Was für ein Zufall, dass er später, wenn auch ohne den Vornamen, in Fontanes Roman eine Rolle spielen sollte. Lassen wir mal die Zahlen sprechen: 1857 trat ich zum ersten Mal über die Schwelle des Holkebyer Pastorats. Fontane kam erst 1864 nach der Kanonade von Düppel hierher, da lebte ich schon wieder in Husum. Ohnehin schrieb er den Roman erst fünfundzwanzig Jahre später, da war er schon ein alter Mann, und mit der Erinnerung an Petersens Vornamen ist er vermutlich nicht mehr ganz obenauf gewesen.

Vieles, was ich hier also gesehen und erlebt hatte, taucht in seinem Roman wieder auf, aber nicht alles, was er dort schildert, deckte sich mit meiner Erinnerung. Er hat wohl einiges hinzugedichtet. Unter uns: Ich weiß von Storm, dass Fontane nicht immer ein sauberes Spiel mit der Wahrheit trieb, nicht mal in seinen journalistischen Berichten für die Kreuzzeitung. Oder sollte man sagen: Er hat geflunkert?

Damals hatte ich von alledem noch keinen Schimmer. Ich saß ja im Sand von Holkenisstrand, das Tagebuch in den Händen, Blick über die Ostsee bis zum Horizont, den ich nicht sah, weil er sich in der warmen Spätsommerluft unsichtbar machte. Von Ostseebrechern konnte wieder einmal keine Rede sein. Die Wellen – immer beherrscht und mit gebotener Zurückhaltung. Dahinein passten Lorenzens Weniger-ist-mehr und auch das feiner ausgedrückte lateinische Est-modus-in-rebus.

Ich dachte an Klaus-Julius Petersen, dessen Haushalt ich nun verließ. Seine Enkelin wollte wieder für ihn sorgen. Von seinem Arbeitszimmer im Pastorat hatten wir über die Dorfstraße hinweg seine Kirche sehen können. Sie stand dort wie eine feste Burg mit dickem Mauerwerk aus Granitfindlingen und trotzte Tod und Teufel, Wind und Wetter. Hinter dem Pastorat lag der große Pastoratsgarten mit den ehemaligen Stallungen für Pferd und Vieh, jetzt blühten dort Astern und Dahlien. Die Weintrauben an der Südwand des Hauses waren reif, im Birnbaum saßen die Schwalben und zwitscherten sich eins, sie standen vor dem Abflug nach Werweißwohin.

Petersen hatte alle Tiere abgeschafft, keine Kuh, kein Schaf stand mehr im Stall. Nur ein Angorakater, den er auf den Namen Thorsberg getauft hatte, schlich und miaute durchs Haus, sprang mit steil aufgestelltem Schwanz auf den Schreibtisch, ging vorsichtig über die ausgelegte Steinesammlung, ja trat mit allen vier Pfoten auf die Bibel, schnurrte seinem Wohltäter ins Ohr, und der sagte: Thorsberg, mein Heidenkind, aus dir wird niemals ein Christ.

Graf Holk, der ihn sympathisch fand wie ich, sagte: Mein alter, lieber Petersen, immer schieben Sie die Bibel beiseite und sind bei Ihren Steinen – mit Ihrem Buch wird es wohl nichts. Holk hatte gut reden, auch er wollte ein Buch schreiben, ein Buch über Handfeuerwaffen. Indessen war er damit seit einem Jahrzehnt noch nicht über das Inhaltsverzeichnis hinausgekommen.

Gräfin Holk hatte uns in der Vorweihnachtszeit zu Tee und braunen Kuchen eingeladen. In der Abenddämmerung gingen Petersen und ich durch die Kastanienallee, dann über die Parkchaussee dem Herrenhaus entgegen. Am Kricketrasen, kurz vor dem Portikus mit den vier Säulen, sagte er:

Nicht so schnell, Doris, ich bin schon ganz aus der Puste. Es sitzt mir doch noch in den alten Knochen.

Er meinte die schwere Sommerinfluenza, die mit einer Ohnmacht angefangen hatte. Ich hatte ihm eine Medizin aus Sonnenhut, Weißdorn und Schafgarbe gemischt, ihn mit kalten und heißen Tüchern auf der Stirn, kalten und heißen Wickeln um die Waden behandelt. Seine Genesung hatte gute Fortschritte gemacht, mehr noch, inzwischen war er recht munter geworden, ich fand, munterer denn je. Aber in seinem Alter – man weiß ja nie. Ich selber kämpfte immer noch gegen einen hartnäckigen Husten. Auf Rat der Gräfin trank ich Molke und Emser Brunnen, beides hatte aber noch nicht das erwartete Wunder gewirkt.

So traten wir unter das Dach der gewaltigen Vorhalle, ich zog die Glocke. Der alte Diener öffnete, bat uns herein, dann meldete er uns der Gräfin.

Sie begrüßte uns mit einem Humor, den man sonst bei ihr nicht kannte, geschweige denn vermutete: Herzlich willkommen im stillen Holkenis, wo es schon ein Ereignis ist, wenn die schwarze Henne ein weißes Ei legt. Heiterkeit war offenbar Teil ihres Wesens, sie war wohl ein tief vergrabener Schatz. Wusste der Graf nichts davon?

Dunkel war es inzwischen geworden. Kein Mond. Vereinzelte Schneeflocken fielen ans Fenster, im Kamin loderte Buchen- und Birkenholzfeuer. Die beiden zwölfarmigen Kronleuchter brannten mit vierundzwanzig Kerzen. Wir waren – ohne den Grafen – eine kleine Runde im Gartensaal des Herrenhauses. Die Gräfin, die am Kopfende mit dem Rücken zum Kamin saß, hatte den Tisch herrichten lassen, eigenhändig weißen Damast drübergelegt und Kopenhagener Porzellan gedeckt. Eine Schale mit braunen Kuchen stand – blaue Blumen auf weißem Porzellan – in der Mitte des Tisches. Dazu passend die Zuckerdose mit dem Zuckerlöffel. Der Teekessel stand auf dem Kaminsims.

Zu ihrer Linken hatte die Gräfin den Superintendenten Schwarzkoppen platziert, neben ihm saß seine etwas verrückte Frau Kunigunde. Der Gräfin gegenüber hatte das arme adelige Fräulein Julie von Dobschütz Platz genommen, die Hausdame. Zur Rechten der Gräfin saßen Pastor Petersen und ich.

Manche Nächte vergehen mir wie auf Knopfdruck, so begann Frau Schwarzkoppen das vorweihnachtliche Tischgespräch, als Tee eingeschenkt war und die Gräfin das Signal zum Zugreifen gegeben hatte.

Die Frage nach dem Verbleib des Grafen erübrigte sich, denn alle wussten Bescheid. Er war von Prinzessin Maria Eleonore schon vor Wochen an den Hof in Kopenhagen befohlen worden, um seinen Kammerherrenpflichten zu obliegen. Er, der gehorsame Kammerherr, hatte sofort gepackt und war mit der «Dronning Maria» abgereist. Immer auf dem

Sprung und zu Diensten, so richtete sich der gute Mann das Leben ein.

Hier im Schloss Holkenis hieß es: deutsches Haus, deutsche Sitte. Haferbrei und Milch morgens, zwischendurch englischen Toast mit Butter, Hühnerbrust und Emser Kränchen mittags, Dünnbier und Sauerkraut abends, ein Glas französischen Rotwein zur Entspannung vor dem Zubettgehen. Aber der Graf war in dänischen Diensten, und dänisches Essen war ihm keine Gaumenfreude. Dass in Kopenhagen gesagt wurde: Die Deutschen sind keine Hofleute, sie taugen nur für Ministerämter, setzte ihm zu. Als Kammerherr war er trotzdem eine gute Besetzung: gebildet und ein Meister des Gesprächs. Fontane hatte sicher seine Freude an ihm.

Ach, wie ich mich wieder fühle, sagte nun Frau Superintendentin Kunigunde. Sie zupfte am Rüschenkragen ihres Kleides, warf einen Seitenblick auf ihren Mann, der aus biblischer Tiefe zitierte: Alles hat seine Zeit.

Und schon war man beim Thema Liebe, das die Gräfin seit vielen Jahren und in letzter Zeit zunehmend beschäftigte. Sie fragte Petersen, während sie ihm Tee nachschenkte und den braunen Kuchen zunickte: Wie sehen Sie denn aus Ihrer christlichen Sicht das Liebesideal zweier Eheleute?

Der Pastor setzte vorsichtig die Tasse auf die kostbare Untertasse, die auf dem weißen Tischtuch stand. Nur nichts verschütten, dachte er wohl. Ja, was soll ich sagen, so begann er. Ehrlich gesagt, er habe sich da wenig Gedanken machen müssen, sondern sich immer an die Bibel und die Zehn Gebote gehalten. Da seien die Liebesdinge klipp und klar geregelt. Im Übrigen – er nahm die Tasse für einen Schluck an den Mund – gelte Folgendes: Es gibt nichts Gutes, es sei denn, man tut es. Das sei für ihn das Alpha und Omega des Lebens, wenn es in Liebe gelebt werden solle.

Nun schaltete sich der Superintendent Schwarzkoppen ein: Bruder Petersen –

Weiter kam er nicht, denn Kunigunde legte ihre rechte Hand auf seine linke Hand, womit sie ihm zu schweigen gebot.

Der Pastor hatte noch mehr zu sagen: Ich für mein Teil, lieber Herr Superintendent, glaube fest, dass Gott mich, wenn er mich demnächst abberufen wird, meiner Frau zuführt, die mich dort oben erwartet wie ein Baum.

Das Bild vom Baum, er wolle es gern aufgreifen, sagte nun Schwarzkoppen. Wir wollen aber etwas sagen zur irdischen Liebe, Bruder Petersen.

O mein Gott, ja, warf seine Kunigunde ein.

Schwarzkoppen nickte: Zwei Bäume. Mann und Frau, jeder mit seinem eigenen Wurzelwerk, jeder wachse und gedeihe, treibe Säfte und Blätter und lasse Früchte wachsen. So ergebe sich, für jeden der beiden, Gottes Segen wie von selbst.

Jeder lasse dem anderen seine Leidenschaft und erfreue sich daran, ergänzte Kunigunde.

Ja, setzte der Superintendent fort, so wollen wir es gern halten in Gottes Namen.

Die Gräfin befand nach einigem Zögern: Ist das nicht die Sicht, die gerade Männer so mögen, lieber Schwarzkoppen? Immer entlang diesem Hauptgedanken: Man treffe und liebe sich nach Lust und Laune? Für die Frau heißt das ja wohl: nach des Mannes Lust und Laune.

Die Frau muss immer bereit sein, sagte Kunigunde.

Es ergab sich eine Pause, man trank einen Schluck Tee, man knabberte an einem braunen Kuchen, man wischte Kuchenkrümel von der Damastdecke. Die vier Lichter im Kerzenleuchter flackerten, als Gräfin Holk sich von ihrem Platz erhob und sagte: Und Sie, liebe Dobschütz, wollen Sie sich nicht auch einmal äußern?

Die Hausdame war über das Alter hinweg, in dem eine Frau noch an Mann, Ehe und eheliches Glück denkt. Sie hatte auch nie gelernt, sich dem schwachen Geschlecht zuzurechnen – nur das Sichzusammenreißen hatte sie gelernt. Aber sie hatte damit ihren Frieden gemacht und war auf ihre Art weise und gleichmütig geworden. Ach, mein Gott, die irdische Liebe, so begann sie, das sind so Sachen. Was soll ich sagen? Gräfin, glauben Sie mir, ich habe nur einen Wunsch: Ich möchte Sie glücklich sehen.

Die Gräfin senkte den Blick. Ich vermute, weil Tränen gekommen waren, denn sie nahm die Serviette vom Tisch, wischte sich zuerst über den Mund und dann über die Augen. Vielleicht dachte sie auch an den Satz, den sie einmal von ihrem Mann zu hören bekommen hatte: Das Weib ist ein Raubtier, meine Liebe. Leise sagte sie: Wie rührend von Ihnen, liebe Dobschütz.

Und nun war es die Dobschütz, die ihre Serviette nahm und sich über Mund und Augen wischte.

Ich spürte es deutlich: So eine arme Kreatur wie die Dobschütz bist du nicht, dafür hat dich der Herrgott schon durch zu viele Täler gehen lassen. Du darfst dich aber nicht mit anderen vergleichen. Du bist so, wie du bist, und was nicht ist, das ist nicht.

Jetzt war ich dran, denn die Gräfin fragte: Ja, und nun unsere Doris?

Pastor Petersen gab mir einen zärtlichen Patscher mit der

rechten Hand, ließ sie liegen auf meiner linken, die mit einem begreiflichen Zittern neben der Teetasse lag. Wollte er mich auffordern, etwas zu sagen? Oder wollte er seinen Segen spenden mit Worten, in die er seine gesammelte Liebe aus achtzig Jahren Leben hineinlegte? Ich sagte: Ich bin ja nur eine kleine Frau.

Ja, das sagte ich. Ich bin ja nur eine kleine Frau. Und jetzt fällt mir auf, dass nicht Storm es gewesen war, der diesen Satz zuerst gesagt und in Briefen an Lorenzen verwendet hatte, sondern ich war es selber gewesen, Storm hatte ihn von mir übernommen.

Ich sagte also diesen Satz. Mit den zwei Bäumen, die der Superintendent in seiner Antwort bemüht hatte, und mit Storm im Hinterkopf fiel es mir wie Schuppen von den Augen, und ich wusste, was ich außerdem zu sagen hatte: Die Liebe zweier Menschen, das ist ein und derselbe Baum. Ich dachte, das wird auch seine unverrückbare Meinung sein. Nur mit diesem Gedanken war er ins Exil gegangen, nur so ging ich auf meine Wanderschaft. In dieser Runde wurde mir klar, dass ich viel mehr von der Liebe wusste und verstand als alle anderen am Teetisch zusammen.

In die nun folgende längere Stille, die ich verursacht hatte, platzte Diener Dooren, ging zur Gräfin, beugte sich an ihr Ohr und flüsterte was.

Die Gräfin sah auf, blickte in die Runde, bat um Entschuldigung und um allgemeinen Aufbruch. Es sei etwas dazwischengekommen, man werde sich ja nicht aus den Augen verlieren.

Petersen und ich gingen den Weg ins Pastorat in leichtem Schneetreiben zurück.

Es wird was mit den beiden sein, sagte er, etwas, was uns nicht unbedingt gefallen wird.

Ich möchte nicht in Gräfin Holks Haut stecken, sagte ich.

Ich auch nicht, sagte er und fügte hinzu: Auch nicht in seiner.

Wir gingen am Kricketrasen vorbei, die Parkchaussee entlang. Petersen zog seinen breitkrempigen italienischen Hut, den er auch bei seinen Grabungen trug, tief ins Gesicht.

Was anderes, Doris, sagte er. Was hast du heute für uns zum Abendbrot?

Hoffentlich ist der Ofen nicht ausgegangen, sagte ich.

Wird schon nicht, sagte er. Ich habe genügend Kohle nachgelegt. Bisschen Glut wird noch sein.

Der weitere Verlauf der Geschichte von Graf und Gräfin Holk ist schnell erzählt. Diener Dooren meldete die überraschende Rückkehr des Grafen aus Kopenhagen. Passiert war Folgendes:

Kammerherr Graf Holk hatte sich in Kopenhagen Hals über Kopf in Ebba-Melusine Rosenberg, die Kammerfrau der Prinzessin, verliebt. Er erlebte mit ihr eines Nachts nur ein halbes Abenteuer. Halb deswegen, weil es gestört wurde durch das Großfeuer im Schloss Frederiksborg. Die archäologische Sammlung des Königs wurde fast vollständig vernichtet. Kammerherr und Kammerfrau retteten sich. Holk bewährte sich dabei als umsichtiger Helfer. Die Zeitung erwähnte ihn.

Nach der überraschenden Rückkehr des Grafen, nach Aufhebung der Teerunde durch die Gräfin, eröffnete Graf Holk seiner Frau, er wolle sich von ihr scheiden lassen. Sie willigte in die Scheidung ein, und sie wurden geschieden. Holk reiste zurück nach Kopenhagen. Ebba-Melusine lehnte seinen Heiratsantrag brüsk ab. Holk kehrte nach Holkenis zurück und ging für zwei Jahre auf Reisen nach Italien und England. Als er nach Holkenis zurückkehrte, war die Gräfin zu einer erneuten Vermählung bereit, und Pastor Petersen traute die beiden in der Kirche von Holkeby ein zweites Mal.

Aber damit war die Geschichte noch immer nicht zu Ende. Eines Abends, Petersen und ich hatten gerade zu Abend gegessen (Eierpfannkuchen, bestrichen mit Johannisbeergelee, seine Lieblingsspeise), winkte er mich weg: Nun geh schon. Er wollte sich, wie jeden Abend, ein wenig Bibel und viel Steinesammlung vornehmen.

Nach einer halben Stunde Strandspaziergang saß ich an meinem Stammplatz vor dem Findling. Zwei Gestalten in langen Kleidern, offensichtlich Frauen, sah ich auf dem Steilküstenpfad herunterkommen. Ich verkroch mich hinter den Findling, um ungestört beobachten zu können. Jetzt erkannte ich die beiden: Gräfin Holk und die Dobschütz. Unten am Strand zogen sie die Schuhe aus. Sie betraten den Anleger, die Gräfin voran, die Dobschütz hinterher. Ich hätte rufen können, aber das wäre ungehörig gewesen, und es hätte mich verraten. Ich wollte gern lauschen, das war aber nicht möglich, ich hätte näher dran sein müssen. Auch das Lauschen wäre ungehörig gewesen, das hätte mir aber nichts ausgemacht.

Was wollten die beiden? Den Sonnenuntergang beobachten, wie man in «Unwiederbringlich» liest? Die beiden Frauen waren nach draußen gegangen, als die Sonne schon tief stand, so steht es bei Fontane.

Als die Sonne sich anschickte, hinter den schmalen Streifen Land am westlichen Horizont abzutauchen, spiegelte sich noch einmal ein besonderes Licht im Wasser der Flensburger

Außenförde. Dann ging sie unter, aber die Lichterscheinung hielt sich. Da sah ich, wie die Dobschütz umkehrte, die Brücke verließ und wieder den Steilküstenpfad hinaufstieg. Hatte die Gräfin etwas vergessen, das sie holen sollte? Aber was? Die Gräfin stand jetzt allein auf der Brücke. Erwartete sie jemanden? Hatte sie die Dobschütz weggeschickt, um allein zu sein?

Ich hatte keine Zeit, mir weitere Gedanken zu machen, denn nach einem kurzen Wetterleuchten brach ein Unwetter herein und überraschte mich. Rauschen und Brausen erfüllten die Luft. Hier zog augenscheinlich der Wasserteufel sein Wasserhosenbein übers Wasser, zog wie ein unter vollen Segeln fahrendes Orlogschiff schäumend seine Spur und näherte sich der Brücke.

Ich stand neugierig hinter meinem Findling und rührte mich nicht. Kein Sturm, nur Stille um mich herum. Drüben die Gräfin, auch sie rührte sich nicht. Dann aber doch. Mit einem langgezogenen Schrei, aus dem ich ein ebenso langgezogenes Ja herauszuhören glaubte, flog sie, silbern leuchtend wie ein fliegender Fisch, der Flut entgegen. Möglicherweise aber riss das heranbrausende Wasserhosenbein sie von der Brücke und zog sie mit sich fort.

Als die Dobschütz wiederkam, war die Gräfin verschwunden. Sie schien sofort im Bilde und löste Alarm aus. Bei der nun folgenden Suchaktion, an der sich schließlich das ganze Dorf beteiligte, hielt ich mich bedeckt. Dass ich fehlte, fiel nicht weiter auf.

Am nächsten Morgen fanden Holkebyer Fischer die tote Gräfin, ruderten sie an den Strand und legten ihre sterblichen Überreste in den Sand. Brauner Blasentang, grünes Seegras, weiße Muscheln hingen ihr aus den triefenden pechschwarzen Haaren, die strenge Frisur hatte sich in ein Nichts aufgelöst.

In vollem Staat sei sie mit ihrem Tiefsinn ins Wasser gegangen, so redeten die Leute, wie eine Nixe liege sie da. Wer die Zeichen des Unglücksabends aber richtig deutete, musste zu einem anderen Ergebnis kommen. Ich war doch Augenzeugin, hatte es gesehen: Sie ist geholt worden. Mir fiel die Geschichte vom Sargfisch wieder ein, von dem mir Storm vor vielen Jahren erzählt hatte. Der Sargfisch, der sich seine Opfer holt. Und mein böser Traum.

Ein paar Tage später begannen die Glocken unserer Kirche zu läuten, als alle Trauergäste Platz genommen hatten. Der Graf saß in seinem offenen Kabinett, kerzengerade und allein. Kein Zucken um den Mund, keine Träne in den Augen. Von sich selber hatte er Haltung strenger verlangt als von jedem anderen. Wer weiß, wie es in ihm aussah. Der Glockenstuhl knarrte und quietschte. Als der letzte Glockenton verhaucht war, schritt Pastor Petersen zum über und über mit herrlichen weißen Astern geschmückten Sarg und hielt eine bewegende Predigt über den Satz: Jesus stand am Ufer. Ich dachte, das ist doch der Satz vom Auferstandenen. Ich jedenfalls hatte am Unglücksabend an der Steilküste gestanden, gelähmt und saumselig bei meinem Findling.

Ach, all diese Herbheiten. Sie wurden ein wenig gemildert, weil Pastor Petersen mir versprach, mit seinem archäologischen Werkzeug Name und Lebensdaten der Gräfin in den Stein zu meißeln. Damit wollte ich ein wenig Buße tun für mein Verharren und Verstecken: Ich war nicht aufgesprungen, nicht zur Brücke gerannt, hatte nicht eingegriffen, die Gräfin nicht gerettet. Die Aussicht auf eine Inschrift schien mir wie ein Trost, und plötzlich, irgendwie befreit, wollte ich Holkenis verlassen. Endlich bot sich die Gelegenheit, Cile in der Irrenanstalt zu besuchen, und wer weiß, vielleicht hatte man dort Arbeit für mich.

So kam es, dass ich bei meinem Findling saß, im Oktober 1861. Ich schlug mein Tagebuch zu, denn in der Ferne, noch weit im Osten, tauchte die «General de Meza» auf. Ich zog meine Schuhe an, nahm meine Tasche und ging durch den Sand zur Anlegebrücke, auf der sich das dramatische Geschehen ereignet hatte.

Jetzt plätscherte die Ostsee nur. Wie ein leise vor sich hin plätscherndes Leben, dachte ich. Die Ostsee kannte ich inzwischen in- und auswendig. Die Menschen von Holkenis und Holkeby hatte ich im Kopf. Von Storm war ein Brief gekommen, Petersen hatte ihn mir am Abend vor der Abreise in die Hand gedrückt. Er war noch ungeöffnet, er lag in meiner Tasche.

Was ist mit unserer Liebe, fragte ich mich, als der Raddampfer herandampfte. Diese Frage beunruhigte mich nicht, hatte ich mir doch vorgenommen, das Leben zu ertragen, wie es kommt. Die letzte Strophe des Gedichts «Die Zeit ist hin», das Storm früher einmal für mich geschrieben hatte, fiel mir ein:

> Hier steh' ich nun und schaue bang zurück;
> Vorüber rinnt auch dieser Augenblick,
> Und wie viel Stunden mir und dir gegeben,
> Wir werden keine mehr zusammen leben.

Die Schiffsglocke ertönte – wie anders tönten doch die Kirchenglocken von Holkeby. Aus dem Schornstein rußte es dick und schwarz. Mit einem Rums legte das Schiff an. Die Brücke fing den Rums auf und ruckte hin und her. Kapitän Juhl stand an der Reling und erkannte mich. Zwei Matrosen schleppten meine Aussteuertruhe an Bord, der Stewart nahm meinen Koffer, den ich auf die Bank gelegt hatte. Dann war auch ich auf dem Schiff, kein Abschiedswinken, denn niemand stand auf der Brücke, dem ich hätte zuwinken können. Mir war, als wäre ich nie in Holkenis gewesen.

# Flensburg

Eine Liebesgeschichte dauert nie zu lange, dieser Satz von Graf Holk war mir im Gedächtnis geblieben. Bei mir dauerte sie sogar an, auch wenn wir Liebenden uns aus den Augen verloren hatten. Ich nahm Holks Worte mit auf die weitere Reise, wollte sie bei mir haben, solange mein Kopf sie bewahren und meine Füße den Kopf noch tragen konnten.

Nach dem Zerwürfnis mit Lucie Storm in der Hohlen Gasse hatte die Wommelsdorff an Rieke so geschrieben: Wo ich hingehe, Kinderchens? Ich bummle nach alter Weise umher, denn ich habe schon von allen Seiten Einladungen. Wo es mir dann am besten gefällt, da lasse ich mich gleich den Zugvögeln nieder.

Sie war dann bekanntlich weit weggeflogen, nach Amerika, in den Schoß ihrer Familie. Der Not gehorchend – Rieke meinte, ihr sei nichts anderes übriggeblieben, denn in Husum habe sie als alleinstehende Dame kein Unterkommen mehr finden können. Wollte man sie nicht haben? Hatte sich das Zerwürfnis herumgesprochen?

Was sie nicht geschafft hatte, schaffte ich mit Storms Hilfe. Er musste gehört haben, dass meine Zeit in Holkenis zu Ende gegangen war, denn umgehend hatte er ein Empfehlungsschreiben geschickt. Ich öffnete den Brief erst auf dem

Dampfschiff. Es war ein Empfehlungsschreiben an die betagte und betuchte Madame Botilla Jansen. Ich dachte: Cile hat Zeit, die kannst du auch später besuchen, und schob noch am Tag meiner Ankunft in Flensburg den Brief unter der Eingangstür des Hauses von Madame Jansen durch. Die beiden letzten Sätze im Brief lasen sich so: Ich glaube, dass die treffliche See- und Handelsstadt kaum ihresgleichen hat. (Er meinte Flensburg.) Im Frühling gibt es wohl kaum einen erquickenderen Anblick als diesen blauen Meerbusen mit seinen buschengrün bekränzten, sich weit dehnenden Ufern.

Drei Tage später kehrte ich zum Haus der Madame Jansen zurück, nahm es von außen unter die Lupe. Wohl etwas verwahrlost, dachte ich. Mauerwerk und Fenster hatten lange keine Farbe gesehen. Die Haustür war mehrfach ausgebessert und vernagelt worden. Oben auf dem Dach drehte sich allerdings prächtig im Wind ein Segelschiff als Wetterfahne. Das nahm ich als Ermutigung. Ich ging die fünf steinernen Treppenstufen hoch bis an die Haustür, schlug den Messingklopfer und wartete. Jemand schlurfte auf der anderen Seite heran, wartete ebenfalls. Dann hörte ich, wie die vorgelegte Kette ausgehakt wurde.

Madame Jansen machte auf, zuerst zögerlich und nur zwei Handbreit. Ich sah in das ein wenig zur Seite gelegte Gesicht einer alten Frau, entdeckte kein Misstrauen, keinen abwehrenden Blick. Nun erlaubte sie sich sogar ein Lächeln, öffnete den Mund – da steckte im Oberkiefer ein einziger langer Zahn. Ich konnte diesen Gedanken nicht verhindern: Eine Hexe. Wollte sie mich mit einem freundlichen Gesicht etwa nur locken, wie Hänsel und Gretel gelockt worden waren? Wollte sie mich gefangen nehmen, in den Ofen stecken, braten und dann essen? All das hier in der Stadt und nicht im Wald? Schnell hatte ich mich gefasst und sagte mir: Das sind so Kindersachen für Erwachsene. Lass dich da nicht hineinziehen.

In der Nachbarschaft hatte ich mich vorher erkundigt. Im Nachbarhaus rechts legte man ihr Bosheit und Argwohn zur Last. Im Nachbarhaus links sagte man: Niemanden lasse sie ins Haus. Im Haus gegenüber erfuhr ich: Nur der täglich vorbeikommenden Brotfrau öffne sie einen Spaltbreit die Tür, um das Brot in Empfang zu nehmen. Dann die Leute von schräg gegenüber: Völlig zurückgezogen hüte sie im Haus ihre Schätze – Gold- und Silbermünzen, Schmuck und Edelsteine. Die nachbarschaftliche Gerüchteküche hatte mich neugierig gemacht.

Madame Jansen öffnete nun die Tür um eine weitere Handbreit. Da stand sie, eher klein und in einem schwarzen, verschossenen Kleid, auch ein bisschen krumm und auf dem Rücken eine Andeutung von Hexenbuckel. Sie stützte sich mit der Linken auf einen afrikanischen Kameltreiberstock. Wie alt mochte sie sein?

Ich habe Sie schon erwartet, sagte sie mit einem sympathischen Krächzen in der Stimme. Kommen Sie herein.

Ich trat ins Halbdunkel des mit großen Steinfliesen ausgelegten Flurs. Von Sauberkeit und Ordnung konnte keine Rede sein, da hatte ich im Laufe meines Lebens doch einiges gelernt. Ihr Garten, der hinter dem Haus lag und von einer hohen Mauer abgeschirmt war, bot ein ähnliches Bild, als ich zur offen stehenden hinteren Haustür hinaussah. Apfel-, Kirsch- und Pflaumenbäume standen in einem wirr und irr wachsenden Grün, in dem große Placken der hochgiftigen Hundspetersilie sprossen.

Was wächst, das wächst, sagte Madame Jansen, die wohl meine Gedanken erraten hatte.

Allerdings, antwortete ich, das sieht man. Ich sah aber auch, dass die Mauern, die den Garten einfriedeten, tadellos waren, der Putz ohne Schaden, die weiße Farbe ohne Altersflecken. Während ich mir also ein Bild machte, suchte und fand ich einen Platz für mein Barometer. Dort, rechts neben der Tür zum Garten, da könnte es hängen, dachte ich und sagte: Vor dem Haus sieht es anders aus.

Das Wichtigste immer zuerst, gab sie zurück. Die Kirschernte sei gut gewesen, und die Apfel- und Pflaumenernte habe alle Erwartungen übertroffen. Sie sah mich mit ihren schwarzen Augen an, musterte mich wie eine Mutter ihre Tochter, und ich musterte sie auch, denn sie sprach undeutlich mit dem einen Zahn, öffnete die Lippen nicht weit genug – zum deutlichen Sprechen wäre ein Gebiss nötig gewesen. In ihrer Rede gelang ihr nur manchmal das F, manchmal hörte ich ein S, dann wieder fehlte es, überhaupt fehlte der eine oder andere Buchstabe, aber ich verstand trotzdem.

Folgen Sie mir, sagte sie und führte mich über drei Treppenstufen in den tiefen Keller. Der war kühl und duftete. Hier stand ein großer Apfelschrank, alle zehn Schubladen gefüllt mit der neuen Ernte. Zwetschgen, Pflaumen, Renekloden, Mirabellen in randvollen Körben warteten auf die Verarbeitung. Sogar einen Korb mit Schlehen, die schon den ersten Frost abbekommen hatten, sah ich auf einem der Regale.

Damit kenne ich mich aus, sagte ich. Die Schlehen brauchen Frost für den Geschmack. Sie kriegen dann die notwendige Süße, und die ist gut für die Gesundheit.

Sehr brav, sagte die Alte.

Mit einem Lob aus ihrem fast zahnlosen Mund hatte ich nicht gerechnet. Schon schwebten mir die Apfelgärten von zu Hause, von Immenstedt, Fobeslet und Holkeby vor. Ich dachte an das Apfelgelee und an die vielen Marmeladen, die ich eingekocht hatte, sah mich hier im Haus schon wirtschaften.

Immer schön heiß die Gläser, wenn die Marmelade reinkommt, sagte sie. Offenbar konnte sie wirklich Gedanken lesen.

O ja, kochend heiß, antwortete ich. Die kann man gar nicht mehr anfassen, so heiß.

Madame Jansen sagte: Ich heiße übrigens Botilla, ein etwas ungewöhnlicher Name, aber so ist es nun einmal. Da steckt das Wort kämpfen drin, und das passt zu mir. Nenn mich doch einfach Tilla.

Tilla, sagte ich und lächelte überrascht, weil sie mir so schnell das Du angeboten hatte.

Sie lächelte zurück und sagte: Ja, Doris.

Dann gaben wir uns die Hand.

So kamen wir uns näher, Schritt für Schritt. Die Gedanken ans Früchte-Einmachen, Marmelade-Kochen, ja die Aussichten auf die Obsternte im nächsten und übernächsten Herbst, das alles legte sich wie ein Band um uns herum und ließ die Freundschaft keimen. Aber das war es nicht allein. Mehr noch war im Spiel als nur Obst und Marmelade, Keller und Küche, Haus und Hof, denn Tilla sagte:

So, und du kennst Storm, den Dichter?

Ob ich ihn kannte? Nach kurzem Schweigen, nach einmal husten mit der Hand vor dem Mund, sagte ich: Ich kenne seine Gedichte, und in Husum habe ich in seinem Chor gesungen. Ich schluckte. Was sollte ich sonst noch sagen? Die

Gedanken gingen mir durcheinander und überschlugen sich. Storm! Ich suchte den roten Faden, sah ihn nicht. Dann sagte ich: Ein loser Kontakt habe sich über die Jahre erhalten, nun sei er ja als Richter tätig bei den Preußen in Heiligenstadt. Und er habe eine Frau und viele Kinder.

Tilla nickte. Er hat nämlich in seinem Brief ein gutes Wort für dich eingelegt, sagte sie.

Hat er das?, warf ich schnell ein.

Ja, und sein Wunsch soll sich erfüllen. Tilla kuckte mich aufmunternd an. Gern will ich dich als meine Gesellschaftsdame um mich haben.

(Oktober 1861, Tagebuch) Hier bin ich bei einer seltsamen Alten gelandet, Storms Brief aber hat mir Tür und Tor geöffnet, anscheinend auch das Herz dieser Frau. Ich dachte zuerst, sie sei hässlich. Nun, da ich sie besser kennengelernt habe, sehe ich davon nichts mehr. Ich bin neugierig auf alles, was mich hier noch erwartet. (Ende Tagebuch)

Da ich schon einiges Wichtige aus Tillas Leben erfahren hatte, wollte ich mehr hören, und bereitwillig gab sie Stück für Stück von sich preis. Jeden Tag entdeckte ich Neues an ihr. Große Ohren unter ihrem schlohweißen Haar, kleine Füße in ausgetretenen Pantoffeln, mit denen sie über die Steinfliesen schlurfte, kräftige Hände, wenn sie sich ein Buch aus dem Bücherschrank nahm. Und eines Abends zog sie «Immensee» heraus, die Storm-Novelle, die, wie sie sagte, sie so tief bewegt habe.

Wirklich?, fragte ich.

Ach, das Buch gemahne sie an ihre Jugendliebe, sagte sie.

Nach und nach erfuhr ich davon: Ein kluger junger Mann war es gewesen, braunes gelocktes Haar, blaue Augen, schmale

Hände. Sie war ihm, dem reichen Erben, versprochen worden, seine Eltern hatten ihn dann nach Westindien auf Geschäftsreise geschickt. Nach seiner Rückkehr sollte Hochzeit gehalten werden, nie aber kehrte er zurück. Als Tillas verwitweter Vater, der sich mit Zucker aus Jamaika und Rum aus Flensburg ein großes Vermögen erworben hatte, unerwartet von Typhus dahingerafft wurde, fühlte sie sich doppelt verlassen. Aber sie war reich, und so beschloss sie, sich von der Welt abzuwenden.

Tilla legte den Kameltreiberstock von einer Hand in die andere, zupfte mit der Rechten an ihrem goldbestickten griechischen Jäckchen und sagte: Ja, so wird keine Familie verschont. Unter jedem Dach ein Ach. Aber, Doris, sieh mich an. Einst war ich so schön wie du heute.

Ihre Weltabgewandtheit schien ein Ende gefunden zu haben, nachdem ich bei ihr angeklopft hatte und eingelassen worden war. Tilla ließ sich von mir ausführen. Ich bestellte uns eine Charabanc, der Fuhrmann kutschierte uns zum Kollunder Wald, und während er wartete, spazierten wir durch den Forst, sahen Eisvögel über der Krusau auf ihrer Warte sitzen, dann blitzschnell abfliegen, ins Wasser tauchen und mit einem Fisch im Schnabel wieder herauskommen. Einiges von dem, was ich beim Hegereiter über die Natur gelernt und für seine Sammlung gezeichnet hatte, konnte ich jetzt vorführen: Buschwindröschen und Schlüsselblumen, Waldmeister und wilde Primeln, Zitronenfalter im Frühjahr, schwedischen Hartriegel, Walderdbeeren und Tagpfauenaugen im Sommer, Herbstzeitlose und späte Heckenrosen im Herbst, Tannenzapfen und Eichhörnchen, Hase und Igel, Reh- und Damwild im Winter.

Ansonsten kümmerte ich mich um Haus und Garten,

Keller und Küche, Wäsche und Betten. Tilla sah mich wirtschaften und bemerkte das mit Wohlgefallen. Jedem noch so kleinen Stück Einrichtung verordnete ich seinen Platz. Wo ein Schrank fehlte, kam einer hin, wo ein Regal fehlte, wurde eins aufgebaut.

Eines Tages, als der Kunsttischler im Flur nach alten Vorlagen eine neue Haustür tischlerte, wollte sie mir etwas zeigen und führte mich in die Bibliothek. Hier, sagte sie und öffnete die Hinterwand des alten Mahagonischrankes, mein Vermögen. Und während der Tischler hobelte, schraubte und leimte, zeigte sie mir ihre Schätze. In dieser Kiste liegen die Gold- und Silbermünzen, erklärte sie, in dieser hier – sie nahm eine Kiste aus Ebenholz und Elfenbein in beide Hände, hob und schüttelte sie, dass es rasselte und raschelte –, in dieser hier befinden sich Schmuck und Edelsteine. Alle Wertpapiere sind bei der Sparkasse in sicherer Verwahrung. Sie sah mich an, schloss die Schrankrückwand wieder und hängte das Schlüsselbund an ihren Ledergürtel.

Als der Tischler die Haustür fertig hatte, ging ich mit dem Pinsel für den ersten Anstrich drüber, für den zweiten auch, dann glänzte sie in weißem Lack. Das Haus erhielt durch das frische Holz und die frische Farbe einen neuen Geruch, den Tilla tief einsog. Ein Ofensetzer wurde einbestellt, um sich ein Bild von der Ofenlage zu machen. Wohnzimmer und Bibliothek verband bald darauf ein Bilegger, der vom Wohnzimmer aus geheizt wurde und auch in der Bibliothek seine Wärme abgab. Im Garten tat sich ebenfalls was. Ein Gärtner verwandelte das ungepflegte Grün. Die Hundspetersilie riss er fachmännisch heraus, innerhalb kurzer Zeit war der Rasen glatt wie der Kricketrasen von Holkeby. Auf meinen Vorschlag hin ließ Tilla einen Holz- und Kohlenstall in den Garten bauen. Brennholz aus dem Kollunder Wald und Steinkohle aus England wurden fortan dort gelagert. Kein noch so kalter Winter mit noch so klirrendem Frost und noch so eisigem Nordost sollte uns etwas anhaben können.

Seitdem ließen wir, wenn die Tage feucht oder kühl waren, den Kamin brennen, saßen vor dem Feuer mit einer Tasse Tee auf dem Beistelltisch und mit einem Happen zu essen in der Hand. Wir lasen die Flensburger Zeitung und Biernatzkis Volkskalender, beides hatte Tilla abonniert. Wir lasen im Buch eines alten Griechen das Kapitel übers Lachen, sodass wir auch ein wenig Ordnung in unser Lachen bringen konnten. Ich las Storms Liebesgedichte vor, die er für mich, nur für mich, geschrieben hatte, was ich aber nicht verriet.

Eines Abends, als das Kaminfeuer loderte und ich ein Scheit Buchenholz nach dem anderen ins Feuer legte, sagte Tilla: Weißt du, Doris, ich muss auch an die Zeit nach meinem Tod denken. Sie wolle bald, und zwar mit Hilfe des Advokaten vom Nachbarhaus links, eine Stiftung gründen. Es habe schon Gespräche gegeben. Testament und Stiftungsurkunde seien aufgesetzt. Spital der Dichter, so solle das Haus heißen, das sie bedürftigen Dichtern schenken wolle. Am hohen Ufer der Flensburger Förde solle es stehen, Blick über die blaue Bucht, an Glücksburg vorbei bis hin nach Holkenis. Jeder notleidende Dichter, von denen es ja so viele gebe, bekomme sein Poetenstübchen, eine Handvoll Trinkgeld und drei Mahlzeiten am Tag.

Das ist aber großzügig, sagte ich.

O ja, antwortete Tilla. Sie wolle etwas von dem zurückgeben, was sie durch die Poesie empfangen habe.

Ich sehe sie schon in ihren Dichterjacken vor dem Haus sitzen, sagte ich schmunzelnd.

Allerdings, und zwar in den schlampigen, die Dichter so lieben.

Der Stoff gewalkt und gefärbt in Antwerpen –

Und auch versoffene Taugenichtse sind darunter, da hat man ja schon einiges gehört.

Tja, die Herren Dichter mit ihrer eigenen Welt. Man möchte wissen, wie es da drinnen aussieht.

Aber unverzichtbar ist doch, was sie der Menschheit schenken.

Ich nickte. Wer sollte das besser wissen als ich? Ich schlug vor: Jeden Sommer sollen sie unbedingt eine Dampferfahrt machen.

Eine Dampferfahrt, Doris?

Ja, mit dem Raddampfer «General de Meza» und Kapitän Klaus Juhl. An Bord auch die Buchhandlung Westphalen, damit die Poesie ans mitfahrende Publikum verkauft wird und für die Stiftung einige Taler abwirft.

Das gefällt mir, Doris. Tilla malte sich auf ihre alten Tage noch eine vielversprechende Zukunft aus und sagte mehr zum brennenden Kamin als zu mir: Und alles mit dir zusammen, mein Deern.

So verfloss viel schöne Zeit. Wir planten und packten an. Wir pflegten der Muße und ließen uns Zeit. Tilla und ich waren inzwischen so eng miteinander verbunden, dass ich mir eines Tages erlaubte, ihr folgende Empfehlung ans Herz zu legen: Nimm doch einfach, wenn du lachst, deine Hand vor den Mund, dann sieht man den einen Zahn nicht.

Sie sah mich an, überrascht, ja irgendwie besorgt und irritiert, als hätte ich eine Krankheit bei ihr entdeckt. Dann sagte sie in ihrem Flensburger Plattdeutsch: Meenst du dat?, hielt sich die Hand vor den Mund und lachte hinter der vorgehaltenen Hand.

Aus dem Spital für bedürftige Dichter wurde nichts. Eines Morgens kam Tilla nicht herunter zum Frühstück. Ich hatte gerade ihren Haferbrei angerührt, der Kaffee stand heiß auf dem Herd. Als sie immer noch nicht kam, ging ich nach oben, um nach ihr zu sehen. Sie lag leblos in ihrem Bett. Man sieht, ob einer tot oder lebendig ist – ich kannte mich inzwischen aus mit Toten. Großmutter Mummy war mir am deutlichsten in Erinnerung, gleich danach die Gräfin am Strand von Holkeby. Weil ich angesichts der toten Tilla weder gelähmt noch sprachlos war, konnte ich mir nicht verkneifen, noch einmal nach ihrem Zahn zu sehen, schob ihre Oberlippe ein Stück aufwärts. Da steckt er friedlich, dachte ich. Gott segne dich, gute Frau.

Ich wickelte das Erforderliche ab, alles nach der Liste «Im Falle meines Todes», die wir gemeinsam erarbeitet und aufgesetzt hatten. Der Arzt war zu verständigen. Den Nachbarn war Bescheid zu sagen. Verwandtschaft gab es keine.

Den Advokaten vom Nachbarhaus links hatte Tilla als Generalerben eingesetzt. Geld, Haus, Schmuck, alles gehörte nun ihm. Nicht alles, denn mir hatte sie ein Kreuz aus Perlmutt an einer silbernen Kette hinterlassen – ein Kleinod, das mir bis zu meinem letzten Atemzug um den Hals hängen sollte.

An der Beerdigung nahmen alle Nachbarn teil, allen voran der Advokat vom Nachbarhaus links mit seiner Frau und einer Tochter. Tilla wurde am 15. Mai 1863, dem Tag der kalten Sophie, zur letzten Ruhe gebettet, auf dem Friedhof in Flensburg, anschließend gab es noch Kaffee und Beerdigungskuchen in der Gaststätte «Zum Friedenshügel». Der Advokat hielt eine Lobrede auf die Verstorbene, er nannte sie eine treffliche Frau.

Als ich meine Koffer packte, kam der Postbote mit einem Brief aus Hademarschen – Rieke hatte geschrieben. Was Neues aus der Familie? Etwa eine Schwangerschaft? Ich setzte mich mit Riekes Post vor die offene Haustür und las. Zufall oder nicht, sie erwähnte Cile nur beiläufig, aber mir war doch, als wenn sie jetzt für mich die Hauptsache wäre. Hatte ich mir nicht schon in Holkenis vorgenommen, sie zu besuchen? Seit vier Jahren verbrachte sie ihre Tage in der Irrenanstalt in Schleswig. Mein Umzug zu meinem Bruder Friedrich in Neumünster stand bevor, und ich war jetzt fest entschlossen, meine Reise in Schleswig zu unterbrechen und sie dort zu besuchen.

Für einen Blick in den Spiegel aber nahm ich mir noch die Zeit.

Der Spiegel fragte nichts, sagte nichts. Es war ein anderer Spiegel als der in Immenstedt.

Nun frag schon, sagte ich und sah mich an.

Als der Spiegel weiterhin schwieg, sagte ich, nicht ohne Trotz in der Stimme: Ich habe eine alte Frau glücklich gemacht.

Dann fuhr ich in Flensburg vom englischen Bahnhof ab. Erst ging die Reise nach Oster-Ohrstedt. Dort nahm ich den Zug nach Klosterkrug. In Klosterkrug stieg ich bei einem Fuhrmann auf, der mich nach Schleswig mitnahm und vor den Anstalten aussteigen ließ.

# Schleswig

Die Irrenanstalt mit ihren Häusern für Verwaltung und Küche, Pfleger und Irre lag in einem großen Park. Einer der Irren harkte die Wege, ein anderer beschnitt mit der Zaunschere – klipp, klipp – eine Ligusterlaube, ein weiterer schob eine Schubkarre voll mit Muttererde, wieder einer hackte Holz. Ich dachte: Auch bei den Irren hat alles seine Ordnung, und schön ist es hier. Auf einem Teich mit einer künstlichen Insel schwammen zwei Gänse im Entenflott. Hinter einer hohen Blautanne stand das weiß gestrichene Haupthaus mit seinem Portikus und den zweieinhalb Stockwerken, es erinnerte mich an das Herrenhaus von Holkenis.

Hier suchte ich den Irrenarzt Dr. Rüppel auf. Aus seinem Dienstzimmer im zweiten Stock sah ich einen Zipfel von der Schlei, ich sah auch den Schleswiger Dom und das am Schleiufer liegende Fischerdorf Holm. Der Doktor sprach, unterdessen ging er in seinem weißen Kittel im Zimmer auf und ab. Ich saß mit meiner Tasche auf dem Schoß vor seinem Schreibtisch und hörte zu.

(Mai 1863, Tagebuch) Dr. Rüppels Ausführungen lassen sich so zusammenfassen: Des armen Kindes Zustand sei eigentlich besser geworden. Cile habe ihre fixen Ideen fahrenlassen, könne lange ruhig sein, dann aber wieder in heftige Aufregung geraten. Körperlich sei sie gesund, Essen und Trinken schmeckten ihr. Die Medizin nehme sie willig ein. Sie zeichne sehr viel, aber komme ein Anfall, dann überkritzle sie alles. Gegenwärtig spinne sie am liebsten. Wann und ob sie nach Hause zurückkehren könne, das stehe in keines Menschen Wissen und Macht.

Meine Cile, Cäcilie von Ørstedt, geborene Storm, geschiedene von Ørstedt, ist untergebracht im Frauenhaupthaus, erste Pflegeklasse, eigenes Zimmer, Extraessen. Vater Johann Casimir zahlt alles. (Ende Tagebuch)

Als ich nach dem Anklopfen, ohne das Herein abzuwarten, in ihr Zimmer trat, saß sie neben einem eisernen Ofen am Spinnrad und spann. Sie sah nur kurz auf und sagte:

Ach, du bist es, Doris.

Als wenn wir uns erst vor einer Stunde zum letzten Mal gesehen hätten, so nebensächlich klang die Begrüßung. Hatte sie mit mir gerechnet? War ihr mein Besuch angekündigt worden? Ich hatte Mühe, sie wiederzuerkennen: nur ein paar Haare auf dem Kopf, ein Strich in der Landschaft, bekleidet mit einem blauen Anstaltskittel.

Schön, dass du mich gleich erkannt hast, Cile, sagte ich. Dass Humor und Heiterkeit, die uns in Kinderzeiten verbunden hatten, aus ihrem Leben ganz verschwunden waren, war nicht zu übersehen.

Du bist nicht Doris, du bist die Gräfin Danner, du sollst mir meinen Mann bringen, sagte sie.

Du meinst Ørstedt aus Kopenhagen?

Wo ist er?, fragte sie.

Ich denke, ihr seid geschieden? Ich weiß nicht, wo er ist, antwortete ich.

Meine Eltern sind schuld. Sie haben Ørstedt umgebracht und auch mein Kind.

Ørstedt hat dich verlassen, Cile. Dein Kind ist bald nach der Geburt an einer Gehirnentzündung gestorben. Das war vor zehn Jahren.

Cile erhob sich, ging ein paar Schritte, blieb, einen Kopf kleiner, wie sie war, vor mir stehen und sang mir den Anfang eines Kirchenliedes ins Gesicht: O Heiland, reiß den Himmel auf. Oberlippe und Unterlippe dünn und hart wie zwei vertrocknete Tannennadeln, Wangen und Nase weiß, glatt und voller Sommersprossen. Bei «Himmel» hörte sie plötzlich auf zu singen und sagte: Ja, Doris, Ørstedt hat mich verlassen, und mein Kind ist gestorben.

Ja, Cile, so ist es.

Wenn du Ørstedt siehst, dann sag ihm: Möge Gott, der Herr, es ihm recht wohl ergehen lassen. An dem kleinen Geschenk, das ich dir mitgebe, soll er erkennen, dass ich ihm nicht grolle.

Cile ging zum Fenster, nahm dort vom Tisch ein Blatt Papier. Sie hatte mit Bleistift eine Blume gezeichnet.

Schön, sagte ich, als sie mir das Papier übergab.

Er soll wissen, dass ich ihn immer noch liebhabe. Obgleich er mich vergessen hat, sagte sie.

Er wird dich nicht vergessen haben, Cile.

Wo ist mein Kind, Doris?

Ich weiß nur, dass es gestorben ist.

Theodor hat es umgebracht. Er hat mich nie gemocht, sagte sie, senkte ihren Blick und starrte auf den Boden.

Theodor würde nie einem Menschen etwas zuleide tun, antwortete ich.

Dann war es Constanze.

Auch Constanze kann es nie und nimmer gewesen sein. Niemand hat dein Kind umgebracht.

Cile wendete sich von mir ab und begann, im Zimmer auf und ab zu gehen. Nein, sagte sie nach einer Weile, ich muss im Kreis gehen. Sie ging dann in einem Bogen um mich herum und erklärte: Dann muss ich mich nicht mehr umdrehen. Sonst werde ich verrückt.

Ich versuchte zu lächeln, wusste nicht, wie, und fragte: Wie schmeckt dir das Essen, Cile?

Das Essen ist gut. Ich schmeiße es immer in den Ofen.

Wirklich? Du isst gar nichts?

Wo ist mein Kind, Doris?

Ich weiß es nicht, Cile.

Siehst du, du weißt es auch nicht, aber irgendwo muss es doch sein.

Ja, beim lieben Gott, oben im Himmel.

Woher weißt du das?

Ich glaube doch an den lieben Gott.

Du weißt es also nicht.

Unser Gespräch drehte sich mit ihr im Kreis. Ich wollte sie an gemeinsame Kinderzeiten erinnern und sagte: Kannst du dich entsinnen, Cile? Immenstedt und Hegereiter?

Der Hegereiter besucht mich einmal in der Woche.

Aber er wohnt doch längst auf Hallig Gröde.

Trotzdem. Er kommt einmal in der Woche und überbringt mir einen Brief von meinem Vater.

Jede Woche kriegst du einen Brief von deinem Vater?

Ja, einen Entschuldigungsbrief.

Wofür entschuldigt er sich bei dir?

Dafür, dass er nicht bei meiner Konfirmation zugegen war. Er war nach Kiel ausgerückt, um sich zu amüsieren. Das war eine schwere Sünde. Davon bin ich verrückt geworden. Nun muss er immer den Brief schreiben.

Er muss? Wer sagt ihm das?

Meine Mutter. Auch sie entschuldigt sich immer.

Warum denn deine Mutter?

Sie hat mich aufs Internat nach Brunsbüttelkoog geschickt. Da sollte ich Unterschied lernen, Abstand, Umgang, Benimm. Ich habe es nicht gelernt, sonst hätte ich mich nicht in Ørstedt verliebt. Und auch nicht in mein Kind.

# Neumünster

Mein Bruder Friedrich lebte nun als Witwer mit seiner kleinen Tochter Anna in Neumünster – einer Industriestadt mit rauchenden Schloten und achttausend Einwohnern. Er hatte sich dort, in unmittelbarer Nähe zum Bahnhof, ein Grundstück mit Haus gekauft. Eine Lagerhalle entstand, Eiche, Buche, Fichte aus den umliegenden Wäldern wurden hergefahren, er kaufte eine Dampfmaschine und eine Sägemaschine in England, die kamen per Schiff nach Tönning, wurden umgeladen auf einen Eiderkahn, der sie nach Rendsburg fuhr, und schließlich brachte die Eisenbahn sie nach Neumünster.

Bald hörte man die Dampfmaschine pfeifen und die Sägemaschine sägen. Räder drehten sich, die Säge schnitt mal dick, mal dünn, zehn Arbeiter waren beschäftigt, bedienten die Maschinen, schleppten und stapelten die frisch gesägten Bretter, immer auf Zwischenraum, damit sie von allen Seiten Luft bekamen. Später baute Friedrich noch aus der Stadt hinaus, hatte dort einen noch größeren Holzplatz nebst Eisenbahnanschluss gefunden, auch ein neues Wohnhaus – eine kleine Villa mit einem Garten, den er seit seinem Weggang aus Husum hatte entbehren müssen.

Die Idee, von der Husumer Wein- und Kellerwirtschaft umzusteigen auf einen Holzhandel in Neumünster, hatte er von Riekes Mann Johannes, dem Holzhändler in Hademarschen. Holz hat Zukunft, sagte der, in Neumünster liegst du zentral mit der Eisenbahn, und gerade die hat Zukunft. Er hatte ihm auch den Rat gegeben, die Maschinen in England zu kaufen – die Engländer seien diesbezüglich weiter als wir.

Alles gut und schön, meinte mein Bruder, aber vom Wein verstehen die Engländer nichts. Den Weinhandel wollte er in Neumünster nicht an den Nagel hängen.

Um seine Tochter konnte er sich nicht selber kümmern, der Betrieb forderte den ganzen Mann. Einige Zeit wirtschaftete eine Haushälterin bei ihm, kümmerte sich auch um das Kind. Als sie gehen wollte, fragte er mich, und wir wurden uns schnell einig. Für Gotteslohn sollte ich bei ihm nicht arbeiten, er war großzügig, und ich sagte: Ja.

Seit langem sah und fühlte ich wieder etwas von meiner Familie. Mein Bruder lachte ähnlich wie mein Vater und hatte das Herz auf dem rechten Fleck. Annas Kindergesicht erinnerte mich an Großmutter Mummy. Ich nahm sie an der Hand, wir spazierten am Sägewerk vorbei, und ich fragte: Riechst du das Holz?

Sie wiederholte die Frage, dann hatte sie begriffen und hielt ihre Kindernase in die Luft. Riecht, sagte sie und lachte.

Siehst du den Dampf von der Dampfmaschine?, fragte ich.

Die Dampfmaschine pfiff, Anna erschrak und stürzte sich in meine Arme. Ich nahm sie hoch, dann sagte sie mit einem wichtigen Ton in der Stimme: Dampfmaschine.

Wir gingen am Schwale-Ufer spazieren, dort lernte sie die zwei Wörter Schwale und Wasser. Bei der Kleiderfabrik Sager & Söhne lernte sie noch mehr.

(Juli 1863, Tagebuch) Heute erreichte mich Riekes Nachricht von Ciles Tod. Als Erstes dachte ich: Gott sei Dank hast du sie noch besucht. Sie ist am 7. Juli in Schleswig gestorben. Mutter Storm hat nach Hademarschen an Johannes und nach Heiligenstadt an Theodor geschrieben. Cile sei in ihren letzten Stunden ganz ruhig gewesen, hat Dr. Rüppel mitgeteilt. Der Sarg mit ihrem Leichnam ist von einem Fuhrmann zum Zug in Klosterkrug, von da im offenen Güterwagen nach Husum befördert worden. Dort wurde sie in aller Stille beerdigt.

Mutter Storm war offenbar noch kurz nach meinem Besuch bei ihr in der Schleswiger Anstalt gewesen und hatte ihren Söhnen eine so ergreifende Schilderung davon gegeben, dass Theodor an Rieke schrieb: Das sind entsetzliche, rührend entsetzliche Dinge. Als ich das las, musste ich laut losweinen. Die arme Lucie! Nun sind alle drei Töchter vor ihr heimgegangen. Ein Kind zu verlieren ist für eine Mutter das Schlimmste, ein Mann wird damit besser fertig, glaube ich. (Ende Tagebuch)

Dann kam ein weiterer Brief von Rieke. Sie schrieb, es gehe unserer Mutter schlecht – sie liege schweißgebadet und phantasiere im Fieber, man wisse nicht, ob sie überleben werde. Der Doktor komme zweimal am Tag.

Ich packte sofort den Koffer, nahm Anna mit, und wir fuhren nach Hademarschen. Mutter lebte nicht mehr, als wir bei Rieke anklopften. Sie lag schon im Totenhemd aufgebahrt im Wohnzimmer, das überquoll von blühenden, duftenden Blumen, die Rieke und Johannes in Vasen und Wassereimern überall postiert hatte: Gladiolen, Lilien, Reseden, Rosen und was sonst gerade blühte.

Anna gaben wir bei den Nachbarn ab. Rieke und ich nahmen zusammen Abschied, bevor der Sarg geschlossen wurde. Wir pressten uns ein Taschentuch ins Gesicht und weinten es nass. Ich dachte an Mutters Spruch, der mich immer begleitet hatte: Es muss gegangen sein. Nun war sie gegangen. Solltest du sie nicht noch einmal berühren?, fragte ich mich. Ich schaffte es nicht.

Immerzu dachte ich ans Sterben, aber nicht an das eigene, denn ich wollte leben. Ich war übrig geblieben – nein, auch Rieke und Friedrich lebten noch. Und Anna, die ich fester und fester in mein Herz schloss.

Friedrich kam kurz vor der Beerdigung. In der Kirche St. Severin sprach der Pastor uns Trost zu. Ja, er rief sogar dazu auf, nicht den Lebensmut zu verlieren. Da rannte er bei mir offene Türen ein, und ich musste weinen.

Danke, Herr Pastor, für die tröstenden Worte, sagte ich zu ihm nach dem Gottesdienst.

Ja, es ist schwer, einen geliebten Menschen zu verlieren.

Danke für die herzliche Anteilnahme, sagte ich zu jedem, der mir das Beileid aussprach.

Sie hat es doch die letzten Jahre bei Rieke und Johannes schön gehabt, antworteten die Trauergäste.

Später, als wir wieder zu Hause waren, brachten die Nachbarn uns Anna wieder. Sie hatte inzwischen drei neue Wörter gelernt: Tod, Beerdigung, Grab. Johannes holte eine Weinflasche aus seinem Weinkeller, und wir tranken einen Schluck auf unserer Mutter Wohl.

Schon ging es in Friedrichs neuem Wiener Wagen zurück nach Neumünster. Wie zu unseren Kinderzeiten, dachte ich, als wir, so schnell die Pferde uns zogen, über Stock und Stein fuhren.

Demnächst werden wir mit der Eisenbahn nach Hademarschen fahren können, sagte Friedrich. Und in Windeseile wird Johannes sein Holz in Neumünster haben.

Und du dein Holz in Hademarschen, sagte ich.

Mein Holz geht nach Hamburg und noch weiter südlich, sagte Friedrich. Wir müssen langsam in größeren Dimensionen denken.

Mein Bruder sah seinen Betrieb weiter wachsen, ihm schwebten gemeinsame Geschäfte mit Johannes vor. Dann werde man sehen, sagte er, ob man nicht zu zweit besser gegen die Konkurrenz bestehen könne. Er liebte es, Pläne zu machen, mochte aber auch gern feiern, einladen und tafeln. Das Geschäft brauchte Pläne, und die Pläne wollte er schön begleitet wissen. Da war er ganz mein Vater.

Auf einer von seinen Geselligkeiten in der Laternenzeit, im Herbst 1863, war Constanzes Schwester Sophie dabei, wir nannten sie Phiete – acht Jahre jünger als ich und dreizehn Jahre jünger als Friedrich. Johannes und Rieke hatten es von Hademarschen aus so eingefädelt, dass er Phiete und ihre Eltern, Ernst und Elsabe Esmarch, einlud. Ich hatte die drei seit meiner Zeit in Segeberg nicht mehr gesehen.

Nach dem Essen, das ich zubereitet hatte – Kalbsbraten in brauner Soße, Kartoffeln und Rotkohl, gefolgt von eingeweckten Erdbeeren mit Schlagsahne –, saßen wir im Herrenzimmer um die Herbstbowle herum, die Herren mit Zigarre, die Damen mit Konfekt. Johannes trank gerne, und wenn sich bei ihm die Zunge lockerte, dann kriegte er ein loses Maul. Auch an diesem Abend redete er zu vorgerückter Stunde viel, aber Phiete und Friedrich ließen sich davon nicht beeindrucken, sie hatten nur Augen und Ohren für sich. Ich hingegen kümmerte mich um Bowle und Konfekt und verließ die Runde, wenn Johannes' Gerede mir zu bunt wurde.

Diese Abendeinladung fiel in die Zeit, als sich die Krise um die Herzogtümer zuspitzte. Friedrich VII., der Archäologe, war auf Schloss Glücksburg gestorben, sein Nachfolger Christian IX., der besser Deutsch als Dänisch sprach, unterzeichnete sofort nach seiner Ernennung die sogenannte Novemberverfassung. Ihm blieb nichts anderes übrig, denn die «Eiderdänen», die das Herzogtum Schleswig ihrem Königreich einverleiben wollten, waren in Kopenhagen eine bedeutende politische Kraft. So kassierte Dänemark das Herzogtum Schleswig, wodurch nicht nur uraltes Recht gebrochen war – der Vertrag «Up ewig ungedeelt» von Ripen aus dem Jahr 1460 –, sondern auch internationales Recht, nämlich das Londoner Protokoll von 1852.

Ja, auch der Däne kennt den blinden Eifer, hörte ich Tante Marie sagen.

Die Empörung in den Herzogtümern war groß. Storm empörte sich im fernen Heiligenstadt und schrieb im Dezember an seinen Vater: Es ist mir wohl bewusst, dass der überall unausbleibliche Kampf zwischen der alten und neuen Zeit bei uns ein sehr hartnäckiger werden muss. Diesen sozialen Kampf in meiner Heimat noch zu erleben und rüstig durch das begeisterte Wort mitkämpfen zu können, ist in Bezug auf das äußere Leben mein allerheißester Wunsch. Schon zogen deutsche Bundestruppen aus Sachsen und Hannover im Herzogtum Holstein ein und rückten Dänemark auf die Pelle.

Weihnachten stand vor der Tür, Anna und ich backten Wiehnachtspoppen, wie ich sie schon als Kind mit Großmutter Mummy gebacken hatte. Den Teig stachen wir mit

Formen aus, und dabei lernte sie diese Wörter: Rotkäppchen, Schneewittchen, Hänsel, Gretel, Pferd, Kuh, Vogel. Die Hälfte unserer Wiehnachtspoppen brachten wir zur Weihnachtsbescherung der Armen in den Krankenhof.

Der Winter 1863/64 wurde streng, ungeachtet dessen stand das Barometer auf Bon Temps und zeigte hohen Luftdruck an. Eisstürme wehten aus Russlands Steppen herbei, Schneeflocken wirbelten. Die Männer im Sägewerk kriegten lange Eiszapfen in ihre Bärte, die Frauen trauten sich nicht aus dem Haus, die Kinder waren mit ihren Schlitten unterwegs und liefen Schlittschuh auf dem lustig gefärbten Eis der Schwale – die Farbe steuerte die Tuchfärberei der Kleiderfabrik Sager & Söhne bei.

Wenn das Eis wieder getaut ist, dann lassen wir hier Papierschiffe schwimmen, sagte ich zu Anna.

Wohin schwimmen die?, fragte sie.

Von der Schwale schwimmen sie in die Stör, dann weiter in die Elbe, und dann schwimmen sie bis nach Amerika.

Amerika?

Schon wieder hatte sie ein neues Wort gelernt.

Ich verfolgte das politische Geschehen, konnte mit dem Itzehoer Wochenblatt am warmen Ofen sitzen. In Gottes Namen, drauf, soll General Wrangel gerufen haben, als er seinen Truppen den Befehl zur Eiderüberquerung gab. Preußen und Österreich machten gemeinsame Sache und betraten den Boden, der durch die vom König unterzeichnete Verfassung inzwischen dänisch geworden war. So fing der neue Krieg an.

Wenig später räumten die Dänen unter dem Kommando des seit Idstedt legendär gewordenen Generals de Meza ihren Festungswall bei Schleswig, das Danewerk. De Meza hatte sich einer zu großen Übermacht ausgeliefert gesehen, erschwerend war hinzugekommen: Er konnte das Vorfeld des Danewerks nicht fluten, wie es die Verteidigungsstrategie eigentlich vorgesehen hatte. Alles Wasser der Rheider Au, die man dafür hätte anzapfen müssen, war in diesem Eiswinter gefroren. Ein seltenes Naturereignis hatte also den Ausschlag für de Mezas Rückzugsbefehl gegeben, damit rettete er vielen seiner Soldaten das Leben. Später sollte er wegen dieser Entscheidung angeklagt werden und in Kopenhagen vor dem Kriegsgericht stehen.

Während ich in Neumünster Zeitung las, verfolgte Storm von Heiligenstadt aus das kriegerische Geschehen. Als dänische Beamte in den Herzogtümern die Koffer packten, ihre Schreibtische verließen und in die Heimat flüchteten, drehte und wendete sich auch das Blatt in Husum, und man bot ihm den dort freigewordenen Landvogt-Posten an. Im März 1864 reiste er in seine Vaterstadt und übernahm das neue Amt. Storm also wieder in Husum! Als ich davon erfuhr, in einem Brief von Rieke, war mir, als täte sich ein Abgrund auf. Obwohl.

Jetzt sei mal ganz still und sprich mir das Wort Landvogt nach, sagte ich zu Anna.

Ich zog sie zu mir heran, wollte ihre Kinderwärme spüren, um mich für all das Gewesene zu entschädigen. Ich merkte, wie mir die Tränen liefen, da ließ ich Anna los, wischte mir mit dem Handrücken die Tränen aus den Augen und sagte zu ihr und mir: Halten wir uns gerade, wer weiß, was der liebe Gott noch alles mit uns vorhat.

Ein paar Tage nach der Erstürmung der Düppeler Schanzen durch die Preußen – in Husum hörte man den Kanonendonner, in Neumünster hörte man davon nichts – machte auch Constanze sich in Heiligenstadt mit ihren Kindern auf den Weg und traf am 25. April 1864 in Husum ein, wo Storm im sogenannten Predigerwitwenhaus in der Süderstraße eine neue Bleibe für die Familie gefunden hatte.

*Drei*

# Das Wiedersehen

Im Sommer 1864 war es dann so weit. Da sah ich Storm zum ersten Mal wieder, in Hademarschen, als ich mit Anna drei Wochen bei Rieke und Johannes verbrachte. Über zehn Jahre war es her, seitdem ich ihn zuletzt gesehen hatte, unzählige Gedanken waren von mir zu ihm gegangen – erstaunlich, wie viel ein Mensch aushalten und übertönen kann. Constanze, die auch gekommen war, hatte ihm sechs Kinder geboren – wie viele Schwangerschaften mochte sie gehabt haben?

Der Heimkehrer aus Heiligenstadt wollte sich endlich bei Bruder Johannes und Schwägerin Rieke sehen lassen. Ob er auch mich auf der Rechnung hatte? Dass ich seinen Besuch erleben sollte, war für Rieke und Johannes selbstverständlich, denn schließlich gehörte ich zur Familie. Das wird schwer für dich, dachte ich. Es muss gegangen sein, hörte ich meine Mutter aus ihrem frischen Grab rufen. Gut, dass ich die kleine Anna an der Seite hatte und sie das Wörterlernen liebte.

Ich stand im Wohnzimmer hinter der Gardine des Fensters zum Garten, merkte gar nicht, dass Anna nicht mehr bei mir war. Durch den Stoff sah ich schemenhaft draußen Constanze. Da ich die Gardine nicht zur Seite ziehen wollte, ging ich zum Nebenfenster, wo die Gardine einen Spalt zum

Rauskucken ließ. Jetzt sah ich Constanze deutlich – sie stand bei den Rosen und beim Jelängerjelieber, die Kinder, unter ihnen Anna, liefen um sie herum.

Füllig und matronenhaft war sie geworden, blass und kränklich wirkte sie.

Wie ich auf sie wohl wirken würde? Wie auf Storm? Später erfuhr ich es: Eine verblühte Blondine, das sah er in mir.

Ich gab mir einen Ruck und murmelte: Du darfst dich nicht drücken, das wäre ein Zeichen von schlechtem Gewissen, du musst jetzt in den Garten gehen.

Als ich wenig später Constanze etwas abseits vom Trubel die Hand gab und ihr in die Augen sah, war mir alles wieder vertraut, so als wäre es erst gestern gewesen: die Schuld und die Liebe, die Eifersucht und die Scham. Sann sie auf Rache, wollte sie mir den Fehdehandschuh hinwerfen? Wie mochte es in ihr aussehen, hasste sie mich? Ich hätte es ihr nicht verdenken können, und mit Bitterkeit dachte ich: So viel Zeit ist vergangen. Wenn du mich hasst, dann tust du mir weh. Deinem Hass kann ich nichts entgegensetzen, denn ich hasse dich nicht.

Sie warf mir keinen Fehdehandschuh hin. Statt uns zu umarmen, standen wir mit unseren älter gewordenen Gesichtern voreinander, und ich sagte:

Und, wie geht es?

Es muss ja, aber wir sind froh, wieder in der Heimat zu sein, antwortete sie. Was für ein reizendes Kind doch die Anna ist.

Ja, das ist sie. Sie erinnert mich an meine Großmutter Mummy.

Ach, tut sie das?

Als würde mir die Luft abgedreht, so war mir. Entschuldige mich bitte, sagte ich und flüchtete in den Trubel, bloß weg von ihr. Verfolgte sie mich mit ihren Blicken? Ich war froh, dass wir Erwachsene viel zu reden hatten. Wann endlich kommt die Eisenbahn, das war das Hauptthema. Wie war's in Heiligenstadt und Preußen, das war auch ein Thema. Wie war's in Potsdam und Sanssouci, das war noch ein Thema. Für die Kinder gab es eine Menge zu tun. Viele neue Namen musste Anna lernen. Die von Constanzes und Theodors Kindern: Hans, Ernst, Karl, Lisbeth, Elsabe, Lucie. Die von Riekes und Johannes' Kindern: Hans, Lucie, Helene, Franz und Casi. Das Gesindel, wie Storm die Kinder nannte, spielte im Garten Kricket, und Anna war dabei.

Längst hatte ich ihn bemerkt, hatte aus der Distanz seinen Vollbart, die hohe Dichterstirn und seine Geheimratsecken gesehen. Du siehst zehn Jahre älter aus, dachte ich. Ich musste an seine Unterarme und Hände denken, sah ihn in der Treene schwimmen, hörte ihn rufen, damals in Schwabstedt. An die Fahrt zurück nach Husum erinnerte ich mich genau, und ich spürte die Liebe, die damals in uns gewesen war.

Schon kam er mit langsamen Schritten auf mich zu – so langsam, als wollte er gar nicht zu mir. Ich dachte, er übersieht mich, aber er übersah mich nicht. Er rief, dass alle es hören konnten: Die liebe Do! Das ist aber eine Freude, dich wiederzusehen.

Er schauspielert mal wieder, dachte ich. Stimmte aber nicht, die Freude war echt, das merkte ich gleich, und sofort war meine Befangenheit wie weggeblasen.

Die folgenden Tage vergingen, als wenn sie keinen Morgen und keinen Abend gehabt hätten, auch die Nächte fehlten irgendwie. Stunden verrannen, Müdigkeit kam gar nicht auf.

Ich dachte: Du bist gesund und brauchst keinen Schlaf, und sagte wider besseres Wissen: An Storm liegt das aber nicht.

Nach dem Aufstehen frühstückten wir gemeinsam, die Kinder an einem Extratisch, ich holte Brötchen vom Bäcker. Wir sprachen über den Sommer und über das Wetter, über das Holzgeschäft und über die Eisenbahn. Wir unternahmen einen Ausflug im offenen Wagen, hatten Picknickkörbe dabei, genossen die anmutig bewaldete Gegend, die Storm mit Eichendorff in Verbindung brachte, fuhren durch das Tal der Gieselau, beobachteten die Bauern bei der Heuernte, sahen Störche über die gemähten Wiesen stolzieren. Kurz vor dem Ende unserer Tour legte Storm ein Lagerfeuer an und kochte Kaffee, dann wurde der Korb mit Wurstbroten und Bienenstich herumgereicht.

Am Abend saß ich bei dem dreizehnjährigen Ernst am Bett, Constanzes und Theodors zweitem Sohn. Der Junge war bei dem Ausflug gestolpert und hatte sich das Knie verletzt – als wir zu Hause ankamen, war es stark geschwollen. Ich besorgte Eis bei Mutter Thiessen, machte einen Kühlwickel und legte ihn um das lädierte Knie. Ernst, der später ein großer Hypochonder werden sollte, jammerte: Es ist so dick, es tut so weh, muss ich jetzt sterben? Von unten herauf drang Storms Singstimme – sie klang wie eh und je. Während ich lauschte, hörte ich jemanden die Treppe hochkommen, es war Constanze. Ich stand auf, ging ihr entgegen. Sie flüsterte mir zwischen Tür und Angel zu:

Geh du runter, dann kannst du ihm besser zuhören.

Ich schüttelte den Kopf, denn ich wusste, wie schwer mir das Herz dabei würde, wenn ich ihn beim Singen sehen könnte, und wie anders er war, wenn er sang. Mir kamen die

Tränen, das fühlte ich, und ich bat Constanze, mich hier oben bei ihrem Jungen zu lassen, sie selber solle unten zuhören.

Constanze sah mich an, auch mit Tränen in den Augen, und nun geschah etwas völlig Unerwartetes: Sie legte beide Arme um mich, küsste mich links und rechts und sagte: Du sollst ihn noch oft singen hören. Warte, wenn du erst ganz bei uns sein wirst.

Ihre Freundlichkeit und Güte beschämten mich, und ich betete zum lieben Gott, er möge auch mich damit segnen, weil ich irgendwann zurückgeben wollte, was ich von ihr empfangen hatte.

Bei unserem zweiten Wiedersehen war Storm nicht dabei. Die Hochzeit von Friedrich und Phiete sollte am 25. November 1864 in Segeberg gefeiert werden. Natürlich fuhr ich hin, zusammen mit meinem Bruder, der heiratete ja. Auch Constanze kam – von ihr heiratete die Schwester.

Storm hatte abgesagt. Warum er nicht mitkam? Den wahren Grund habe ich nicht herausfinden können, auch von Constanze erfuhr ich nichts. Wollte er mich nicht sehen? War ich ihm zu hässlich geworden? Vielleicht hatte Constanze ihm gesagt: Ich möchte nicht, dass du Doris unter die Augen trittst, denn die ist mir ein rotes Tuch.

Vater Esmarch hatte seinen Schwiegersohn noch eigens bekniet: Dass du nicht zu Sophiens Hochzeit kommen willst, hat eine allgemeine und nicht unberechtigte Niedergeschlagenheit hervorgerufen.

Storm hatte sich nicht erweichen lassen und schrieb: Lieber Vater, wenn auch du selbst dich ins Mittel gelegt hast, es geht nicht; wir können nicht beide von Haus sein.

Es begann mit dem Polterabend. Einige Männer, unter

ihnen Johannes, tranken wie halb verdurstete Kamele und tanzten wie verrückte Schafböcke, der Schweiß lief ihnen in Strömen. Meine Schwester Rieke war selten fröhlich, und Johannes kriegte vielleicht auch deswegen Tränen in die Augen.

Nach Tanz und Spaß wurde scharf politisiert. Die Männer redeten, wir Frauen hörten zu. Irgendwann stand Elsabe, Constanzes Mutter, auf und verabschiedete sich:

Das ist nichts für mich. Möge es mit dem Krieg ein für alle Mal zu Ende sein. Gute Nacht.

Stolle, einer ihrer Schwiegersöhne, sagte: Gute Nacht, Mutter. Aber halten wir mal fest: Bismarck ist der größte Mensch des Jahrhunderts.

Vater Esmarch hielt nichts von Bismarck. Das Volk müsse ihn absetzen, meinte er.

Johannes erwiderte: In der preußischen Abgeordnetenkammer sitzen lauter Schufte und dumme Kerls. Hier bei uns sollte der Augustenburger das Ruder in die Hand nehmen.

Da war er bei Constanze an der falschen Adresse. Sie machte ihren Mund auf und sagte: Ich verstehe nichts von Politik, aber pah, was weißt denn du schon vom Adel. Frag lieber mal Theodor.

Storm hasste nämlich den Adel, wie er auch die Kirche hasste. Aber komisch genug: Er kam gut zurecht mit Adelsleuten – in Heiligenstadt war er befreundet gewesen mit dem Landrat Alexander von Wussow, später, in Husum, war er ein Freund von Ludwig Graf zu Reventlow, auch der ein Landrat. Und mit Pastoren stand er sich ebenfalls gut – einen sollten wir sogar als Schwiegersohn haben.

Am nächsten Tag fand die Trauung statt. Sie wurde im

Hause Esmarch vollzogen, Trauzeugen waren Vater Esmarch und Johannes. Schnell war man mit dem Procedere fertig, ähnlich muss es achtzehn Jahre zuvor bei Constanze und Storm zugegangen sein.

Constanze – ich fragte mich, warum sie bei diesem Wiedersehen so völlig anders war: Sie ging mir aus dem Weg, sah zur Seite, wenn ich ihren Blick suchte. Stumm standen wir nebeneinander in der Küche und erledigten den großen Abwasch nach Polterabend und Hochzeitsfeier.

Weißt du, wo die Teller hinkommen?, fragte ich.

Stell sie einfach irgendwohin.

Hast du Lust, nachher mit mir spazieren zu gehen?

Ich bin müde und möchte mich hinlegen.

Mehr Gespräch kriegten wir nicht zusammen. Sollte ich sie ansprechen und fragen: Was ist los, Constanze?

Die Antwort zählte ich mir an meinen fünf Fingern ab. Sie vermisst ihren Theodor, dachte ich und spürte Eifersucht. Sie ist wieder schwanger, erwog ich dann und dachte: Gott steh mir bei, noch einmal Eifersucht.

Ich fuhr, zusammen mit Friedrich und Phiete, am Tag nach der Hochzeit wieder nach Neumünster. Dort packten die frisch Vermählten ihre Koffer und begaben sich auf Hochzeitsreise nach Hamburg. Sie wollten sich einquartieren im «Hotel Stadt Kiel» am Gänsemarkt, eine Empfehlung, die von Storm gekommen war. Er war dort öfter abgestiegen auf seinen Reisen von Heiligenstadt nach Husum und Segeberg. Friedrich und Phiete wollten die Hansestadt in der Vorweihnachtszeit erleben, und sie wollten ins Theater gehen.

Ich blieb mit Anna in Neumünster und freute mich auf die Tage mit ihr.

# Das Kindbettfieber

Eine Gelegenheit, wieder nach Husum zu ziehen, ergab sich für mich im Frühjahr 1865. Die Frau des neuen Bürgermeisters Friedrich Feddersen-Stuhr – er war 1864 auf den dänisch gesinnten Hakon Grüner gefolgt – war im Mai 1864 im Kindbett verstorben. Weil die Haushälterin, die dem Kind auch Amme gewesen war, aufhören wollte, suchte Stuhr eine Hilfe für den Haushalt und für sein mutterloses Kind. Storm kannte ihn, die beiden waren weitläufig miteinander verwandt. Er schrieb mir deswegen und kam zum Schluss auch noch mit dieser Frage: Willst du nicht wieder in unserem Gesangverein mitsingen?

Stuhr wohnte zur Miete in einem Haus in der Wasserreihe, das später für mich noch schicksalhaft werden sollte, es wurde nämlich mein Zuhause. Leider gab es einen unschönen Beginn, den Johannes verursacht hatte. Er hielt sich in Geschäftssachen bei Friedrich, Phiete und mir in Neumünster auf und war über mein Vorhaben informiert. Da machte er am helllichten Tag eine Bemerkung, die mich sehr irritierte: Weil der Bürgermeister ja nun ohne Frau sei, erwarte er von mir sicherlich … Ich mag so etwas gar nicht wiederholen. Mit einem Grienen im Gesicht ließ er mich sprachlos stehen.

Das hatte mir einen tüchtigen Schrecken eingejagt, und ich fragte mich: Will er dir nur Angst machen, oder ist da was dran? Sollte ich den Posten besser doch nicht annehmen? In meiner Not schrieb ich Storm, postwendend kam seine Antwort: Nur zu, schrieb er, Stuhr brauche dringend Hilfe, er sei ein allerliebster Mensch, frisch und voller Leben – und so war er tatsächlich.

Ich willigte ein, und im April 1865 verließ ich Neumünster, nahm Abschied von Friedrich und Phiete und vor allem Anna, die mir lieb und teuer war. Ich umarmte sie und fragte:

Hast du noch ein neues Wort für mich, Anna?

Nein, sagte sie und: Wann kommst du wieder?

Zwischen Husum und Neumünster fährt die Eisenbahn, sagte ich. Damit kann man ganz schnell hin- und hersausen.

Ich reiste dritter Klasse, meine Aussteuertruhe sollte mir hinterherreisen. Mit gemischten Gefühlen fuhr ich meiner alten Heimatstadt entgegen. Wäre ich ohne Storms Ermutigung nach Husum zurückgekehrt? Ich wusste es nicht.

In der Wasserreihe bezog ich ein Zimmer im Obergeschoss, sah von dort in den Hafengang. Zu den alten Storms in der Hohlen Gasse brauchte ich nur fünf Minuten, zu Theodor und Constanze in der Süderstraße fünfzehn. Storm hatte sich das Waschhaus im Garten zu seiner Landvogtei umbauen lassen – da befasste er sich mit Mord und Totschlag, Diebstahl und Unterschlagung.

Stuhr bezahlte mich anständig. Ich kam gut zurecht mit dem Kind, hatte ja Übung, die Hauswirtschaft und die Arbeit im Garten gingen mir leicht von der Hand. Wir hielten viel voneinander und waren bald so vertraut, dass ich ihm später, als er in Flensburg Staatsanwalt werden sollte, bei der Hauseinrichtung half.

Schon bald nach meinem Einzug entwickelten sich die

Dinge dramatisch: In Husum grassierte das Kindbettfieber. Was ich in Segeberg schon vermutet hatte, traf zu: Constanze war damals bereits schwanger. Jetzt, Anfang Mai, erwartete sie ihr siebentes Kind.

Am 4. Mai 1865 kam die erlösende Stunde, und im Predigerwitwenhaus brachte sie ihre Tochter Gertrud zur Welt – eine schwere Geburt. Constanze war schwächer als sonst, hatte schon in den letzten Wochen vor der Geburt das Bett hüten müssen. Storms Doktor-Bruder Emil musste nach der Entbindung mehrere Ohnmachtsanfälle behandeln.

Noch am selben Abend sah ich Storm im Gesangverein, in dem er als Chorleiter mittlerweile fünfzig Männer- und Frauenstimmen versammelt hatte. Wir wussten, dass im Hause Storm der Klapperstorch erwartet wurde, und wollten wissen, wie es mit Constanze stand.

Ein Mädchen, sagte er. Die frischgebackene Mutter sei zwar schwach, aber sonst sei alles in Ordnung.

Wir gratulierten.

Schnell kriegte meine Stimmung einen Dämpfer. Mein Storm schien das Glück abonniert haben, während bei mir eher der Kummer zu Hause war: kein Mann, kein Kind. Sollte das auf ewig festgeschrieben sein? Ich ließ mich dann aber doch von der gehobenen Stimmung forttragen: Ein neuer Erdenbürger war geboren worden, ein neuer Konzertflügel sollte angeschafft werden, wir übten für das nächste Konzert Mendelssohns Hymne «O könnt ich fliegen wie Tauben dahin». Als Storm vor uns stand und dirigierte, dachte ich: Es geht mir doch ganz gut.

Aber Constanzes Wochenstuben-Idylle verwandelte sich in einen Albtraum. Die neu angestellte Aufwartefrau entpuppte sich als Todesengel, denn sie kam mit dem um sich greifenden Kindbettfieber-Bazillus ins Haus, an dem eine junge Wöchnerin, die sie zuletzt gepflegt hatte, gestorben war.

Auch Constanze starb.

Dass sie gestorben war, hörte ich morgens bei Bäcker Rothgordt, schräg gegenüber von Bürgermeister Stuhr, wo ich Brötchen holte.

Wie furchtbar, sagte die Bäckersfrau zu ihrer Kundin. Es ging ihr ja gleich nach der Geburt schlecht.

Was für eine Katastrophe für den Mann. Nun steht er alleine da mit seinen sieben Kindern, sagte die Kundin.

Ich stand wie versteinert. Ja, nun steht er alleine da, dachte ich und stahl mich ohne Brötchen fort. Ich musste an den Tod der Gräfin Holk denken. Auch damals hatte ich wie versteinert gestanden und keinen Finger gerührt. Wieder fühlte ich mich schwer wie ein Stein und zur Untätigkeit verdammt – oder schwebte ich etwa über Constanze wie ein Schicksalsengel, der ihr zuerst den Mann genommen und sie jetzt in den Tod gestoßen hatte?

Ich kam mit leeren Händen zurück, sagte dem Bürgermeister, was ich gehört hatte, nahm mir sein Kind, den Knaben Johannes, trug es nach oben in mein Zimmer, setzte mich auf mein Bett und drückte das kleine Lebewesen fest an mich, sprach zu mir und ihm: Du sollst nicht sterben, ganz gewiss nicht.

Das ganze Leben passierte Revue? Himmel und Erde stürzten ein? Nichts dergleichen. Ich weiß nicht mehr, was mir durch den Kopf ging. Es war wohl alles und nichts. Ich weiß nur: Gut, dass ich dieses Kind hatte, ich hatte etwas Lebendes im Arm. Ich redete ein auf das Kind, dachte, es müsste beruhigt werden, musste es aber nicht, denn es sah mich mit seinen Kinderaugen freundlich an, sang und gurgelte mir was, genoss es sichtbar, dass ich mich mit ihm beschäftigte.

(Mai 1865, Tagebuch) Rieke schickte mir die Abschrift eines Briefes von Storm an seinen Berliner Freund Ludwig Pietsch: Constanze ist nicht mehr. An ihrem letzten Nachmittag ließ ich die vier ältesten Kinder heraufkommen und bat Constanze, ihnen die Hand zu geben; sie tat es schwach und schweigend; nur als Ernst hereinkam und mit bebender und daher wohl ziemlich lauter Stimme sagte: Guten Abend, Mutter!, sagte sie vernehmlich: Guten Abend, oder, wie er meint: Gute Nacht, mein Kind, ich sterbe!

Nachher hat sie nicht viel mehr gesagt; der Körper kämpfte wohl nur mechanisch seinen Kampf zu Ende. Ihr Todesstöhnen war hart und dauerte lange, zuletzt aber wurde es sanft wie Bienengetön; dann plötzlich, ich kann nur sagen, in vernichtender Schönheit, ging eine wunderbare Verklärung über ihr Gesicht; ein sanfter blauer Glanz wandelte flüchtig durch das gebrochene Auge, und dann war Friede, und ich hatte sie verloren. (Ende Tagebuch)

Sanft wie Bienengetön, so war sie gestorben. Ob ich mir daraus einen Trost ersinnen konnte? Vielleicht. Ich nahm mir wieder den kleinen Johannes, ging auf den Deich, auf dem Storm, Constanze und ich vor vielen Jahren gegangen waren, und ich dachte: Wenn du dich jetzt daran erinnerst und das Kind fest an dich drückst, dann tust du vielleicht ein wenig Buße, und der liebe Gott wird dich belohnen mit dem Trost, den du gerade so dringend brauchst.

Ein Trost war jedenfalls dieser Frühling, der seine schönste Seite zeigte, als wir vom Gesangverein Constanze am 24. Mai morgens um drei zur letzten Ruhe geleiteten. Es fing an, hell zu werden. Eine Drossel sang, Rotdorn und Flieder blühten. Ich ging ganz am Ende des Trauerzuges. Vier Bässe und zwei Tenöre trugen den Sarg. Storm ging unter einem weißen Hut unmittelbar dahinter, gestützt auf seinen ältesten Sohn Hans, die beiden jüngeren, Ernst und Karl, links neben ihm. Er stieß ab und zu einen durchdringenden Schmerzensschrei hervor. Oh, seine Stimme, dachte ich.

Kein Pastor, kein Gebet, kein Gottesdienst, keine Kirche, kein Glockengeläut, so hatten die beiden es gewollt. Bevor die Stadt erwachte, ließen die sechs Träger den Sarg in die Familiengruft sinken, bis er unten angekommen war. Die Stille war enorm. Ich hörte, wie er aufsetzte. Dann nahmen die Träger ihre Hüte ab und hielten sie vors Gesicht. Ob sie ein Gebet sprachen? Ich sagte mir: Hier hinten stehst du gut, jetzt faltest du deine Hände und betest ein Vaterunser. Betont langsam und mit bebenden Lippen flüsterte ich die uralten Worte, Tränen liefen, Schluchzer kamen und gingen. Taschentuch, wo bist du. Während ich betete, flog mir ein Satz von Storm zu: Wenn du tot bist, dann fehlt dir zwar das Leben, aber du vermisst es nicht. Dem setzte ich mein Gebet entgegen, Tränen und Schluchzer wurden gebannt. Ich sprach die uralten Worte für Constanze, für Theodor und für mich, Worte, die aus dem Leben kamen und den Tod mit einschlossen.

# Briefe

Constanze hatte ihre letzte Ruhe in der Familiengruft gefunden, das Trauergefolge hatte sich zerstreut, und Husum erwachte allmählich. Storm zog sich zurück, wurde mir zugetragen, er wollte an diesem Tag allein sein und spielte stundenlang Klavier. Auguste Jebens kümmerte sich um die Kleinen, gegen Mittag schrieb er seinen Schwiegereltern nach Segeberg, am Abend dichtete er das Anfangsgedicht aus dem Zyklus «Tiefe Schatten»:

> In der Gruft bei den alten Särgen
> steht nun ein neuer Sarg,
> darin vor meiner Liebe
> sich das süßeste Antlitz barg.

Schwiegervater Esmarch stand ihm rührend bei, in aller Trauer über den unfassbaren Verlust. Er antwortete ein paar Tage später: Dein Geist ist stark, dein Körper aber ist nicht der stärkste, stütze den Körper durch deinen starken Geist und erhalte dich für Constanzes Kinder.

Er sah vom Leben angegriffen, blass und müde aus, ein alter Mann Ende vierzig, dachte ich, als ich ihn im August 1865 im Haus seines Doktor-Bruders Emil wiedersah. Anlass unseres Wiedersehens war die Doppeltaufe von Gertrud, seiner jüngsten Tochter, und Emils und Lottes Sohn Johann-Casimir. Ich war als Neumitglied der Familie Esmarch – durch die Verheiratung meines Bruders Friedrich mit Constanzes Schwester Phiete – von Emil und Lotte gefragt worden, ob ich Gevatterin für Johann-Casimir sein wollte, und damit in offizieller Mission.

Der 14. August 1865 war ein schöner Sonnentag, mein Barometer stand stabil auf Bon Temps. Von Pellworm wehte ein angenehmer Südwestwind und trieb weiß gebauschte Wolken über den Himmel. Lotte hatte alle Wohnzimmerfenster geöffnet, Sommerluft strömte mit dem Blumenduft aus dem Doktor-Garten herein, die Gardinen bewegten sich.

Am Rande der Taufgesellschaft konnten Storm und ich uns ein wenig austauschen.

Wie kommst du zu Hause zurecht?, fragte ich.

Also, die Jebens steht im Haus ganz ihren Mann, und mit den Kindern weiß sie trefflich zu verkehren. Die kleine Gertrud habe ich in die Obhut einer Amme gegeben.

Dann ist es ja gut, antwortete ich.

Ehrlich gesagt: Quälend für mich ist die Unschönheit der Jebens.

Er blickte mich an, aus seinen Augen sprach Sorge. Ob er mich für eine Nachfolge im Hinterkopf hatte? Der Gedanke, dass ich den Posten übernehmen könnte, kam mir aber nicht im Entferntesten. Ich wollte darüber mit ihm kein Wort verlieren und dankte ihm für die Vermittlung meiner Stelle bei Bürgermeister Stuhr, hatte ich es doch in der Wasserreihe gut getroffen.

Während der langen Taufzeremonie hielten die beiden

Täuflinge still, für sie gab es viel Neues zu entdecken. Der Pastor erwähnte in seiner Ansprache auch die verstorbene Constanze – ich merkte, wie Storm das aufwühlte, Zornesröte stieg ihm ins Gesicht. Warum eigentlich, denn war es nicht selbstverständlich, dass der Pastor Constanze erwähnte? Er hielt sich zurück, da nun der Taufakt stattfand.

Später fand ich seine fünfjährige Tochter Lucie aufgelöst in Tränen.

Was fehlt dir?, fragte ich sie.

Warum sprechen sie immer von unserer toten Mutter? Lucie schluchzte.

Jeder hat sie noch in frischer Erinnerung – darum, sagte ich.

Lucie sah mich fragend an.

Ach weißt du, es ging doch vor allem um Gertrud und Johann-Casimir, tröstete ich sie, nahm mein Taschentuch und trocknete ihre Tränen. Komm, du tapferes Mädchen, wir gehen raus in den Garten und sehen mal nach den Schmetterlingen.

Im September machte Storm eine große Reise. Er wollte raus aus allem, wollte andere Luft atmen und erbat sich Urlaub. Was er erlebte, erfuhr ich aus einem Brief, den er mir kurz vor seiner Rückkehr aus Arnsberg im Sauerland schrieb.

(September 1865, Tagebuch) Storm hat mir zu meiner großen Freude geschrieben. Er hat seinen alten Dichterfreund Tycho Mommsen in Frankfurt am Main besucht, der ist dort Direktor eines Gymnasiums. In Baden-Baden traf er den Dichter Iwan Turgenjew und die Sängerin Pauline Viardot-Garcia, mit der er zusammen musizierte. Sie hat seine Stimme gelobt, indem sie «Bravo, Herr Storm» gerufen hat. In Duisburg besuchte er Pastor Peter Ohlhues, den alten

Schulfreund aus Husumer und Lübecker Zeiten. Schließlich machte er noch einen Abstecher nach Arnsberg, wo er Alexander von Wussow besuchte, den Freund und Freizeitdichter, der von Heiligenstadt dorthin versetzt worden ist. (Ende Tagebuch)

Damit begann ein schriftlicher Austausch zwischen uns, den wir in Husum fortsetzten. Ich schrieb ihm aus der Wasserreihe in die Süderstraße, er schrieb mir aus der Süderstraße in die Wasserreihe. Auguste Jebens spielte den Postillon und trug die Nachrichten hin und her – so war ich informiert über die Angelegenheiten im Hause Storm. Dort wurde eine zusätzliche Hilfskraft eingestellt, sie hieß Miss Mary Pyle, eine Engländerin, die Storm noch aus seiner Zeit in Heiligenstadt kannte. Miss Pyle hatte schon als Gesellschafterin bei der Familie von Wussow Dienst getan.

Schnell hatte Storm ihren passablen Alt entdeckt, und schon war sie Mitglied in unserem Chor. Übrigens hatte er auch preußische Offiziere, die seit der Schlacht von Düppel in Husum dienten, in den Gesangverein geholt, Tenöre, denn die fehlten immer. Seinem Hass auf Preußen zum Trotz kam Storm mit diesen Männern gut zurecht. Ich denke, dass auch hier Frau Musica entscheidende Vermittlerdienste leistete.

Die Storm-Kinder und das Haus in der Süderstraße umsorgte die Pyle mit geschickter Hand, aber irgendwie auch wieder nicht, denn eigentlich war sie ihm unsympathisch – er schrieb, sie habe einen Ton an sich, der im Akkord des Familienlebens nicht aufgehe.

Ich selber, schrieb er mir außerdem, lebe kümmerlich weiter in großem Zweifel und elender Ungewissheit. Ich versuche, möglichst viel unter meinen Kindern zu sein und mich von der Musik trösten zu lassen.

Das betrübt mich, lieber Theodor, schrieb ich zurück. Ich versuche, so viel als möglich heiter zu sein. Was dir die Musik ist, das ist mir mein Glaube, der hat mir immer geholfen.

Ja, wenn ich allein wäre mit den Kindern, dann vielleicht würde ich es schaffen, auch heiter zu sein. Behalte du deinen Kinderglauben. Ich muss mich an meinen Zweifeln festhalten.

Ich habe in meinem Leben oft gezweifelt, aber gezweifelt an meinem Glauben habe ich nie, schrieb ich zurück.

Ich will von dir gern die süßen frommen Märchen hören. Ja, ich lechze danach, Doris.

Süße fromme Märchen erzählen soll ich?

Der Glaube war ihm ein Buch mit sieben Siegeln. Wer glaubt, kann auch heiter sein, das war meine Erfahrung. Er schaffte es nicht. Mit Glauben und Heiterkeit hatte der liebe Gott ihn nicht gesegnet.

Unsere geliebte Tote, schrieb er dann, jeden Tag sprechen wir von ihr. Wir weinen ihr nach, sie fehlt an allen Ecken und Enden.

Wann hört er damit endlich auf, dachte ich, wann wird er Constanze ein für alle Mal begraben? So verstört er doch die Kinder, oder nicht? Nein, Doris, das ist ungerecht gedacht, sagte ich mir. Es war ja erst ein halbes Jahr vergangen, und welchen Packen Verantwortung hatte er zu tragen: zwei Bedienstete, drei Söhne, vier Töchter, Haus und Garten und das Amt als Landvogt.

Die Vorweihnachtszeit brach an, ich backte braune Kuchen nach dem alten Rezept von Großmutter Mummy: den Teig zu Hause rühren, kneten und gehen lassen, dann zu einer kinderarmdicken Teigwurst rollen und in Scheiben schneiden. Damit dann in die Backstube.

Immer noch hatte Bäcker Rothgordt die beste Hitze, immer noch wurden die braunen Kuchen bei ihm etwas Besonderes. Ich besorgte weihnachtlich bemalte Blechdosen im Kaufhaus Topf, füllte sie und schrieb auf, wer welche haben sollte: der Bürgermeister und sein Johannes, Lucie und Johann-Casimir in der Hohlen Gasse, Storms Doktor-Bruder Emil und Familie, schließlich er selber mit den Seinen.

Mitte Dezember klopfte ich bei ihm in der Landvogtei an und drückte ihm die Dose mit den braunen Kuchen in die Hand.

Für dich und die Deinen, sagte ich.

Komm rein, sagte er.

Wir saßen in der Dämmerstunde am Fenster zum Garten und tranken Tee.

Doris, sagte er, nahm meine Hand und küsste sie. Deine entzückende Hand.

Ja, die alten Zeiten. In Schwabstedt fing es an. Wie schön es dort war.

Heute entzückst du mich mit dem Reichtum, der mir aus deinen Briefen entgegenströmt.

Das macht mich froh, Theodor, sagte ich.

Wenn du mich damals nicht wachgerufen hättest, dann wäre es später geschehen. Ich danke dir so sehr, dass du es getan hast, antwortete er.

Ja. Was soll ich sagen.

Ich trage schwer daran, dass ich meine Hand damals so frevelhaft auf dich gelegt habe. Das musste ich endlich mal loswerden.

Bedenke, Theodor, ich bin es gewesen. Ich bin dir im Immenstedter Forst vorangegangen, und du bist mir gefolgt.

Auch muss ich dir sagen: Ich weiß, was du in den vergangenen Jahren erduldet hast. Wie leid mir das tut.

Mitleid wäre das Letzte, was ich wollte.

Kein Mitleid ohne Liebe, Doris.

Hatte ich richtig gehört? Träumte ich? Er hatte mich überrumpelt und sprachlos gemacht. Mein Herz schlug bis in den Hals. Ich bin ganz durcheinander, Theodor.

Ich sehe immer noch das Kind in dir, sagte Storm leise.

Ich bin eine Frau von fast achtunddreißig Jahren.

Ich brauche dich, flüsterte er und stand auf. Vor seinem Schreibtisch verweilte er einen Augenblick, dann nahm er sein neuestes Buch, legte es mir in die Hand. Es waren drei Märchen: Die Regentrude, Bulemanns Haus, Der Spiegel des Cyprianus.

Aufgewühlt ging ich nach Hause. Warum gehst du so schnell, Doris, fragte ich mich. Treibt dich, was dir in der Kehle sitzt? Ich wusste es nicht, ging langsamer und kam erst zur Ruhe, als ich in der Wasserreihe die Haustür öffnete.

Ich ließ mich vom Bürgermeister für drei Wochen beurlauben, denn ich musste weg, wollte das Weihnachtsfest bei Rieke und Johannes in Hademarschen verbringen. Mitte Januar wollte ich wieder in Husum sein. Während meiner Abwesenheit vertrat mich Auguste Jebens; sie hatte die Storm-Familie verlassen.

Gleich nach meiner Rückkehr gingen die Übungsabende unseres Gesangvereins wieder los. Ende Januar 1866 probten wir Schumanns Romanzen für eine musikalische Abendunterhaltung, die zwei Tage später im Saal von Madame Caspersen aufgeführt werden sollte – eine Art Jubiläumskonzert, denn bei Madame Caspersen war Storm, fast auf den Tag zwei Jahre zuvor, von einer Husumer Versammlung zum Landvogt gewählt worden.

Darüber sprachen wir, während wir eine Stunde vor Mitternacht auf dem Heimweg waren.

Er sagte: Als ich nach der Wahl in der Hohlen Gasse eingetroffen bin, hat Vater sich so gefreut, dass er mit mir durch die Wohnung getanzt ist.

Die Winternacht, durch die wir gingen, war mild – viel milder als die eiskalte vor nun fast zwanzig Jahren, in der er mich nach der Maskerade im Schlitten über den gefrorenen Mühlenteich geschoben hatte.

Erinnerst du dich an den Sargfisch?, fragte er.

Und ob ich mich erinnere, der macht mir ja immer noch Angst, antwortete ich.

Nur dicht an mich heran, Doris.

Ich drückte mich an ihn, fühlte ihn, so wie ich ihn schon viele Male gefühlt hatte.

So ist es gut, sagte er. Komm, wir gehen in die Hohle Gasse, ich hab den Schlüssel, meine Eltern sind in Friedrichstadt bei Vetter Fritz.

Wenn uns hier jemand sieht, sagte ich.

Höre, sagte er und fasste mich an der Schulter. Wir standen Auge in Auge, und er sprach:

> Du biegst den schlanken Leib mir ferne,
> Indes dein roter Mund mich küßt;
> Behalten möchtest du dich gerne,
> Da du doch ganz verloren bist.

Er schloss die Haustür auf. Wir stiegen die dreizehn Treppenstufen hinauf in die obere Etage – es waren so viele Treppenstufen wie Jahre, die seit unserem letzten Zusammensein beim Hegereiter vergangen waren. Aber wir waren jung, jung geblieben, und unsere Liebe war wie ein Baum. So erneuerten wir das Glück.

Erzähl mir eines von deinen frommen Märchen, sagte Storm danach.

Bisher hast immer du zugehört, antwortete ich. Jetzt bin ich mal mit Zuhören dran.

Und Storm erzählte.

## Sechstes Après:
## Beim Bauchredner

Als ich noch ein Kind war, ging ich nach der Schule manchmal in die Schusterwerkstatt zu Karl Schoster. Schoster wurde er genannt, weil er Schuster war. Er wohnte im Westerende, wo die armen Leute wohnten. Sein Haus war so niedrig, dass man aus der Dachtraufe das Regenwasser trinken konnte. Er lebte allein, keine Frau, keine Kinder, seine Mutter war gestorben.

In der Werkstatt lagen Leisten und Lederrollen auf langen Brettern, die er ringsum an die Wände genagelt hatte. Das Leder verbreitete einen scharfen Duft – ich habe ihn heute noch in der Nase. Mittendrin stand der niedrige Arbeitstisch. Eine Petroleumlampe brannte, die Schusterkugel hing über dem Tisch, die den Schein der Petroleumlampe widerspiegelte. Die Kugel drehte sich und warf ihr geheimnisvolles Licht auf das Ledermesser, auf die Holzstifte und auf den Schusterhammer. Mit der Kugel nahm er Kontakt zu seiner verstorbenen Mutter auf. Er führte mir das vor, und tatsächlich hörte ich die Stimme seiner Mutter.

Sie sagte: Karl, mein lieber Sohn, arbeitest du auch schön brav?

Ich habe gerade Besuch, siehst du das nicht, meine liebe Mutter?, antwortete er, spannte den Schusterriemen übers

Knie und gab der Glaskugel mit dem Zeigefinger einen sanften Stoß. Da ging sie hin und her, die Märchenkugel.

Ein Wunder, dachte ich. War das zu glauben? Ich starrte ihn an.

Und willst du noch ein Gedicht hören?, fragte mich der Schuster, als die Séance beendet war.

Ich stand wie angewurzelt, sagte nichts.

Also gut. Er setzte sich kerzengerade hin, schlug sich auf den Bauch, wischte mit beiden Händen seine Schusterschürze glatt und sagte es auf:

> Schostermann, de Hinkemann,
> hett verflixte Stäveln an,
> schull sik nüe Stäveln måken
> und denn dree Kantüffeln kåken.
> Haut ihn, dass die Lappen fliegen
> und wir schöne Schuhe kriegen
> für das hinkende Gebein.

Kaum hatte er das Gedicht zu Ende gesprochen, da stürmten die Jungs vom Westerende in die Werkstatt und riefen:

Karl Schostern, Karl Schostern, die Eier gibt's zu Ostern.

Wollt ihr wohl, rief er lachend zurück. Und während er noch rief: Im Namen des Vaters, des Sohnes und des Heiligen Geistes, schlug er dreimal – kling, klang, klong – mit dem Schusterhammer auf seinen Eisenfuß. Wir Jungs flitzten um den Schustertisch, Karl Schoster lief hinkend hinterher. Dann rannten wir zur Werkstatttür hinaus und verschwanden im frühen Abenddunkel.

Vor der Stadt dehnte sich die Marsch. Graugrün und still lag die Nordsee am Dockkoog. Der Himmel stand mit Sternen voll. Deutlich sah man den Großen Wagen mit dem Polarstern in der fünffachen Verlängerung des hinteren Wagenschotts.

# Die Hochzeit

Damit war alles klar. Storm wollte mich zur Frau haben und möglichst bald heiraten.

Ich bin ein Perlenfischer, was die Frauen anlangt, schrieb er mir gleich am nächsten Tag und hatte damit auch seine Constanze im Hinterkopf. War das ein Wunder? Auch in mir ging sie um, tagsüber bei der Arbeit, nachts in meinen Träumen.

Ich wachte auf, weil mir träumte, ich hätte sie umgebracht. Wachte auf, weil ich mich ihrer Liebenswürdigkeit nicht erwehren konnte und mir davon die Luft wegblieb. Wachte auf, weil Storm zu ihr sagte: Constanze, meine gute, geliebte Frau. Wachte auf, weil er mir ins Gesicht schleuderte: Du bist nicht die Mutter meiner Kinder, das ist und bleibt Constanze, merk dir das gut! Wachte auf, weil er mir eine Pistole auf die Brust setzte und das Ja-Wort verlangte, während Constanze wie eine Königin auf einem goldenen Sessel thronte.

Quäle mich nicht so, antwortete ich. Du hast doch meine ungeteilte Liebe.

Du und Constanze, ihr teilt euch mein Leben, das ist wahr. Aber jede von euch hat meine Liebe ganz, antwortete er.

Was sollte ich darauf antworten? Seine Antwort war klug und gerecht, weise und wahr. Trotzdem trug ich schwer daran.

Er wollte es mir leichter machen und schrieb: Dass er mich heirate, sei Constanzes Wunsch gewesen für den Fall, dass sie irgendwann einmal nicht mehr sein würde. Sie habe sich keine bessere Nachfolgerin für sich und keine bessere Mutter für die Kinder vorstellen können.

Liebster Theodor, eine Frau kann vieles vertragen, nur angelogen werden möchte sie nicht.

Es ist die Wahrheit, Doris.

Aber er hatte nicht die Wahrheit gesagt. Constanze hatte ihm genau das Gegenteil geschrieben in einem Brief, den sie im November 1864 – wir feierten gerade die Hochzeit meines Bruders Friedrich – aus Segeberg geschickt hatte: Du, und wenn ich tot bleibe, nimm doch keine zweite Frau, ich glaub, ich könnt's nicht gut ertragen.

Davon wusste ich aber im Frühjahr 1866 noch nichts. So blieb mir mein spätes Glück erhalten.

Hatte Storm sich etwas vorgenommen, dann verfolgte er es mit Leidenschaft, dann plante und sorgte er, dann gab es kein Halten. Als Erstes informierte er Eltern und Schwiegereltern. Mutter Lucie sagte: Mit Gottes Hilfe wollen wir auf eine schöne Zukunft bauen. Vater Johann Casimir sagte: Doris hat mir einen erheblichen Brief zum Geburtstag geschrieben. Schwiegermutter Elsabe sagte: Wir grüßen Doris als eine liebe Tochter. Schwiegervater Ernst schrieb: Meine Vernunft billigt vollständig den von dir gefassten Beschluss einer zweiten Verbindung.

Bruder Johannes schrieb aus Hademarschen: An deiner Stelle würde ich es auch tun. Rieke setzte dazu: Ich freue mich für dich, liebste Schwester.

Es gab auch Vorbehalte, in der Familie und bei Freunden.

Muss es so schnell gehen?, fragte man. Das sei Untreue gegenüber der Toten.

Storm ließ sich davon nicht beirren. Seinem Freund Pietsch schrieb er nach Berlin: Ich bin der Toten nicht untreu, aber weil ich leben muss, so will ich leben.

Was waren das für Tage – wohl die aufregendsten in meinem Leben. Ich sollte doch noch heiraten, ich kriegte tatsächlich noch einen Mann ab, nicht irgendeinen, sondern Storm. Es muss gegangen sein, dieser Spruch von Mutter hatte seltsame Blüten getrieben und sich auf wunderbare Weise erfüllt.

Ende April 1866 beendete ich meinen Dienst bei Bürgermeister Stuhr in der Wasserreihe. Aus Schicklichkeitsgründen verschwand ich für eine Weile aus Husum, kam wieder bei Rieke und Johannes in Hademarschen unter.

Die Sehnsucht nach dir wird mir schwer und unerträglich, schrieb Storm.

Ich schrieb zurück: Lieber guter Theodor, oder: Mein lieber Herzensmann.

Tief in mir fühlte ich: Wir sind ein Paar. Das gab mir den Grund, auf dem ich stehen konnte. Ich hatte genug gesehen und erlebt, um für eine Zukunft gewappnet zu sein, mochte kommen, was da wollte.

(Juni 1866, Tagebuch) Heute, am 13. Juni, wurden Theodor und ich in Hattstedt getraut. Eigentlich wollten wir uns in Hademarschen trauen lassen, aber Rieke kriegte just an diesem Tag ein Kind.

Am Morgen gab es in der Hohlen Gasse Frühstück, gegen Mittag fuhren wir los. Mutter Lucie, Constanzes Bruder Hermann und die ältesten vier Kinder, Hans, Ernst, Karl und Lisbeth, waren dabei. Hermann und Hans waren unsere

Trauzeugen. Den Akt vollzog Theodors alter Schulkamerad, Pastor Herr.

Das Wetter war herrlich, wir spazierten durch den Pfarrgarten. Im Pastorat gab es Tee. Für Theodor war alles voller Erinnerungen. Hier hatte die Pastorsfamilie Ohlhues gelebt, er war als Junge oft hergekommen, um seinen Schulkameraden Peter zu besuchen. (Ende Tagebuch)

Das war der letzte Eintrag in meinem Tagebuch. Nun, nachdem wir uns wiedergefunden hatten und getraut worden waren, wollte ich es zu den Akten legen.

Storm hatte eine Überraschung für mich parat.

Meine süße Doris, sagte er, wir machen eine Hochzeitsreise, und zwar jetzt gleich. Wohin werden wir wohl fahren?

Nach Hamburg?, fragte ich.

Nein. Hamburg, das hätte gut sein können, sagte er, aber nun höre selbst. Die Geschichte von der Hochzeitsreise beginnt so: Leise blähten sich die Segel, und leise schwamm das Schiff, man hörte das Wasser vorn am Kiele glucksen …

Wohin fahren wir, Theodor?

Zum Hegereiter auf die Hallig.

*Der Alte
und sein Rübenmus*

Alles einpacken. Licht an und die Kerze auspusten. Die Kleinkunstbühne abräumen. Frau Do vielen Dank sagen, Applaus und bis zum nächsten Mal. Das Bild samt Rahmen in die Schachtel legen, den Deckel drüberstülpen, die Schachtel in den Schrank, das Buch in den Bücherschrank.

Ich schlüpfe in meine Strickjacke und öffne die Terrassentür. Es ist herbstlich kalt und herbstlich still. Kein Rauschen von der Autobahn her, der Ostwind bläst alles weg. Kein Glucksen von der Beek.

Der Sternenhimmel ist von überwältigender Schönheit, sage ich vor mich hin.

Das macht die Dunkelheit, das macht auch die Jahreszeit, höre ich Siemsen, den alten Fliegerfreund, antworten.

Wenn ich ihn so wie jetzt gerade höre, dann kriegt er eine Gedenkminute. Die habe ich mir eingerichtet, damit auch das Vermissen seine Ordnung hat. Auch wenn alles nur von mir ausgeht, so ist diese Minute Zwiesprache doch kostbare Zeit.

Du hättest nicht Afrika von Norden nach Süden mit dem Fahrrad durchqueren sollen, sage ich nun, eröffne damit das kurze Gedenken und fahre fort: Zwanzig Monate! Du Sonnenanbeter hättest dich besser vor der Sonne schützen sollen, aber du hast es nicht getan. Und darum musstest du den Hautkrebstod sterben. Das klingt zwar wie ein Vorwurf, soll aber keiner sein.

Die Gedenkminute ist gewesen. Sie ist auch eine Minute des Dankes, denn von Siemsen habe ich gelernt, dass man sich vor der Sonne schützen soll – wenn man, wie wir beide, zu den sonnenempfindlichen Nordeuropäern gehört. Welch ein Opfer hat er gebracht. Nicht zuletzt deswegen kaufte ich mir den Tilley-Hut.

Ich sehe auf die Uhr: schon elf durch.

Ohne einen Blick in den Kühlschrank zu werfen, gehe ich aber nicht in die Federn, ich muss doch nachsehen, ob noch etwas zum Naschen für mich bereitliegt. Unangenehm hell ist es da drinnen, wenn man die Tür im Dunkeln öffnet. Ganz vorne finde ich die verschlossene Tupperdose mit dem Rest vom Rübenmus, drei Portionen.

Keine Frage, davon wird jetzt nicht genascht. Einerseits soll man das so spät abends nicht mehr, andererseits kriegt Rübenmus zum Naschen erst bei Zimmertemperatur den vollen Geschmack.

Ich schließe also die Kühlschranktür. Morgen Vormittag, so gegen zehn, werde ich das Rübenmus herausnehmen und langsam auf Zimmertemperatur bringen. Mittags um zwölf werde ich drei Teller auf den Wohnzimmertisch stellen, einen für mich, einen für Siemsen und einen für Frau Do. Die beiden müssen sich unbedingt kennenlernen – das Rübenmusessen ist *die* Gelegenheit! Ich werde Frau Dos Bild wieder aus dem Schrank hervorholen und neben ihren Teller stellen, und neben Siemsens Teller lege ich eines von seinen Fliegerfotos.

Den Tisch werde ich anständig decken: frisch gebügelte, von meiner Großmutter geerbte Stoffservietten, Gläser von

Holmegaard aus Kopenhagen, Porzellan von Rosenthal aus Selb, Besteck von Robbe & Berking aus Flensburg. Ich freue mich schon.

Nach meiner kurzen Begrüßung wird Frau Do sich zuerst nach meinen Enkeln erkundigen, und ich werde sagen: Rübenmus essen sie für ihr Leben gern, es ist jetzt schon ihre Leibspeise. Dann wird sie, wissbegierig und aufgeschlossen, wie sie ist, Siemsen nach seiner Fliegerzeit fragen. Er wird sich nicht lange bitten lassen und eine von seinen alten Geschichten auspacken. Frau Do wird gespannt zuhören, und ich werde so tun, als hätte ich Siemsens Geschichte noch nie gehört.

# Nachbemerkung und Dank

Über Doris Jensens Kindheit und Jugend ist nur wenig bekannt, sie selber hat dazu nichts überliefert. In Storms Briefen an seine Verlobte Constanze Esmarch finden sich Bemerkungen, die im Zusammenhang mit seiner Schwester Cäcilie stehen, und weil Doris mit ihr befreundet war, erfährt man auch etwas über sie. Im Ehebriefwechsel zwischen Storm und Constanze wird Doris ebenfalls erwähnt. Außerdem finden sich Hinweise auf sie in den Briefen, die Storm an seinen Schwiegervater Ernst Esmarch und an seinen Freund Ludwig Pietsch geschrieben hat, genauso wie in den Briefen von Storms Mutter Lucie an ihren Sohn Otto.

Den für die Liebe der beiden aufschlussreichsten Brief schrieb Storm am 21. April 1866 an seinen Freund Hartmut Brinkmann. Er verfasste seine «große Beichte» nach der Rückkehr aus Preußen, etwa ein Jahr nach Constanzes Tod – zu einem Zeitpunkt, als die Liebe zwischen ihm und Doris wieder aufgeflammt war. Brinkmanns Antwort ist nicht überliefert, aber er hat sofort wohlwollend reagiert – Storm dankte ihm dafür schon drei Tage später.

Die Liebeziehung mit Doris begann wahrscheinlich im Frühjahr 1847, bald nach seiner Eheschließung mit Constanze. Ein Jahr später musste Doris Husum verlassen, die Affäre dauerte aber noch «jahrelang» an, wie Storm an Brinkmann schrieb, und endete vermutlich erst, als Doris 1853 nach Fobeslet und Storm nach Preußen ins Exil ging.

In zwei Briefen, die Doris an Storm und Constanze schrieb – Antworten sind nicht überliefert –, erfahren wir einiges über die Zeit ihres «Exils». Aus Fobeslet in Nordschleswig beschrieb sie im September 1853 ihre Stimmung: Husum liege ihr «zentner schwer auf dem Herzen», sie könne «niemals froh da wieder werden». Dagegen herrsche in Fobeslet ein «heiterer, fideler Ton», der ihr offenbar gefiel. Im Februar 1855 schrieb sie aus Bokhorst bei Hademarschen, sie fühle sich bei ihrer Schwester Rieke und Schwager Johannes «sonst ganz wohl» und wolle «heiter und vernünftig» sein. Von Trauer und Vereinsamung war keine Rede mehr, eher scheint es, dass sie mit Freude und Engagement am dortigen Familienleben teilnahm.

Ein Briefwechsel von Doris und Storm während der Zeit ihres Umherziehens liegt nicht vor, aber aus der Zeit danach ist Korrespondenz überliefert. Nach der Wiederaufnahme der Liebesbeziehung im Frühjahr 1866 intensivierte sich der Briefwechsel, er ist aber nur einseitig erhalten. Erst aus der Zeit nach der Verheiratung finden sich Briefe von Doris an Storm, ihr letzter bekannter stammt vom 1. Dezember 1883, der letzte bekannte von Storm an sie ist datiert vom 18. August 1887.

Trägt man die kleineren und größeren Auskünfte der verfügbaren Briefe zusammen, dann ergibt sich für Doris ein ziemlich klares Bild: Ausgeprägt ist ihr Sinn fürs Praktische. Sie ließ sich leiten von Lebenszuversicht und von einem heiteren Temperament, war neugierig auf Storms künstlerisches

Schaffen und teilte seine Liebe zur Musik. Sie kannte sich aus in seinen Werken, las das Husumer «Königlich Privilegierte Wochenblatt» und das «Itzehoer Wochenblatt». Schließlich fand sie – anders als Storm – Halt im christlichen Glauben, vor allem aber in ihrer unerschütterlichen Liebe zu ihm.

Ob für Doris die Zeit nach ihrem Weggang aus Husum tatsächlich nur «Leidensjahre» gewesen sind, wie in der Storm-Forschung vermutet wird? Man weiß zu wenig darüber. Andererseits darf angenommen werden, dass sie sich, trotz der schwierigen Jahre, auf ihre Weise behauptete und sich nicht unterkriegen ließ. Dass ihre Odyssee ein glückliches Ende fand, war nicht zuletzt ihr eigenes Verdienst.

Der Roman, in dem ich Doris aus der Rückschau ihres fünfundsiebzigjährigen Lebens erzählen lasse, folgt den Hinweisen, die die Briefe geben. Er geht allerdings weit darüber hinaus, denn für Doris' Denken, Fühlen und Reden gibt es wenige Quellen. Phantasie, Einfühlung und Lektüre waren die Hilfsmittel, um die Leerstellen zu füllen.

Aufgegriffen wurde außerdem vieles aus der Storm'schen Novellenwelt, von Schauplätzen bis hin zu wörtlichen Zitaten, die nicht eigens ausgewiesen sind. Dafür boten sich die Novellen «Immensee», «Ein grünes Blatt», «Angelica», «Aquis submersus» und «Waldwinkel» an – wie die an Doris gerichteten Gedichte spiegeln sie die reale Liebesgeschichte wider. Aber auch Storm-Novellen ohne einen augenfälligen Bezug zur Liebesgeschichte ließen sich heranziehen – etwa «Auf dem Staatshof», «Wenn die Äpfel reif sind», «Auf der Universität», «Eine Halligfahrt», «Im Nachbarhause links», «Zur Wald- und Wasserfreude», «Die Söhne des Senators» und «Zur Chronik von Grieshuus».

Soweit Doris' Lebensweg historisch verbürgt ist, folgt der Roman ihren Lebensstationen. Nach Husum sind es Segeberg, Fobeslet, Neumünster und Bokhorst/Hademarschen. Alle anderen Stationen sind erfunden: Grubendorf, Eichthal, Solsbüll, Immenstedt, Holkeby, Flensburg. Es gibt zwei Ausnahmen: Dem vierten Après («Das Tater-Mariechen») liegt eine Erzählung des plattdeutschen Erzählers Jochen Mähl (1827–1909) zu Grunde, und das Kapitel «Schloss Holkenis» greift auf Theodor Fontanes Roman «Unwiederbringlich» zurück.

Doris hatte zwei ältere Geschwister, Friedrich und Friederike, und zwei jüngere, Agnes und Otto. Weil Doris in der Zeit ihres «Exils» mit den beiden älteren regen Kontakt hatte, sind sie auch für den Roman bedeutsam. Die beiden jüngeren tauchen in ihren Lebenszeugnissen nicht auf, daher auch nicht im Roman.

Schließlich ist zu sagen, dass «Sturm und Stille» als viertes Glied zu den Solsbüll-Romanen «Solsbüll», «Gespiegelter Himmel» und «Steilküste» gehört. Die Figur des Gustav Hasse und der Ort Solsbüll spielen in allen eine mehr oder weniger große Rolle.

Für die Unterstützung bei der Arbeit an diesem Roman danke ich Elke Jacobsen und Dr. Christian Demandt vom Storm-Zentrum in Husum, Annette Keller und Almut Ueck vom Kreisarchiv Nordfriesland in Husum und Oke Simons und dessen Mitarbeitern von der Leih- und Ergänzungsbibliothek in Flensburg. Renata Buck danke ich für den Kommentar zu einem Gedanken über die Liebe von Jean Giraudoux. Dr. Ilse Clausen danke ich für Anregungen, redaktionellen Rat und die Durchsicht des Manuskripts, Ulrike Denkert, Albert von Schirnding und Kristof Wachinger danke ich für den Lateinunterricht, Dr. Jürgen Richert und Kristian Wachinger danke ich für das Thandorf- bzw. Breitenbrunn-Refugium. Am Ende gilt mein besonderer Dank Ulrike Schieder für das Lektorat, insbesondere für den Lotsendienst durch die Welten weiblichen Fühlens, Denkens und Redens.

Jochen Missfeldt, im Juli 2017

# Ausgewählte Quellen

Alt, Arthur Tilo (Hg.): Theodor Storm – Ernst Esmarch. Briefwechsel (= Storm-Briefwechsel, Bd. 7). Berlin 1979
Fasold, Regina: Aus den Briefen Lucie Storms an ihren Sohn Otto in Heiligenstadt 1858
Fasold, Regina (Hg.): Theodor Storm – Constanze Esmarch. Briefwechsel (1844–1846) (= Storm-Briefwechsel, Bd. 15). Berlin 2002
Fasold, Regina (Hg.): Theodor Storm – Constanze Storm. Briefwechsel (= Storm-Briefwechsel, Bd. 18). Berlin 2009
Goldammer, Peter (Hg.): Theodor Storm. Briefe. Zwei Bände. Berlin 1984
Höfer, Conrad (Hg.): Theodor Storms Briefe an seinen Freund Georg Lorenzen (1876–1882). Leipzig 1923
Jochen-Mähl-Gedenkbook: Sin besten Vertelln: «Jean», «Fanny», «Tater-Mariken» u. a. m. Garding 1927
Laage, Karl-Ernst: Die Leidensjahre der Dorothea Jensen nach ihrer Affäre mit Theodor Storm. In: Storm-Blätter aus Heiligenstadt, 15. Jahrgang. Heiligenstadt 2009
Laage, Karl Ernst: Liebesqualen. Theodor Storm und Constanze Esmarch als Brautpaar. Heide 2005
Laage, Karl Ernst: Storms zweite Trauung am 13. Juni 1866. In: STSG 28. Heide 1979
Laage, Karl Ernst, und Lohmeier, Dieter (Hg.): Theodor Storm. Sämtliche Werke in vier Bänden. Frankfurt/Main 1987/1988

Meiereimädchen. Arbeits- und Lebensformen im 19. Jahrhundert. Hrsg. vom Schleswig-Holsteinischen Landesmuseum. Schleswig 1991

Missfeldt, Jochen: Du graue Stadt am Meer. Der Dichter Theodor Storm in seinem Jahrhundert. München 2013

Pauls, Volquart (Hg.): Blätter der Freundschaft. Aus dem Briefwechsel zwischen Theodor Storm und Ludwig Pietsch. Heide i. Holstein 1943

Ranft, Gerhard: Theodor Storm und Dorothea, geb. Jensen. Ein unveröffentlichter Briefwechsel. In: STSG 28. Heide 1979

Rothe, A.: Der Landmann, wie er sein sollte, oder Franz Nowak, der wohlberathene Bauer. Glogau 1847

Stahl, August (Hg.): Theodor Storm – Hartmuth und Laura Brinkann. Briefwechsel (= Storm-Briefwechsel, Bd. 10). Berlin 1986

Storm, Gertrud: Theodor Storm. Ein Bild seines Lebens. Berlin 1912/1913

# Inhalt

*Der Alte
und sein Rübenmus* 9

*Eins*

Das weiße Kleid 17

Der Nixenchor 22

Nur nicht ohne Mann sitzenbleiben 27

Die Begegnung mit dem Sargfisch 34

An der Treene 47

Die Liebe ist dunkel, die Liebe ist hell 60

Als wir noch Kinder waren 68

Nordlicht 79

Weihnachtszeit 84

Auf dem Hochseil 98

Der Sturm 103

Erstes Après: Die Liebesscham 109

Erde, tu dich auf 113

Zweites Après:
Wenn die Äpfel reif sind 121

In der Freudenkammer    127
Drittes Après: Das Lusthaus    141
Abseits in der Taterkuhle    144
Viertes Après: Das Tater-Mariechen    151
Das Kartenhaus    156
Schwarz, Rot, Gold    164
Alles muss seine Ordnung haben    169
Der Abschied    174

## *Zwei*

Segeberg    179
Grubendorf    186
Gut Eichthal    196
Solsbüll    200
Waldwinkel Immenstedt I    207
Waldwinkel Immenstedt II    219
Fünftes Après:
Großmutter Mummys Tod    229
Waldwinkel Immenstedt III    234
Fobeslet    246
Schloss Holkenis    258
Flensburg    277
Schleswig    289
Neumünster    294

*Drei*

Das Wiedersehen   305
Das Kindbettfieber   312
Briefe   318
Sechstes Après: Beim Bauchredner   327
Die Hochzeit   330

*Der Alte
und sein Rübenmus*   335

Nachbemerkung und Dank   339
Ausgewählte Quellen   344